彌敦道禁區

NATHAN ROAD ZONE

點子出版
IDEA PUBLICATION

CONTENT PAGE

彌敦道禁區
NATHAN ROAD ZONE

　　每次都抱着向讀者問好的心態寫序，這次不是啊，因為這個不算全新獨立故事，而是系列入面其中一部，敬請大家務必看完這篇序，才看內文！

　　先看序，後看內文！（不含劇透）
　　先看序，後看內文！（不含劇透）
　　先看序，後看內文！（不含劇透）
　　真的很重要，絕不是為了增加字數～

　　這本書的書名我想了很久也未能定下來，主要卡在故事屬性上。這個故事發生在《駱駝工廈禁區》之後，可以當成《駱駝》的續集，我會定義它是整個般若系列的支線，算是外傳吧。

　　新讀者放心，沒錯我會建議先看般若系列的第二部作品《駱駝》，甚至第一部作品《奪臉述異記》。不過，即使未看過也沒問題，本書有充足解釋和提示，畢竟就算看過也可能忘記了，就當成獨立一個故事吧！不論是舊讀者或新讀者，都看得懂這個故事（只要不怕劇透《駱駝》和《奪臉》就是了）。

　　有看過我其他作品的讀者都知道，我喜歡挑一些特別地方作為故事舞台。玩命系列有美國聖地牙哥和俄羅斯莫斯科，都是我比較陌生而具異常吸引力的地方。來到般若系列，則把視線放回香港這個熟悉的地方上。《駱駝》選擇觀塘的工業大廈，在該書的序有提過原因。另一個沒說的原因是，那裏充滿回憶，作為在觀塘長大的我，時不時會去工廈逛逛。

　　同樣地，這個故事的彌敦道，相信不只我，大家也有滿滿回憶吧？我在讀書時期，跟朋友見面出街，很多時都會約在旺角。這個地方面積雖然細小，但擠滿不同種類的商店和餐廳，足夠讓我們耗上一整天：吃午飯、逛獨立書店、唱 K、看電影、買衣服、晚餐，基本上想得出的娛樂消遣活動，旺角都可以滿足到。

　　每個商場各具特色，例如專門賣衣服、動漫產品、明星周邊，連賣衣服的商場都有分價位由低至高的不同選擇。想逛街買東西，絕不在單一一個商場，而要拜訪旺角所有商場。我原意想從旺角挑一個商場作故事主舞台，後來想着想着，覺得不少商場都很有畫面，實在難以取捨，而且以上提的只是商場，旺角還有很多特色食店和地方呢！

　　決定將故事的舞台設置在彌敦道，正正想把多個地點納入書內。除了旺角，彌敦道橫跨由太子起，經旺角、油麻地、佐敦直到尖沙咀等多個地方。《駱駝》寫的是不見半個人影的工廈，這次來到彌敦道，我想換個氣氛。油尖旺是人口密度極高的地區，不分日夜都是人來人往、車水馬龍。萬一這個繁華鬧市在某日白天，遭不明力量封鎖，更冒出怪物屠城，你會怎麼做？

　　一本小說未必可以把整條彌敦道上所有地方寫出來，那麼，這次我將會帶大家去哪裏逛？趕快跟我來吧！

橘子綠茶

彌敦道禁區
NATHAN ROAD ZONE

第一關 ▶ 界限街

◎ 01 甦醒

「哈———」就像遇溺，窒息的感覺非常難受，我本能地深深吸口氣。

「醒喇，個女仔終於醒喇！」旁邊有人說，我聽見更多人走過來的腳步聲。

我睜開雙眼，面前便是一張帥氣好看的臉，憂慮攀上雙眼皮的深邃眼睛，清冷眸光微微閃動。

「桃晴，要走喇。」他仍舊寡言冷漠，推開包圍我的人，強行扯我起身，不由分說地帶着我往前奔跑！

我完全處於狀況外，還未適應頭頂刺眼的光芒，糊裡糊塗跟着他跑起來，「Wait，wait！珩仔你去邊啊，桃桃 Run 唔郁啊！」

「想俾怪物殺死，就留喺度。」帶頭跑的珩仔身體頎長，擋着前方視線。我都已經夠高，這傢伙比我還要高。

慢、慢着！我厲聲尖叫，「怪物？珩仔你喵喵講乜，呢度有怪物？」

感覺自己彷彿在徹底黑暗的世界待了很久，我雙眼仍在努力適應光線，只能見到近距離的範圍，包括……

「救命，有怪物啊！」男人大叫。

「點解會咁㗎？警察呢？！」女人尖聲問。

「等埋我，唔好跑得咁快啊！」女生喘着氣。

我和珩仔身旁有一大群人，同樣正在慌忙逃難！

「What happened？桃桃唔係死咗嘅咩？呢度係邊度㗎？」
我禁不住連珠炮發，「家姐呢？仲有宏青，佢哋喺邊？」

「宏青同碧晴唔喺度。」珩仔的聲音同時夾雜落寞和安慰。

等等，這些都不重要，最重要的……我打量一下自己，一字
肩白色上衣、超短牛仔褲、姑池限量版高跟鞋，還有、還有……

「桃紅色心型小手袋！」我又驚又喜地抱着被網民稱為小廢
包的手袋，雙手感受着宛如魚子醬帶有顆粒壓花紋的荔枝皮、菱
格紋車線、刻有品牌商標的鎖扣、低調奢華氣氛的皮穿鏈肩背帶。
我真正體會活着的意義了！

珩仔沒有散發絲毫喜悅和雀躍的氣息，非常專注於逃亡的路
線，像頭獵豹一樣嗅着四周危險的源頭，尋找安全的地方藏匿。
很快，他推開一扇門，領着我往下跑。燈光昏暗，反倒很適合我，
總算讓我看得清楚。

這裏是音樂主題餐廳，集酒吧、現場音樂表演和用餐於一身。

店內設有舞台、吧台和十多組餐桌椅，擠得客人沒甚麼走動空間。在我和珩仔之前，有幾個人躲在這裏，而在我們進入後，陸陸續續有人跑進來。

我在角落坐下來，珩仔逕自去廚房拿來現成煮好的餐湯和麵包，放在餐桌上。其他人露出驚訝的表情，如同看見瘋子似的望着我們。這種時候還有心情吃飯？

對於旁人側目，珩仔向來不在意，見我愣住才説：「桃晴，我哋喺駱駝工廈之後，隔咗一段時間先醒返，又餓又渴。你快啲補充體力，應付等陣嘅硬仗。」

我詳細觀察坐在對面的珩仔，白皙修長的手手腳腳和眉梢上方滿布紋身，尤其一朵由脖子爬上耳後的彼岸花紋身，顏色特別鮮艷顯眼。自然微捲的短髮，高挺鼻樑、尖削下巴，不，連衣着也是，連帽黑色背心、黑色長褲和白色波鞋……

他跟我在駱駝工廈初次遇見的狀態一模一樣，身上沒半點損傷！就像、就像我們從沒在駱駝工廈戰鬥過，甚至戰死了一樣！

我不禁問：「所以駱駝工廈只不過係一個惡夢，我哋由夢中醒返？定係……定係我哋成功走出工廈，嚟到呢度？」

我們終於逃出駱駝工廈，擺脫恐怖又血腥殘忍的怪物！我幾乎開心得要跳起 Yeah，説到一半的話卻被打斷，「太好——」

珩仔將麵包塞進我張開的口裏，「出面咩環境，你就算睇唔切都聽到，逃避唔係解決方法，」嘴角勾起淡淡苦澀微笑，「我哋仲喺意識世界入面。」

沒錯，他的確說中我內心的想法，就算不想承認，事實擺在眼前。我無奈嘆氣，「我知我知，我哋要做足準備，唔好俾出面隻怪獸殺死嘛。」

他瞥了眼其他人，從背包抽出幾件物件放在桌上，「我同你身上無晒傷痕、裝備亦齊，就好似打機咁，遊戲出下一集，而我哋補齊生命值、有基本工具，展開新一輪關卡。」

桌上有幾件熟悉的東西。有珩仔的斧頭，有我那些漆上桃紅色和黑色菱格花紋的小刀和錘仔，還有一部平板電腦與測鬼機，它們都處於滿電狀態。測鬼機暫時沒響，表示安全，我們可以繼續待在這裏。

鄰桌的人見到武器嚇了一跳，想到外面有凶猛的怪物肆無忌憚地屠殺，馬上收起驚訝的神色，討論去廚房找武器。

珩仔說：「我同你差唔多時間甦醒，頂多早你十幾分鐘，大致搞清楚我哋目前處境。嚟呢度之前，我最後嘅記憶點，係宏青同碧晴由駱駝工廈 G 樓地面層，走去工廈外面嘅露天空間，拔除黑魅嗰刻。」

當時駱駝工廈裏面有很多怪物，但露天空間上的黑魅不算是怪物，而是由多道黑色影子組成的一團大型黑色氣體。那是般若困住人類的意識和靈魂，迫使祂們向工廈內其他人下毒手和保護自己。

我的記憶漸漸回復清晰，「所有喺工廈死咗嘅人，靈魂都會俾般若綁入黑魅度，包括我……同埋你。你都死咗？」

「宏青佢哋拔除黑魅嗰陣，召喚咗我哋出嚟幫手。喺嗰刻，我同佢哋嘅意識有種接通嘅感覺，唔止佢兩個，連般若有都少少……好似同步咗彼此嘅記憶同資訊咁。你明唔明我嘅意思，我諗你都一樣？」

聽在旁人耳中，我和珨仔就像兩個患有精神病的患者，坐在一起討論無稽之談。然而，作為親身體驗過駱駝工廈的人，絕對明白不是開玩笑。珨仔說的同步，我也經歷過，在一瞬間弄清自己為甚麼被拖進工廈，以及工廈到底是甚麼東西。

在現實世界中，人類不斷累積着負面情緒，這些惡念有可能升級為「生靈」。

生靈類似一個意識或靈魂，住進人類身體內，靠吸食人類意識，尤其惡念來成長，漸漸產生自我意識。生靈為了徹底佔據人類身體，用陣法製造意識空間，把那個人的意識困在意識空間裏面，這個過程稱為「奪舍」。

奪舍程度愈大，生靈力量愈大，人類意識愈薄弱。最後，人類意識被完全吞食、生靈完全奪舍，就是生靈完成轉化為「般若」。般若完全控制那個人的身體，是那人真正死亡的一刻。

駱駝工廈的事，發生在生靈奪舍的過程中。宏青和碧晴體內的生靈，製造駱駝工廈這個意識空間，困住宏青二人。惡念化成一頭又一頭怪物，使二人產生恐懼和傷心等惡念，生靈在惡性循環中不斷吞食惡念，藉此消滅二人的意識。

在工廈這個意識空間裏，不止宏青二人，還有其他人。他們不一定是真人，而是由宏青二人潛意識創作出來的「人」，協助或打擊自己。例如小鯨、她的媽媽、長髮毒撚、登山男和西裝友等等，統統都是在現實世界不存在的人，代表宏青二人的善念或惡念。

原理有點像角色扮演遊戲裏的 NPC，是程式做出來的陪襯人物，玩家即宏青和碧晴，藉由 NPC 與遊戲互動。

NPC 分成好幾類角色，一般而言都對玩家沒有傷害，與他們互動，有時獲得道具或情報、觸發或推進劇情、指示行動等等。有些 NPC 類似長髮毒撚或登山男，作為玩家的同隊夥伴，會幫助或阻礙玩家。也有些算是普通的路人角色，沒有台詞，對遊戲發展沒有影響。

「桃桃知啦，家姐同宏青打爆機吖嘛，」我說：「佢哋成功

走出意識空間，我估打敗般若係條件之一。唔知佢哋依家實際情況係點，但呢度見唔到佢哋，即係話佢哋嘅意識真正離開意識世界，返去現實世界，同身體重新結合一齊啦！」

「我哋唔使擔心佢哋，擔心自己仲好。」珩仔幽幽道。

我和珩仔固然不是宏青他們憑空創作出來，而是在現實世界確確切切存在的真人。我們的意識被般若拖進意識空間，而在現實世界裏的身體處於昏迷狀態，要讓意識重新與肉身結合，我們得走出意識空間。

「問題係，我哋明明喺意識世界度死咗，無理由喺呢度又醒返，除非……除非……」我道出結論，「我哋真係 Die 咗喇，呢度係陰間。」

他沒多作解釋，忽然拿着斧頭起身，「行啦。」

「吓，去邊啊？」我抱着心型小手袋，屁股死命貼着椅子。

他垂頭凝視我，目光逐漸變得幽深，面容冷肅道：「迎戰。」

◎ 02 故友

根據珩仔的猜測，駱駝工廈這個意識世界已經崩塌、不復存在，而我們則由那裏轉移到現在這個意識世界裏。珩仔踏上酒吧的樓梯，走到樓上，「陰間又好，人間又好，我同你都仲有意識，

代表有機會離開呢度，終有一日重遇宏青同碧晴。」

樓上這層的燈光明亮刺眼，他推開酒吧大門，走在逆光之下，周身鍍出一圈黃金色的光影，我看不見他的表情，總覺得他說這句話時，語氣沒那麼冰冷。

「講咁咗耐，呢度係乜嘢大廈？」我隨他步出酒吧，「點解我哋未過關，都可以自由上落兩層樓層之間……咦咦咦咦？」

眼前的畫面完全超出我的預期，才不是甚麼樓上樓下，剛才是從地下酒吧走上地面層，我們根本不在大廈之中！頭頂灼熱的陽光照射下來，混雜車輛排放廢氣的空氣，人來人往的狹窄行人路，馬路上呼嘯而過的巴士……這裏是大街！

抬頭往上看，馬路兩旁有至少幾十年樓齡的唐樓，中間夾了幾幢重建的商業大廈，是新舊樓宇林立的地區。

聖地牙哥鬼屋夜總會、時倉迷你昌……包圍着我們有一個個從大廈往馬路伸出的霓虹燈招牌，有貼在大廈外牆的廣告牌，還有一張張貼在鐵閘和燈柱上的街招。面前雙向行駛的馬路，即使有六條行車線，寬闊路面仍舊擠滿車輛，司機貫徹充滿香港特色的駕駛風格，不斷狂按喇叭催促其他車輛讓出空間。

這裏、這裏不就是太子嗎？！我們來到室外空間，沒有受困！難道我們真的成功走出大廈，回到街道上？

「我醒返嗰陣，發現今次竟然被困喺露天空間，都有啲意外。」珩仔站在我身旁，好整以暇地打量我的反應。

「桃桃唔 Understand，點樣又係戶外，同時又走唔出嗰？」我舉步往前走，「成條街咁大任我哋周圍走，好明顯已經無困住我哋啦！」

繁華街道上路人熙來攘往，我走得太急被大叔撞倒，纖瘦柔弱如我差點跌倒，「哎啊！阿叔睇路啦！」

我跌進珩仔的懷裏，大叔嘖的一聲要罵人，回頭見到是我，沒有開口轉身繼續走開。甚麼嘛，面對人美聲甜的美人兒，果然捨不得責怪吧。

「小心。」珩仔見我站穩，冷冷推開我。

「咪住，唔係有怪物周圍殺人咩，點解啲人好似無晒嘢咁，大搖大擺走嚟走去，唔驚俾怪物捉？」

「呢個就係我將武器收起嘅原因。」他沒有直接解釋，「我都仲摸熟緊呢度嘅運作規則。」

甚麼？！我忍不住提高音量說：「唔好話畀桃桃知，呢度同駱駝工廈唔同，我哋又要重新摸索過關條件啊！」

珩仔説：「以我頭先嘅觀察，怪物出現時，路人有正常反應，會走會叫。當怪物停止襲擊，離開一段時間後，呢度就回復日常狀態。我諗，呢度嘅路人全部都係 NPC。」

他舉例角色扮演遊戲來解釋，玩家在大城市裏進行任務，可以自由地偷車和搶車，甚至毆打路人。當玩家成功逃避警察追捕，或遠離事發地點一定距離，路面情況就會回復正常，彷彿他沒有打過人。

情況類似現在。

我聳聳肩，「是但啦，點樣都好，怪物走咗即係 Safe 啦。桃桃想食個 Afternoon tea 先，頭先無食飽，我仲好肚餓。」

「啊！」我靈機一動，問道：「你話玩家搶車同打人之後，過一排就無事，咁即係桃桃依家可以衝入愛馬士搶限量版手袋、去珠寶店攞鑽石頸鏈都得啦？」哇啊！這裏簡直是天堂嘛！我尋找前往尖沙咀的方向，興奮地舉步走。

在我身後的珩仔沒有出手阻止，輕飄飄吐出幾句話，「怪物神出鬼沒，你毫無防備，到時死咗都唔知咩事。」

「珩仔！」我雙手叉腰，氣惱地回話，「桃桃有時覺得你人生真係太無趣，成日都好似無欲無求咁——」

「——珩仔？桃桃？」一把爽朗又熟悉的聲音，讓我沒有説下去。我轉身一看，五、六十歲的男人，頭髮染成近乎深棕色的黑色，橙色 Polo 恤勒住大肚腩，涼鞋短褲，後褲袋插住一份馬經。不就是、不就是⋯⋯

「馬經大叔？？」我詫異地看着眼前這個人，「你唔係死咗咩？」

「你哋都死咗㗎！」馬經大叔同樣露出驚訝表情，然後目光放肆地游走在我身上，「桃桃瘦咗又靚咗喎！買咗新袋？」

珩仔立刻意會道：「睇嚟你喺宏青拔除黑魅嗰陣，資訊都同步咗。」他走向馬經大叔，剛好擋住馬經大叔看我的視線。

資訊同步？馬經大叔在駱駝工廈五樓的機械虎獸一役中戰死，理應不知道我和珩仔後來身亡，除非跟我們一樣，也在地面層成為黑魅中的一員，洞悉了意識空間的所有。

「原來識㗎？」站在馬經大叔身旁的男生插嘴問道：「你哋究竟講緊乜，個腦 Short 咗啊？」

重遇馬經大叔實在太激動，我以為這男生是路人沒多注意，原來他是馬經大叔認識的人。男生約莫十七、八歲，短髮挑染金色，中分瀏海帶有 C 字彎度，大熱天時穿黑色 T 恤、黑色長袖牛

仔外套和牛仔褲、白色波鞋。

最突兀就數左耳的銀耳環，垂吊十字架加一條銀鏈，銀鏈往上連結夾在耳骨上的耳夾。還佩戴了純銀骷髏骨頸鏈和幾隻戒指，濃濃 MK 味從他身上湧出。

我建議道：「你啲配飾同衫其實無乜問題，唔知點解全部加埋一齊、放喺你身上就好有問題，不如你……」

他上下打量我，「阿姐，以為全身名牌好威啊，正一死港女！」

「咩阿姐啊！桃桃頂多 Old 你一、兩歲咋嘛！死 MK！」

「咩 MK 啊！」他的食指指向自己心口，抬起下巴，「我係天水圍 YT 大哥，你連我都唔識，好揪極有限啦！」

「YT？就憑你？」

「桃桃，你畀面我，」馬經大叔擋住他，笑嘻嘻爆出驚人發言：「佢係我個仔啊，哈哈！」

「What？？？」我來回打量他們兩個，輪廓好像又有幾分相像。

男生雙手插褲袋，站得歪歪斜斜，撇着嘴，一副不屑的屁小

孩嘴臉。撇開這些，中等身材，倔強眉眼和勉強算是端正的五官，倘若轉換形象，應該會好看多。不過……我望向珩仔，美男排行榜第一名的地位難以撼動啦。

馬經大叔續道：「我頭先一回神，衰仔已經喺身邊係咁叫。呢，介紹返，」他用手比比我與珩仔，「呢位靚女係顧桃晴，大家都叫佢做桃桃。佢係珩仔，唔好睇全身紋身又 Cool，佢好有義氣㗎，以後有咩事都可以搵佢！」

他說話粗聲粗氣，毫不客氣將兒子付託給珩仔，在平常情況下，我會覺得這種人粗鄙、沒教養。經歷過多次戰役，與他結成生死之交，這種付託反倒顯出他對我們的信任。

珩仔淺淺一笑，表示沒問題。馬經大叔推了推男生，「衰仔，叫人啦！」

「珩仔，」男生不情不願，「我……我叫宋江。」

「宋江？」我噗哧一笑，「韓國明星嗰個宋江？又話自己係 YT 嘅？」

「咩宋江，講全名啦！」馬經大叔說：「佢叫宋江——」

「叫宋江咪得囉，咪多事啦！」男生狀極緊張，伸手掩蓋馬經大叔嘴巴。

「財。」這阻止不了馬經大叔往下説：「衰仔叫宋江財啊。」

「原來係財仔啊！」我大力恥笑。

宋江漲紅了臉，別開臉不説話。

珩仔倒是面色不改，「宋江，歡迎進入意識空間。」

馬經大叔及宋江，到底跟我和珩仔一樣都是真人的意識，抑或意識世界裏的 NPC 呢？知道答案的人，例如宏青和碧晴，他們已經回到現實世界，只要找到馬經大叔在現實世界確實存在的證據，便知道他是真人。可是茫茫人海，就算找不到也不代表現實中沒這個人。

珩仔洞悉我內心想法，斬釘截鐵道：「無論馬經大叔係真人定 NPC，絕對唔可以死。」

「意識空間？NPC？」宋江圓睜雙眼，用看瘋子的目光看向我們，「你哋以為自己打緊機？」

作為交換，我憐憫地看着他，「宋江啊宋江，無知真係幾慘。」他這個反應，説明進入太子這個意識空間以來，未曾遇過怪物。

珩仔問馬經大叔：「呢度咁危險，你乜都無同佢講？」

「我，唉，」馬經大叔困惑地搔搔頭，「如果唔係你哋，我仲以為呢度係現實世界。」

珩仔不再廢話，無視宋江相信與否，要我講解駱駝工廈的事，以及般若的概念。聽到馬經大叔戰死，宋江一點都不傷心，如同聽別人的故事般。

我說：「根據駱駝工廈嘅經驗，我哋喺太子呢度應該都一樣，要搵補給品同討伐怪物。儲夠分數就過關，解鎖 New 嘅地區。幾關之後，走出意識空間，返去現實。」

「太子有怪物？異世界？」宋江的聲音招來旁人注目，「老豆你同佢哋癲埋一份？」

「宋江，跟我嚟。」珩仔轉身走開。我們跟着他在烈日當空的街道上走來走去，總算知道他的目的。

找出結界。

◎ 03 結界

我們現在身處太子的彌敦道，位於界限街與弼街之間。我雖然在澳洲讀書，好歹出生於香港，對這個地方還是有點瞭解。彌敦道是九龍油尖旺區的主要道路，連接旺角與尖沙咀。

彌敦道禁區

NATHAN ROAD ZONE

道路南北走向，北面由太子的界限街起，經旺角、油麻地、佐敦，連接尖沙咀的梳士巴利道。太子不算正式地名，香港官方地圖沒有太子這個地方，正式來説這裏屬於旺角區。

香港不少地方有類似情況，受港鐵站命名影響，改變了該區的稱呼。例如設在深水埗區的長沙灣站，使附近建築物以長沙灣命名，隨着日子久了，很多人誤以為該區是長沙灣區，而非深水埗區。這裏也是，由於港鐵建設太子站，香港人便約定俗成稱呼這裏為太子。

珩仔測試了一段時間，走上大廈、下去地下室、進入橫街小巷。最終得出的結論是，結界即無形牆，包圍着界限街與弼街之間的路段。換句話説，第一關的活動範圍是太子，多道無形牆設立在四周困住我們，我們無法走出這裏。

慶幸的是，手提電話未被中斷訊號，珩仔打開 Google 地圖，截取畫面，畫出能夠移動的範圍，亦即第一關場地。

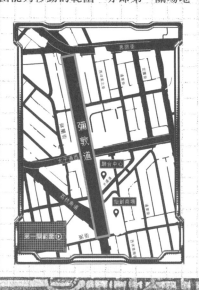

「點、點解會咁㗎？！」兩分鐘前，宋江親身體驗無形牆，嚇得面色蒼白。

我們站在始創商場門口，面朝弼街這條馬路。宋江準備過馬路，抬腳遇到一道隱形的牆般，好像在水底移動遇上阻力，腳尖在結界前被擋住。

他嘗試加大力度再踩，腳底有些少越出行人路，馬上被阻力彈了回來。他面色一沉，後退幾步，忽然全速衝向無形牆！結果當然是整個人被反作用力彈回，狼狽跌倒地上啦！

我指着他笑道：「呢啲係咪叫有其父必有其子呢？」馬經大叔在駱駝工廈第一次遇到無形牆時，也是衝動地一頭撞去。

宋江尷尬地起身，撥撥褲上的灰塵，遷怒於馬經大叔，「你明知係咁，做乜唔早啲話我知！」

馬經大叔掏出褲袋的馬經，啪啪作響地拍打手掌，一副世外高人的嘴臉，悠悠道：「細路仔唔撞下板，點學識教訓啊。」他讀書不多，粗人一個，卻懂得好好管教兒子。也是啦，會不會教育和引導孩子，不一定跟家長接受的教育程度成正比。

宋江氣得走入始創商場，「我 18 歲喇，警告你唔好再話我係細路仔！」

我從頭到腳打量宋江一遍，趁馬經大叔走開，對珩仔說：「MK味、衝動、叛逆，呢啲唔應該攞嚟判斷宋江嘅人格。」

「喺呢度，最緊要一齊合作對抗怪物。」珩仔冷酷的神色柔和了些許。

來到始創商場大堂，珩仔制定行動方針，「第一關過關分數應該唔會太高，我哋趁怪物出現前，收集武器同補給品，試下過唔過到無形牆。就算唔得，咁怪物襲擊時都有嘢揸手。我哋四人一齊行動，先買武器，再去藥房。」

這個安排合理，眾人應聲動身。商場人多嘈雜，一片和平，不像有怪物出現過，宋江難以相信這裏是異空間，抱怨約了朋友想先走。期間我們嘗試打電話，撥通宏青與碧晴的電話號碼，長響沒人接，打給其他人也是同樣情況。

我們人人背上背包，裝滿各樣武器和醫療用品。珩仔建議我捨棄不實用的心型小手袋，見我堅持便沒再提出。我們經過彌敦道一間拉下鐵閘的倒閉商店外，遇上我最不想見到的人，曼基。

「珩仔！」曼基穿灰綠色 T 恤、灰藍色短褲、紅色帶人字拖鞋，笑着揮手。他不僅衣着品味差到極點，長得又醜，兩粒又小又圓的雙眼，門牙哨出，身高不足一米六，污染我寶貴又漂亮的雙眼！我的中文差，但起碼知道有四個字符合他：獐頭鼠目。

珩仔的腳步頓了頓，「曼基。」

看來珩仔原諒了曼基的出賣，主動邀他加入我們一起行動，我第一個反對，「唔制啊！」

「桃晴，原來你睇唔到。」珩仔沒頭沒腦道。

「都叫你叫我做桃桃咯！」我東張西望，「我應該睇到乜？」

珩仔倏然步近，深沉烏黑的眼眸牢牢凝視我。他不疾不緩逼近，我步步後退，直到背部貼上鐵閘，發出叮鈴噹啷的響聲，震得我心臟噗咚噗咚的跳！

他比我高出一個頭，我抬頭剛好看見尖削俐落的下巴、修長挺拔的脖子。甚麼，這是在壁咚我嗎？

我唯有坦白道：「桃桃知你顧忌宏青而唔敢追我，不過我Already 拒絕咗佢喇，我批准你追我啦。」

他彷彿聽到一個笑話，冷哼一聲，抬起紋上狀似符文的手指，指向自己胸膛，「平心靜氣，專注睇。」他的身形比例恰到好處，不會過於瘦弱，也不過於粗壯寬大，他誠邀我欣賞肉體，我固然賞面，任由雙眼在他身上放肆地上下游走。

「桃晴，睇呢度。」他再次指向心口，對大家說：「你哋都試下。」

好吧，原來他不是那個意思。我深深吸口氣，集中意念。然後，我慢慢看見那東西！珩仔身上是黑色衣服，起初我只見到黑色棉質布料，隨着我的呼吸和心跳回復平穩，身心放鬆，他胸前逐漸發亮。

對的，發亮。感覺十分不可思議，沒有人用電筒照他，而是自他身上發放出來，不是身外，是體內照射出來的光。起初只有芝麻一點光，逐漸擴大成拳頭大小的光團。柔柔白色光暈並不刺眼，在他胸膛持續發光發亮，伸手過去碰不到，沒有任何溫度。

「我本來打算收集完補給品，再同你哋講，」珩仔知我看見了，問大家：「仲有無其他人都見到？」

馬經大叔和宋江都一臉懵懂地搖頭，而曼基……胸口也有同樣的光團！珩仔説：「曼基，我知你都睇到。」

「係、係啊，」曼基膽怯地低頭，不敢看我們應道：「不過我唔、唔敢講……」

馬經大叔豪邁地拍他，「依家咁時勢啊，想講咪講囉！」

「啊！」宋江瞪大雙眼，看着馬經大叔心口，「我都睇到喇！」

經過一輪互相看來看去，馬經大叔終於也看得見，我們五人分成兩個組別：我、珩仔、曼基看到彼此身上的光團；馬經大叔

與宋江看到彼此光團。我們三人看不見馬經大叔二人的光團，他們亦然。

我猜，我知道珩仔想表達甚麼了！我帶着慶幸又擔憂的心情，試探道：「唔好話畀桃桃知，啲光代表……」

「隊制賽。」珩仔答。不是吧，我跟老鼠屎曼基同組？

珩仔說：「大家都知道，駱駝工廈嘅規則隨情況而自行更改。由駱駝工廈嚟到太子，運行模式都會改變。我哋嘅光就似印記，方便分辨同隊隊友，其他人睇唔到呢個光印。」

光印，是太子給我們的提示，如同測鬼機由善念化成，用以幫助我們。珩仔提議道：「『光印係隊旗』暫時係假設，不如去無形牆測試下？」

駱駝工廈由九樓至 G 樓合共十層，每一層等同每一關。每關有過關條件，只要滿足了就解鎖下一關，我們可以由上一層，走去下一層，亦即通關。

所謂的過關條件，採用計分制。以打電動的方式理解，每關有指定過關分數，儲夠分才能過關。例如九樓關卡需要 100 分，討伐一隻怪物有 100 分，可以即時過關。沒能消滅怪物的人，靠收集武器和藥物，慢慢儲夠 100 分。

　　根據隊制賽定律，計分制不是獨立一人計算，而是整隊人的總和分數。例如我、珩仔、曼基三人同隊，加起來有 100 分就可以通過，即是說，就算只有珩仔得 100 分，我和曼基 0 分也能一同過關。

　　除了加分機制，亦有扣分機制，包括隊員受傷甚至死亡，根據不同程度與情況，所扣的分數也會有所不同。換句話說，最理想是不折損一兵一卒、毫髮無損地殺死怪物，輕鬆過關。

　　過關分數並不是劃一。同樣以「九樓關卡需要 100 分」為例，最快儲夠 100 分的人，作為第一隊過關。之後，過關分數由 100 分提升至 150 分，下一隊要儲夠 150 分才過關。第三隊要 200 分，餘此類推。過關難度變相不斷提高，所以爭取成為第一隊、最早過關為佳。

　　我對宋江解釋：「呢度無計分板，話你知實際有幾多分、過關分數係幾多啦。桃桃用分數做例子，純粹想 You 有實在啲嘅概念，Easy 啲掌握運行法則啫。」

　　他皺起眉頭，嫌棄道：「講嘢唔好夾咁多英文啦，死港女！」

　　珩仔制止我們開罵，接着說下去。由於有隊制賽這個規則，在「光印假設」之中，我、珩仔、曼基同隊。若然待會一起過關，能夠印證這個假設成立。當然，還得多測試幾回。

「點試啊?呢度咁大。」宋江問。這裏與駱駝工廈明顯的建築結構不同,工廈只有一道無形牆,設於後樓梯,每過一關就下一層,過關模式是垂直發展。

四通八達的太子處處都有無形牆,即使夠分過關,還要逐道無形牆測試,才知道通關後開放哪裏、關卡範圍往哪處伸延。猝不及防,我們沒法繼續討論,安全時刻就此結束。

*「嗶嗶嗶嗶嗶嗶!」*戰事倏然展開!代表大戰的號角——掛在心型小手袋上的測鬼機,驟然如雷聲響起!

◎04 出沒

「哇啊!」途人大聲尖叫,「殺人啊,救命!」

我們旋即取出武器,尋找怪物所在!傳出動靜的是前方始創商場,人群爭相從那邊湧過來,我在聯合中心外的行人路,差點被他們撞倒!馬經大叔扶着我,「睇路啊阿妹!」

「老豆走啦,仲望!」宋江隨人潮逃跑。

「宋江,」珩仔拉住他,「我哋去始創。」

*「嘭!嘭!」*那邊情況混亂,有人衝出馬路,導致車禍!四

車連環相撞！

「有人捲入車底啊！」有人叫。

「搵人報警啦！」又有人叫。

我說：「珩仔講得啱啊，趁怪物喺度，我哋夾份殺死佢！」

宋江甩開珩仔，「睬你都傻！就算呢度真係異世界，咁儲夠補給品可以試下過關，唔使急住打怪物㗎！」

珩仔解釋：「我哋可能仲有其他隊員，萬一佢哋係第一次入異世界，就似你咁，隨時未搞清楚狀況就俾怪物殺死。依家最重要唔係過關，而係保護佢哋。」

先前的情況未算緊急，珩仔才會提議去無形牆測試光印是否等同隊旗。這刻怪物出現，首要處理的自然不是測試光印。宋江卻未明白隊員的重要性，馬上反對：「我哋連自己都顧唔掂啊，仲逞英雄去救人！救人呢啲嘢交返畀界消防員同急救員做啦！」

「衰仔，仲駁嘴！」馬經大叔不給面子，用馬經拍宋江後腦，「頭先無認真聽桃桃講解咩，隊員受傷或死亡，會扣好多分，想過關都難喇！」

我提議道：「呢度咁大，我哋分組搵隊員啦！」

033

「跟實你阿爸。」珩仔對宋江說完，轉身跑向始創商場。

「哎啊，等埋桃桃啊！」我擠開途人往前走。大家按光印分組行動：

隊員
桃桃隊：桃晴、珩仔、曼基
馬經隊：馬經大叔、宋江

意外發生在始創商場地面的名錶店外，路人走得七七八八，剩下走不動的傷者或家屬。珩仔接近被怪物殺死的屍體，蹲下來檢查傷口，「物理型攻擊。」

死者是中年男人，全身上下多個血洞，像被人拿刀狂捅，怪物力度想必大得驚人。途人看不到怪物真身，只見到多把長刀狀的東西伸出，插沒幾下就消失，速度飛快，直到有人倒下，才知道原來有人中刀身亡。測鬼機沒響，表示怪物移動到別處施襲。

物理型、速度快，目前掌握的情報不多，無法查出怪物檔案。我說：「呢邊一眼望晒，無隊員。反正無形牆就喺隔籬，不如順便試埋係咪真係過到無形牆先？」

我們在彌敦道與弼街交界，最接近的無形牆設在弼街。站在始創商場正門，可以測試兩個方向：一，朝西洋菜南街；二，旺角道。第一關範圍是貫穿太子的彌敦道，我們要弄清楚的是，通

關延伸方向是橫向或直向，有助推測整個意識空間的範圍：

一、橫向延伸

　　要是朝東西兩方，解鎖砵蘭街和西洋菜南街，那麼整個意識空間很大機會就是太子區。只要走出太子區，便走出意識空間，回到現實世界。這是籠統猜測，或許不只太子區，還有旺角區等等，總之是以「地區」來劃分。

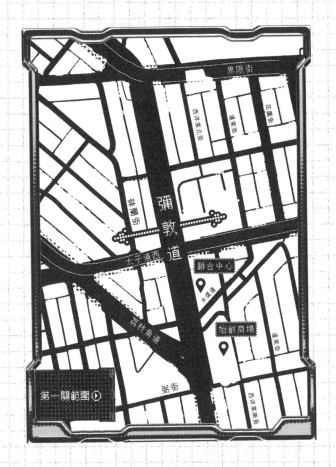

二、直向延伸

要是朝南北兩方，解鎖界限街和弼街，即是通往旺角道和長沙灣道，那麼意識空間很大可能是整條彌敦道，以「**街道**」來劃分。

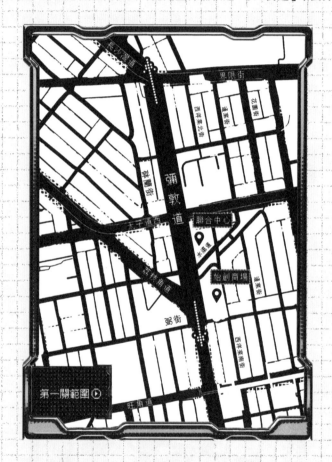

三、其他可能

當然，也有可能是「**以上皆是**」。那麼，情況如同一滴墨水落入清水中，由中心點往外擴散，解鎖多個方向的街口。

又或者是「以上皆不是」。即是說，並不是往東南西北的水平方向延伸，而往高空延伸。這一區內，仍有很多建築物或地方設有無形牆，有可能是解鎖那些。

以上三種可能，我暫時沒想出哪種更有利我們。只是盡早知道的話，之後不用逐道無形牆測試，直接前往最有可能解鎖的方向。始終這裏實在太大，人家已經累透了！

我們伸腳測試無形牆，沒有整個人跨過去。結果，沒有解鎖西洋菜南街方向，只開放旺角道方向。我開心拍掌，「Yeah，夠分過關！」

始終第一關的過關條件相對容易，有足夠物資則可。話未說完，本來走光的途人，忽然往我們這邊衝跑過來！怪物來襲！

「啊！走啊！」曼基率先衝過無形牆，越過粥街，來到對面行人路！進入第二關範圍！

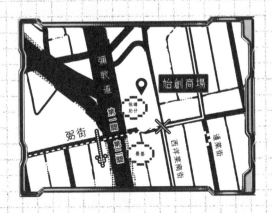

「曼基，乜你咁自私㗎！」我罵道：「我哋過到關，唔代表馬經隊都係，你無諗過留低幫佢哋咩？！」

「有怪物啊！唔好阻路！」幾個壯漢突然推開我，學曼基跑到對面行人路。

「啊──！桃桃 Falling down──！」我急急往前趴下。

有人把我拉回，讓我一下子倒進他的懷裏，這隻手明明冷冰冰，我卻感到十分溫暖，「珩仔……啊！」

我來不及説話，那些人被無形牆彈回來，狠狠撞向我！我閉起雙眼，任由珩仔緊抱不放，「攬實桃桃啊！」

這無情的混蛋居然一把推開我！我硬生生撞上欄杆，擦傷手臂，「做乜推開桃桃喎，流血喇！」

珩仔施施然來到我身旁，淡淡掃了對面一眼。曼基雙粒細眼睜大，「對、對唔住啊！我試下可唔可以行返過嚟。」

我們與曼基之間有十數個路人，他們過不了無形牆，正擠在馬路口。根據經驗，通過第一關、進入第二關後，無法再次越過無形牆，回到第一關。曼基本着測試精神，抬腳一踩，意外地回到我們這邊的行人路上！

壯漢嘖嘖稱奇，「點解你可以過到去，又行到返嚟嘅？」

其他人拉住曼基，「你係咪知道發生乜事？」

另一人揪起曼基衣領，「講，怪物係咪你放出嚟？」

眾人開始七嘴八舌。

「哐！」巨大的金屬撞擊聲震出，人人噤聲望向聲音來源。珩仔的斧頭劈斷欄杆，朝曼基走去。珩仔的眼神銳利嚴肅，人人讓出一條路，不敢與他作對。走到曼基面前，珩仔對捉住曼基的人冷冷道：「我哋嘅共同敵人係怪物，你想有命走出去就放開佢，盡快搵武器保護自己。」

那人嘴巴說不過珩仔，雙手空空，武力也鬥不過珩仔，悻悻然鬆開曼基，與其他人四散。曼基垂下頭，看着腳尖，「多、多謝。」

「今次規則有變，過關者可以自由出入兩個關卡。」珩仔拍拍他肩膀。

「唔知你有心定無意，」我對曼基說：「我哋之前俾你呃過，桃桃點都唔會俾機會你再呃第二次！」

珩仔嘆氣，「既然肯定夠分，我哋避開怪物，唔使硬碰。」

「Go！」我宣布道：「作戰方針：一，幫馬經 Team；二，搵桃桃 Team 隊友！」

彌敦道的馬路因車禍和有人用雜物設置路障，全線停駛。司機紛紛棄車，隨人群躲避，遺下塞滿馬路的各樣汽車。我們經過太子道西，來到對面，行人稀疏不少，很多人選擇走入商舖躲避，落閘阻擋怪物入侵。幾個傷者坐在路邊，男學生用毛巾捂住傷口，對旁邊的女學生説：「睇嚟呢次範圍大好多，等陣攞物資先，唔好戀戰。」

　　珀仔望了我一眼，我不懂他想表達甚麼，試探説：「呢度唔係所有人都係NPC，有人同我哋一樣都係真人意識，由另一個空間傳送過嚟！」

　　不等他回應，我上前伸手，「你哋好，我叫桃桃，都係第二次入意識空間嘅苦主。你哋都係由駱駝工廈過嚟？」

　　他們果然知道甚麼回事，男學生答：「唔係駱駝工廈啊，係第二度。原來呢度有咁多真人！」

　　珀仔考慮到他們説不定是馬經隊隊員，邀請他們一同行動，卻遭到拒絕。也許因為在他們眼中，我們既是陌生人，又不同隊，在不信任的情況下，情願分開行動吧。

　　我們只好繼續往太子方向走，珀仔説：「呢度應該有好多真人，有啲係有經驗者，亦有第一次參加，總之……有好多隊伍……」

　　他瞥了瞥我和曼基，「今次係大型隊制賽。」

天啊，之前得三、四隊都鬥得你死我活。怪物已經夠難對付，這裏還要有那麼多人，擠滿無數隊伍，我們要分心戒備滋事分子！

走到運動場道與界限街之間，我們經過一間地舖時，怪物再次殺過來。事與願違，愈想避開怪物，愈是避不了。

這次，我們不得不正面迎擊！

◎ 05 攻擊

「嗶！嗶！」測鬼機驟然作響！

「哇！走啊！」幾個人自前方的界限街，急急逃跑過來，顯然就是遇到怪物！

珩仔登時領我們轉身飛奔，「走。」

我未見到怪物，先叫為敬：「唔好 Hurt 桃桃啊！Bye！」

「唔好擋住！呃、啊！」後面有個大叔推開我，叫了一半。我回頭望，他的心口中刀了！

「啊啊啊啊啊啊！」他正正在我後方，我看得一清二楚！插在他身上的才不是刀，而是一條有點像人類舌頭的東西，當然不是正常的舌頭，顏色呈深紫紅色，柔軟而濕漉漉，沾有液體。它呈尖錐狀，有點像錐螺，螺塔側面有一層層凸圓的螺旋，從小到大排列，塔頂是銳利的尖錐。

它一下子從大叔背後刺入，貫穿身體，刺出胸口！假如我跑慢一步，或它再刺出少少，連我都遭殃！那玩意速度快得驚人，見大叔一擊即斃，馬上抽回，退出他的身體，似乎在尋找下一個獵物！

「珩仔，走唔切喇！」我嚇得大叫。我們再逃跑，下場隨時跟大叔一樣，背部中招！

物理型、速度快，這隻怪物分明跟剛才在始創商場施襲的是同一隻！牠很快就由那邊跑到這裏！珩仔急停步，回身迎擊！

十幾名路人在我們身邊陸續穿過，我們三人一字排開，擋在路中心。珩仔雙手持斧，「唔理路人係 NPC 定真人，受傷都會增加惡念、加強怪物力量。而且有佢哋喺度，可以分擔怪物對我哋嘅攻擊。」

剛剛倘若沒有大叔擋一擋，被插中的人恐怕是我！珩仔的意思是，不要以為是 NPC，我們就可以無視他們的生死。保護他們，等同保護我們自己。有夠麻煩！

待他們走清，剩一人站在遠方，目光呆滯地看着我們。那男人約三十歲，身型略肥胖，灰色 T 恤，黑色短褲，戴眼鏡一臉忠厚老實……注意，僅限五官老實，雙手一點都不老實啦！

他全身跟人類一樣正常，唯獨兩條伸出手袖的，不是人類手

臂。粗幼跟人類手臂差不多，長達三、四間舖位，深紫紅色、表面有透明液體，正正就是剛才一下子殺死大叔的尖錐狀觸手！

觸手像蛇一樣在半空揮舞，靈活地伸縮和彎曲。冷不防，右觸手陡然發力伸出，嗖一聲筆直朝我們刺來！

「哇！」曼基跳入左邊的茶餐廳。

站在中間的珩仔一躍而起，大跨步朝後跳去。

「So dangerous！」我在行人路外側，自然跳去右邊的馬路，停駛汽車可以作障礙物。

戰事就此拉開序幕！

曼基在茶餐廳內大聲問：「我、我哋喺工廈死咗，只不過係嚟到另一個空間，並無真正死亡。假設喺度又死一次，其、其實……」

「一次過講啦你！」我厲聲催促。

他問：「喺意識空間死，唔代表現實世界嘅我哋跟住死。咁喺度唔驚死啦？」

之前在駱駝工廈，我們認為在意識世界死亡，現實世界的身體也會跟著死亡，意識無法與身體重新結合，所以無論如何都不

能死。然而，我們這些在駱駝工廈死去的人，意識並沒有如假設中的真正消散，而只是轉換地方，來到另一個意識世界。

這個話題暫且擱下，現在於我們三人之中，數沒有遮擋的珩仔最易攻擊，右觸手猶如裝上追蹤雷達的飛彈直擊他！珩仔是我們隊的 MVP，身手不凡，兩三下功夫跳上車頂。

「轟！」觸手來不及收掣，轟落珩仔原本還在的路面上！那可是石屎路，看似柔軟的觸手憑藉高速飛插，末端尖錐輕易鑽進去，鑿碎石屎，碎石飛散，路面凹出坑洞！如果那不是珩仔，換作是平常人，腳掌早已破了個大洞！

「Oh my Gosh！」我緊張得猛吸口氣！

觸手收回，停止動作，判斷現場環境，靜靜與珩仔對峙。路人走光，這裏活着的生物剩下觸手人、珩仔、曼基和我。我猜還有人未死，正躲在角落觀戰，不敢亂吭一聲。

太子街頭前所未有地冷清，車輛停駛、不見路人，空氣凝固起來，彷彿一粒細微的聲音都變成雷聲般吵耳。我以車身作掩護，蹲了下來，從車與車之間的縫隙抬頭看珩仔。

「唔可以死。」低沉嗓音回答曼基先前的問題。站在車頂的人正在低頭，垂下來的頭髮遮住半張臉，看不清表情，胸膛肌肉隨着呼吸起伏。修長孤清的身影，宛若一頭獵豹，散發冷傲的氣勢。

珩仔說：「意識空間嘅時間流逝同現實世界唔同。再者，由意識空間去另一個意識空間，中間經過時空錯亂，唔知會錯失幾多年。」

日光照耀下，垂手持斧，一道銀光沿斧刃的弧線流過，「我哋嘅意識無即時消散，唔代表無『受傷』。每死一次，等同削弱意識一次。當意識削弱至消散，現實世界嘅肉身就跟住死亡。」刺目銀光晃得我有點暈眩。

以上純粹是珩仔的猜測，但有過死亡經驗，我的確感受到他說的「削弱意識」。不管如何，我們在某程度稱得上死而復生，絕對是奇蹟，卻不是可以濫用的機會。機會或許只得一次。這次從工廈活了過來，不等同下次也是。

珩仔的眸光一動，凜冽寒光從髮絲間映射出來，「唔好忽略，呢度有大量真人意識，惡念持續吸食。終有一日，般若可能突破意識世界，闖入現實世界……」

「人間大亂。」語音一落，他陡然發動攻勢！他跳去前面的士的後尾箱，走過車頂，來到車頭，又一下子躍起，跳到再前方的車上！敏捷、靈巧，真的很像一頭獵豹！見珩仔來勢洶洶，右觸手馬上再度伸出，阻止他接近！

珩仔經過我頭頂時，一塊硬物啪嗒一聲掉落，差點擲中我頭部！

「查下隻怪物。」他冷冷拋下這句，踏步上前，迎擊怪物！我雙手接着的，是SCF平板電腦。

◎ 06 觸手

平板電腦背面貼有SCF貼紙，代表它是屬於SCF組織的持有物。界面簡單，只有一個軟件程式，即SCF怪物資料庫，紀錄了眾多怪物特徵、等級和攻擊方式等等，很多時都提供了線索給我們，包括該怪物的強項和弱點，是對抗怪物的關鍵用具之一。

由於怪物數量眾多，我們通常利用搜尋功能，輸入怪物等級和已知特徵，以收窄範圍，找出特定檔案。例如面前這個觸手人，牠的特徵……我站起來觀察珩仔與牠打鬥。

怪物沒有表情，身體動作遲緩，相比之下，觸手快得驚人，儼如長鞭啪嗒作響，橫掃珩仔！

珩仔沒打算死鬥，正在拖延時間，尋找撤退機會。他一人來去自如，不過帶上走得慢的我和曼基，難以撤退。矮身一閃，珩仔與怪物重新拉遠距離，目光沒有一刻離開牠，「曼基，幫桃晴。」

糟糕！觸手的動作實在太快，剛好剋制珩仔的強項：敏捷，加上使用長距離攻擊，擅長短攻的珩仔根本靠近不了。面對天敵，他還空出曼基來幫我，會否太自負了！

「啊，知、知道。」曼基不敢質疑他的決定，跑到我身旁，接過電腦，準備輸入關鍵詞，「桃桃，點、點解測鬼機無、無無聲嘅？」

我伸伸舌尖，從小手袋掏出測鬼機，「我收起咗。」那是個黑色的長方形儀器，外形大小跟無線對講機差不多。

雖說測鬼，但實質是用來探測磁場轉變，同樣可以偵測怪物出沒。當怪物接近，測鬼機會發出嗶嗶聲。聲音愈頻密，代表距離愈近。前端印有扇形圖案，劃分成五格顏色，由左到右依次是綠色、淺綠色、黃色、橙色和紅色。每格顏色各有盞小燈，顯示怪物的危險程度，綠色是普通級，紅色則是終極危險級。

觸手人在附近，測鬼機發出極度頻密的嗶嗶聲，亮起綠燈。我舉起測鬼機，「珩仔，普通級咋，你一個搞得掂啦！」我們連橙色級別的怪物都對付過，區區綠色，算不上甚麼啦！

「描述。」珩仔沒有因而放鬆，全身緊繃，簡短指示。得知等級，曼基很快搜出檔案，遞上電腦。怪物檔案頁面黑底白字，設計簡單。頂部有怪物的照片，下面是怪物的詳細描述，底部寫有「觸手者」，顯示牠的名稱和危險級別。

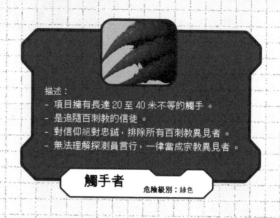

描述：
- 項目擁有長達 20 至 40 米不等的觸手。
- 是追隨百刺教的信徒。
- 對信仰絕對忠誠，排除所有百刺教異見者。
- 無法理解探測員言行，一律當成宗教異見者。

觸手者
危險級別：綠色

　　我和曼基讀完這段資料，對望一眼，交換愕然目光。完蛋了，這次資料庫完全幫不上忙，上面寫的字我全部都懂，但湊在一起就不知所謂。就像刻意塞滿大堆文字來戲弄我們！

　　「至少知一件事，」聽完描述，珩仔臉上漾起苦澀笑意，「唔使同怪物咁多廢話，直接郁手就得。」

　　他指的是「無法理解言行」。以往跟某些怪物交手，牠們聽得懂人類説話的內容，例如機械虎獸，曾因我們説過的話而改變攻擊。作為行動派，珩仔倒不怎麼在意這點，「既然走唔到，試下殺死佢。」

　　「好啊！」我馬上贊同，推了曼基一把，「曼基你出去先，桃桃要打電話 Call 人㗎！」

　　有曼基加入，雙方旋即展開第二輪打鬥！觸手者伸出右觸手，直擊正前方的珩仔，經過曼基面前時，曼基鼓起勇氣，作出進入意識世界的第一擊！他雙手拿着電鑽，打開電源，發出強勁的嘰嘰聲，狠狠鑽向觸手！

冷不防，觸手沒有如預料中避開，反而往曼基靠過去，像蛇一樣捲住他！動作飛快，一圈圈纏上曼基身體，打算絞殺他！

「曼基！」珩仔面色一沉，雙腳蹬地，以最快的速度撲向觸手者！

無奈的是，觸手者的速度比他快得多，右手捲着曼基，猛力往上抬升，如同嘉年華攤位裏一款叫「八爪魚」的機動遊戲機，瘋狂左搖右擺，一時飛上天空，一時俯衝往地。

「哇啊啊啊啊啊啊啊！」觸手者固然不是跟曼基玩遊戲，觸手壓根沒保護，拿他作出氣的洋娃娃，猛撞向石屎地，又擦向牆身！曼基克服不了離心力，加上高速轉動，身上不停爆出血雨，還嘔吐起來，場面極度噁心。

「Ew！好核突啊！」我不再看他，連忙撳鍵。對方竟然接通！

「你好，消防處救護車調派中心。請問有乜可以幫到你？」冷靜如機械人的女生接聽。

沒想過居然能夠聯絡外界，我一時間想不到該說甚麼，「唔唔，Hi，嗯……」

「啊啊啊啊啊啊啊啊啊！」曼基難聽的尖叫聲。

接線生的聲線顯得緊張，「請講出你嘅中文全名、身分證號碼、所在位置。」

哦，自我介紹嘛，我最擅長，「我叫顧桃晴，人人都叫我做桃桃㗎。今年 Nineteen 歲。平時鍾意睇 Book、畫畫同跳舞，身分證……」

「小姐，」接線生問：「所在位置，以及發生咩事？」

「哦，咁樣嘅，我哋喺太子，有隻……」我選擇適當用詞，「有人持械無差別攻擊路人，呢度好多傷者，麻煩你盡快派人救我哋！仲有救護車！」

接線生似乎相信我說的話，問了很多細節，還提醒留在安全地方。我急急說：「可以嘅話，唔該帶幾個防塵袋嚟吖，我唔想整污糟個手袋啊。」對方掛線。

「桃晴。」珩仔見我處理完畢，立時召我加入戰事。跟珩仔幾招交手，觸手者只用右觸手，已經夠珩仔吃不消。現在右觸手正綁實曼基，左觸手終於出動！

不像對曼基緩慢折磨，觸手者知道珩仔不好對付，不敢近身交戰，採取遠程攻擊，不斷出手直刺，一旦失手就即時收回，不讓他有還手機會！比起瘋狂動作的觸手，觸手者眼神呆滯，一點都不像懂得思考。

縱使有人類身體和五官，但我覺得牠沒有意識，似是佔據人類屍體的怪物，靠生物的基本求生能力，屠殺所有人。我跳到珩仔身旁，「咁無用㗎，一隻綠色級都搞咁耐，等桃桃幫你啦！」

「嗖！」深紅色觸手高速襲來！牠很會挑，知道與珩仔僵持不下，改變攻擊對象，尖錐方向微微轉換，往我突襲而來！我揮舞手上錘仔，「嗚啊！唔准蝦桃桃㗎！」

「小心！」珩仔一把推開我，擋在我面前！

我整個人倒進旁邊的商店裏，摔了一跤，推倒了貨品。那是一間小食店，擺在入口正是撈撈冷面區，換句話說，一大堆該死的蒜泥、辣椒醬和青瓜之類，宛若山泥傾瀉統統當頭淋了下來！

「哇啊啊啊啊啊啊啊啊啊啊！」衣服和手袋被這些臭氣沖天的東西沾污，簡直是世界末日啊！我衝出店外，「做乜推開我喎，我明明可以打中隻臭手！」

一提到臭，我滿腔憤怒和委屈，連同淚水如決堤洪水，一發不可收拾。珩仔正要回頭解釋，可惡的觸手竟捉住這個破綻，迅速竄來捲住他的雙手！我嚇得花容失色，「珩仔！」

「紅、紅紅顏禍水……」仍在玩八爪魚機的曼基罵我。

在這個關鍵時刻，一位帶着冷酷高傲的氣息，恍如冰雪毫無暖意的女生登場。

051

◎07 剋制

　　女生大約十五、六歲，穿校服，背着書包，顯然是下課半路經過太子。這身校服十分易認，算是香港眾多中學裏最漂亮的校服之一。她穿着白色短袖襯衫，繫着蝴蝶結領帶，再加上經典紅藍格子的蘇格蘭百褶短裙，配上黑色長襪和皮鞋。

　　她比我矮得多，一米五左右吧，直長黑髮，戴着無框眼鏡。表情冷漠疏離，目光掃過我和曼基，最後落在玥仔。她的眼神沒有一絲感情，不，甚至帶點傲慢不屑，一副與所有人格格不入，拒絕別人靠近，以為自己高高在上，可以耍大牌的嘴臉。

　　五官嘛，倒是唯一的優點。她擁有一雙未被社會洗禮的清澈眼睛，不像我又圓又大的桃花眼，而是眼尾狹長和微微上翹的冷艷。挺秀鼻樑，淡粉薄唇，清麗秀雅，是跟我截然不同的類型。哼，這個不識相的小妹妹，挑我最狼狽的一刻瀟灑出場，實在太不公平了！

　　她輕盈地跳到觸手者碰不到的車頂，手上有一把非常帥氣的弓箭，不是一般在電影見到那種傳統弓，而是結構複雜得多的現代弓。弓身和弓臂以合金材質製成，鏤空設計，漆成紫色。上下各有一個滑輪，連接鋼索線和弓弦，使得開弓更省力，射程更遠更快。弓身還有根長桿，用以平衡重心，使瞄準更穩定。整把弓看起來充滿機械和現代感，擺脫我以往對弓箭等於落後或殘破的刻板印象。

　　女生一氣呵成地完成整組射箭動作，俐落而優雅，分明不是初學者。搭箭舉弓時，她的目光變得極度集中專注。當她拉弓，屏住氣息，滑輪滾動，箭頭瞄準目標，果斷放箭。身姿挺直，籠罩一股凜然肅穆的殺氣！

　　「嗖！」箭矢如同一隻囚禁已久的獵鷹，衝破枷鎖，全速高飛，在天上嘶吼！至於目標，不是捲住曼基，或綑綁珩仔的觸手，偏偏是距離最遠、面積最細、最難命中的頭顱！野心很大嘛。

　　「嚶——！」觸手者遭受突襲，向女生發出尖銳叫聲，警告她不要挑戰自己。

　　箭矢幾乎以肉眼看不見的速度，閃到怪物眼前。快插中額頭時，兩隻觸手鬆開曼基和珩仔，擋在身前，舉步逃走！

　　「哼，打唔過就敗走，太廢喇你！」我打算乘勝追擊。女生從車頂跳下來，回到行人路，撿回地上沒命中的箭矢，隨怪物身後跑去。

　　「唔使追，」珩仔制止我們，「我哋夠分，唔使冒險同佢打。」

　　女生沒吭聲，停住腳步，把背包放在地上。啊，原來那不是書包啦，是箭袋才對。她背靠向牆，瞥了瞥我的心型小手袋，似乎認為在這種情況下，堅持背好看而不中用的手袋是不智之舉。

　　珩仔來到面前，伸手扶我起身。我惱怒道：「都怪你啊，桃

桃依家全身都好臭！仲有手袋，污糟晒喇！」他沒回話，默默去
便利店找來一些濕紙巾和清水給我清洗。

曼基懂得保護要害，在瘋狂八爪魚中活命，手手腳腳擦傷，
狼狽地走過來。他看女生的眼神充滿仰慕，難得地沒有口吃，稱
讚道：「你頭先好似隻獵鷹咁，好……好型。」

我噗哧笑了笑，揶揄道：「邊係獵鷹啊，簡直係愛神邱比特
添啦，你似乎中咗愛心飛箭喎。」

「唔係愛心飛箭，呢把係複合弓。」女生介意別人胡亂評論
武器，輕輕抬起左手上的弓。

曼基慌張擺手，「桃桃，唔、唔唔唔唔好亂講啦！」

珩仔眉宇間洋溢淡淡笑意，眼裏陰鬱輕了幾分，「唔係獵鷹，
更唔會係愛神邱比特，似係遊隼。」

「桃晴、曼基。」珩仔轉身，朝女生比比我與曼基，「珩仔，
多多指教。」珩仔垂眼打量女生，禮貌點頭。甚麼嘛，他該不會
跟曼基一樣，也沉船了吧？

「我叫曹之澪，你哋好。」被他那幽暗深邃的眼睛盯着，女
生依舊平靜。甚麼嘛，顧着對望，看不見我和曼基嗎？

「哼，原來全世界所有男人都鍾意妹豬。」我說出口，才嗅到話間酸溜溜的氣味。

「我唔鍾意妹豬。」珩仔說。
「我唔係妹豬。」曹之澪同時說。

我這是做甚麼，珩仔是有張清俊的臉，可是這就讓我吃醋？也太浪費寶貴時間吧，「桃桃有緊要嘢做，走先 Bye。」

「你去邊啊？唔、唔好亂走，有有有有怪物。」曼基想拉住我，又不敢跟女生有身體接觸而收回手。

我指指尖沙咀方向，不經意亮出纖細手腕與名錶，「諗諗下，既然呢度唔係現實世界，去搶手袋都好。桃桃睇中咗最新一季嘅星型小手袋，桃紅色嗰個！限量版㗎喇，超難買囉！」

「你睇唔到？」珩仔拉住我，嘴唇彎起意味不明的弧度，指向曹之澪。

「咩啊，桃桃又要睇到乜嘢⋯⋯哦？」曹之澪的心口，散發着白色的柔柔光暈。光印！這妖女跟我們同隊？！我氣得大力將手中的水樽擲向地面，水花嘩啦四濺，「唔制啊，桃桃唔要同佢一隊！」

「等等，」我有點意外地望向珩仔，「你怕桃桃誤會，所以特登拉住我解釋？」

他沒回答，問曹之澪：「你出手救我哋，係因為見到光印，知道我哋係隊員。即係話，你唔係第一次入意識空間？」

「我唔知咩意識空間，」曹之澪坦白答：「純粹見大家有光，加上你哋有儀器，應該知道呢度發生咩事。」她說的是測鬼機和SCF電腦。

珩仔環視四周，怪物離開後，這一帶暫時回復安全，躲起來的人紛紛走出來。不少人圍在我們身邊，把我們當成擊退怪物的英雄，以為跟着我們會受到保護。珩仔對大家說：「邊行邊講。」

他帶頭走向最接近的無形牆，即界限街那邊，要我對曹之澪講解般若概念等等。我明白他的對象不止曹之澪一人，而是同樣被困的人，於是挑重點說一遍。一如預料，有些人認為妙想天開，也有不少人接受我們的說法。走着走着，我們身上的光印突然消失了。

「光印提示我哋邊個係隊員，既然人齊，無必要亮起。」曹之澪站在無形牆前，腳步邁不過去，「遇到你哋之前，我見過幾隊人都係四個人。」

曼基收起腳尖，「即係，桃桃隊最、最最多有四個人？」

曹之澪的推斷確實有道理，但這個突然冒出來的女生，如此快就掌握情況，還提出解釋，讓我有點不甘。論文，她的情緒穩

定，思考敏捷；論武，是攻擊力極強的弓箭精靈，擅長遠距離攻擊，彌補習慣短兵相接的我們。搞不好，她取代珩仔成為桃桃隊的 MVP 呢！

珩仔的戰鬥技能當然不弱，但遇上例如觸手者這種使用長距離武器的怪物，同時要兼顧曼基與我，會讓他陷入苦戰。曹之澔剛好剋制這種怪物，她與珩仔兩個，一人擅遠戰，一人擅近戰，實在⋯⋯太好了，我頓時覺得桃桃隊所向披靡的感覺實在太棒了！

我們有近攻擔當、遠攻擔當和⋯⋯我望向曼基，算是資料庫擔當？至於我嘛，曹之澔是長得美麗沒錯，不過少了點熱情，如同無趣的機械人，難以令人以欣賞女性的角度來看她，還是我這種集可愛、俏麗和性感於一身的美女，才負得上漂亮擔當這個重任。

想通這些，我整個人豁然開朗！主動領先帶路，帶着大家進發彌街通關！

◎ 08 遊隼

珩仔贊成這個做法，讓大家收集物資，先去第二關。經過一些商店，趁大家包紮傷口和找補給品，我換了一身衣服，穿上白色背心與短牛仔褲，蒜味也徹底消散。

曹之澔站在高處負責盯梢，珩仔則在路面戒備，我來到他身

旁坐在地上，「點解你頭先話曹之澐係遊隼嘅，遊隼係咪油鯭啲朋友？」油鯭是海洋生物，跟遊隼好像是兩回事吧？

「你自己睇。」他遞上手提電話，上面是關於遊隼的介紹。遊隼是鳥類，外形有點像鷹，體型輕巧得多，屬於凶猛的中型猛禽，是全世界飛得最快的鳥類。

擅長以極高速度俯衝，用腳爪猛烈撞擊以殺死獵物，有空中戰鬥機之稱，事實上，的確有很多軍用飛機以遊隼命名。這種一擊斃命，快、狠、準的捕獵方式，連比牠體型大得多、凶惡得多的金鵰和鷹，見到牠也要避走。嗯，我明白珀仔為甚麼說曹之澐是遊隼了。

沿路試過很多無形牆，統統沒開放，似乎只有一個出口，即弼街。大家認為差不多儲夠分數，不敢耽擱，一行二十多人幾乎是以跑的速度去弼街。不見觸手者或傷者，趁怪物走入大廈或商場內，這是我們移動的最好時機。

經過金都商場，我們順利來到弼街的無形牆前，順利得有點不可思議。我們當中有些隊伍通過了無形牆，越過弼街到對面行人路。不夠分的沿路折返，繼續收集補給品。我與珀仔四人則沒有過關，等馬經隊一起過去。每隊四名隊員，我們獲得曹之澐這名強大弓箭手，而馬經隊有兩個空位，究竟招來甚麼隊員呢？

「桃桃、珀仔，你哋齊人喇喎！」馬經大叔爽朗的聲音響起，

聽起來心情不錯，「我哋都揾齊晒四個人喇！」

回頭一看，我忍不住笑了。站在馬經大叔和宋江旁邊，有兩名隊員。第一名，是名叫 Susan 的 42 歲家庭主婦。

對啊，滿街都是的那種典型家庭主婦，素顏大眾臉、身材略胖、中年發福、穿着 T 恤、牛仔褲、波鞋、背包，左右兩肩不忘背着一袋二袋環保袋，說是放了外套披肩，和晚餐的食材。簡單來說，就是剛剛去完街市買菜。

「有咩嘢嘢臨出咗去先講啦，」她看手錶，「我個仔就快放學喇，我趕住返去煮飯！」

珩仔的面色一沉，不是歧視她的無知，而是經過如此長時間，她仍然處於狀況外，對同隊隊員很不利，擔心她會拖累馬經大叔和宋江。比起人身安全，宋江有點難為情，應該覺得與 Susan 為伍，感到羞恥吧。

自從見到曹之澪，他便神不守舍，一時望她動人的臉蛋，一時望帥氣的複合弓。宋江說自己 18 歲，估計曹之澪與他相差兩、三歲，比起相差五、六歲的珩仔，曹之澪似乎更適合與宋江湊成一對？接下來有好戲看了。

待 Susan 囉囉唆唆一輪後，最後一名隊員發話。情況只有更差。那是年約五、六十歲的大媽，黑色薄身針織長外套，碎花短

袖上衣，淺紫色長褲，紅色框的連鏈眼鏡。大媽說：「我呢，就叫做芳姐。第一次入嚟惡念產生嘅異空間，大家多多關照呀下！」芳姐說話混雜些少鄉音，應該在香港生活多年，不像最近幾年才移居過來。

隊員
桃桃隊：桃晴、珩仔、曼基、曹之澪
馬經隊：馬經大叔、宋江、Susan、芳姐

「靚女小姐，」Susan 問我，「你話試過打緊急電話，救護員咁耐都未到嘅？」

馬經大叔答：「我搵到你哋之前都打過，連外賣同貨車都 Call 埋喇，全部都無嘅！」

站在遠處的曹之澪，不到不必要的時候一直保持沉默，見我們陷入思考，道出想法：「有兩個可能。一，同你哋對話嘅，都係潛意識製造出嚟。有啲似你哋先前提到嘅 NPC，由於救援人員出現係『遊戲』以外嘅情節，所以即使你哋聯絡到佢哋，佢哋都唔會出現。」

「二，」她冷冷道：「電話真係可以接通現實世界嘅人，但佢哋去到你哋所講嘅地方，由於身處現實世界，根本見唔到我哋

同怪物。」

　　初次面對這種叫天不應、叫地不聞的人，尤其 Susan，難以接受現實，面色發青，幸好沒有大哭大叫，否則我一踢走她。從這邊看向無形牆後，旺角一帶範圍相當平靜，表示第二關怪物還未出現，情況相對安全，我們陸續邁步過去。桃桃隊和馬經隊全數隊員順利過關！

【第一關】

界限街至弼街：

〇 通過

【第二關】

弼街至？：

≫ 進入

彌敦道禁區
NATHAN ROAD ZONE

第二關 ▶ 粥街

◎ 09 戰帖

越過弼街，不少人認為由這裏開始，算是旺角區。用一句話總結第一關範圍，是彌敦道的太子路段。拜神拜佛，第二關千萬不要是彌敦道的整條旺角路段，不然跟怪物追逐，可是會累死人的！

這邊情況基本上回復正常，馬路上再度出現川流不息的車輛，行人路上熙熙攘攘。跟幾乎清空的駱駝大廈不同，彌敦道上有極多路人。第二關要等齊第一關的人進入，才放怪物出來。本來已在第二關的人，大部分還未見過怪物。宋江形容這裏有點像新手村，第二關的人就像新手一樣。

只有我們這些由第一關過來的人，才知道如何過關。而我們當中，又分成三種人。第一種是害怕怪物跟着過來，瘋狂往前逃亡，有些甚至拉着新手一起走。當然，看在不知情的人眼中，他們似是患上妄想症或有幻覺。

第二種，體力不支，或被觸手者打至重傷的人。他們乾脆在靠近弼街的路上坐下來，等待救護人員來臨。最後一種就是掌握現狀的人。除了桃桃隊和馬經隊，大約還有四、五隊，接納我們的說法，成功逃出第一關。

「大家，」珩仔很快鎖定前面的行人天橋，「呢段和平時間好短暫，趁怪物未出現，請你哋跟我嚟。」

「咩啊，觸手怪物唔係入唔到嚟咩？」其他隊的男人問。

女人詫異道：「成功走出嚟，我以為安全喫喇！」

珩仔不顧他們嘈叨，在旁邊的店舖買了藍芽無線咪高峰，對我說：「桃晴，之前未講晒部分規則，你同佢哋講。」

「唔制！」我馬上擺手，「桃桃走偶像路線，你叫我唱歌跳舞就話啫，我唔鍾意演講㗎，頭先已經用晒我講解嘅 Quota！」

珩仔嘆口氣，率先走上行人天橋。大部分人包括我在內，還在地面步行。惡戰在即，珩仔用咪高峰說：「呢度無怪物，係因為第一關怪物過唔到嚟。等到第一關所有生還者，入晒嚟第二關，就會『開關』，第二關怪物出現。」

這些資訊關係到能否活命，大家怕錯過他的話，沒有走遠經樓梯上去，而是直接走出旺角道的馬路，迫使汽車停下。噪音減低，珩仔的話音清晰地傳到天橋底。

他說：「點解肯定逃出弼街，嚟到呢度係第二關，而唔係現實世界。係因為，般若唔會咁輕易放過我哋，佢擁有極大能量，絕對有能力製造多個關卡嚟困住我哋。」

對了，我怎麼沒想到這點。有駱駝工廈的經驗，我們自然假定不止一個關卡，所以離開第一關，仍然認為自己被困。事實上，我們壓根未試過周圍有沒有無形牆，怎麼肯定仍然受困呢？

聽到這裏，很多人往左右街角走去，試圖經旺角道走出彌敦道。結果證實珩仔關於第二關的説法，有多道無形牆困住我們。曹之澪向我交代道：「趁怪物未出現，我去前面逐個街口試，睇下呢關範圍幾大。」

　　我聳聳肩，「隨便你。」

　　「點得㗎！」馬經大叔即刻插嘴道：「桃桃你就咁由得曹之澪一個女仔自己去？」

　　「你未見過佢打怪物，桃桃要佢保護先嘅！而且我 Very 邊喇，行唔郁。」

　　宋江雙眼發亮，「佢點樣打怪物？形容下。」

　　馬經大叔命令道：「咁啦，曼基、Susan、芳姐，麻煩你哋同曹之澪一齊行動。」

　　「我都——」宋江説了半句話，遭馬經大叔打斷。

　　「你同我一齊。」馬經大叔一點也不笨，他將我們兩隊人混在一起。分頭行動時，讓戰鬥力最高的珩仔和曹之澪擔當隊長，各自帶領隊員。

　　「基本概念桃晴先前講過，我就唔多講，」珩仔繼續説：「唔

知呢度總共有幾多關，總之，想走出意識世界，我哋要通過所有關卡，並唔係過咗一關就得。」

他從背包拿出多件武器，「隊制賽唔係要我哋淨係顧自己，呢度只有兩個立場：人類、怪物，並唔係分隊。我哋共享情報同武器，爭取所有隊伍成功過關。呢場係關乎人類同怪物嘅戰役！」

這是對怪物和般若的作戰宣言。
不只珩仔，而是所有人類對般若發出的戰帖！

馬經大叔視桃桃隊和馬經隊為同隊，而珩仔看得更遠，把所有隊伍綑綁在一起，聯合討伐怪物。高高站在天橋上的珩仔，如同站在講台上，陽光照射在身上，散發黃金色的閃閃光芒。他愈說愈激昂，高高舉起斧頭，斧刃閃出一縷銀光，絢麗耀目。

我第一次見珩仔這副情緒高昂的模樣。之前有宏青在，很多激勵大家的說話都由他負責，這裏沒有他，卻多了迷失方向的人，珩仔不得不把話說清楚。

與陽光爽朗、笑着鼓舞別人的宏青截然不同，比起動之以情，珩仔傾向曉之以理。說話不含一絲暖意，面容冷峻，以居高臨下的傲然目光、不容抗拒的肅穆，俯視位於樓下的我們，高呼道：「要贏，我哋一齊贏！所有人一齊走出呢度！」

我徹底瞭解這番話的目的了。提供情報是次要，最主要是讓

大家不要互相競爭、自傷殘殺，槍口一致對外。萬一，他們發現隊制賽的漏洞，恐怕不會再像現在和平共處了。

珩仔的作戰宣言吸引愈來愈多人圍觀，天橋上下擠滿人群。有些見過觸手者，明白他提供的情報重要；有些抱着八卦心態，以為這是拍攝電影場地之類。刻意挑天橋，也是為了暫停交通，引司機和乘客過來。他續說：「喺開關之前，盡量搵晒無形牆位置，以免走避時走入掘頭路。」

「好！」台下⋯⋯天橋底的群眾雄心壯志回應。

「你哋各有長處，守喺對自己有利嘅地形，打傷怪物到一定程度，去試結界，切勿戀戰。」

「好！」眾人齊聲應道。我忽然覺得珩仔很有潛質做邪教教主。

「珩仔好型啊！」我不禁拍掌，這個隊友令我有沾光的快意。

「大佬⋯⋯」宋江看珩仔的眼神，洋溢着仰慕與尊敬，「我想有阿哥好耐㗎喇。」

「衰仔！」馬經大叔又用馬經拍他的頭，「身在福中不知福！」

「最後，最重要一點，」珩仔狹長雙眸流轉凜然的光輝，「每一絲恐懼、痛苦、死亡都會成為怪物嘅糧食。呢度大部分人都係第一次接觸怪物，無可避免有大量傷者同死者，換句話講⋯⋯」

「怪物力量會以你哋無法想像嘅速度增強。」他淡淡地說出爆炸性假設。橋底一片譁然。漂亮門面說話容易說，可是聽者不一定聽得進，除非關係到自己的利益。得讓他們明白，互相幫助和保護彼此，受惠的除了受助者，連施助者也是。珩仔藏在話間的訊息，是讓他們不要互相殘害。

說到底，怪物可怕，也及不上人心。

這就是為甚麼珩仔一再強調的原因。他結束發表，驅散和吩咐大家為惡戰做好準備，示意我、馬經大叔和宋江上天橋，選擇這裏作據點。這條天橋由彌敦道起，沿着旺角道連接旺角新世紀廣場，中間經過花園街市政大廈等建築物。由於有無形牆的存在，令我們只能在橫跨彌敦道的範圍內活動。

站在橋上，可以遠遠看見由弼街出來的人。我搶先說：「桃桃知點解揀呢度！第一時間知道幾多人過關，大約估到仲有幾耐開關。」

「你好似聰明咗。」珩仔點頭，揚揚手中類似聖誕老人用的搖鈴，這些搖鈴是由附近商店的店主捐出來的。珩仔說：「見到怪物用呢個通知附近嘅人，佢哋手上都有，一個傳一個，務求令全區人掌握怪物出沒同移動路線。」

這個方法的唯一缺點是，搖鈴不夠所有隊伍均分，「警報鐘」有死角。珩仔將搖鈴遞給我說：「測鬼機一響你就搖鈴。」他這個安排很合理，大家暫時未知這關怪物長甚麼樣，儘管人類肉眼

看不出，測鬼機靠得住，它一響就代表怪物出沒。

「佢哋搞乜啊？」馬經大叔雙手搭在欄杆上，看向橋底。人們陸續將重物搬上來，放到欄杆邊緣。

「制高點。」珩仔言簡意賅答道。戰爭宣言似乎耗盡他所有的說話配額，再次回復寡言。

制高點指站在較高的位置，發揮從高處打低處的好處，能夠看得更遠，視野更寬。我贊成道：「今次同怪物交手，重點唔係要殺死佢，而係重傷，等佢唔可以傷害其他隊之餘，亦留空間俾其他隊打佢攞分。」

人們相繼逃出弼街，進入第二關。仍留在第一關的人，有可能還在儲分，亦有可能身亡。而怪物，居然就在這個時候衝破結界，闖進第二關來！

不會的！估計仍有很多生還者未過關，怎麼會突然開關呢？

◎ 10 喪命

馬經大叔問：「規則又變咗，呢關唔使等齊人就可以開關？」本來要等第一關所有生還者進入，第二關才有怪物出現，這裡突然更改規則，讓人無法掌握開關時間。

「問、問題係，」我指着遠方的怪物，急急道：「改變嘅唔只開關時機！仲有怪物……」

由弼街踏入第二關，不是其他怪物，正正是觸手者！恐怖不在於怪物本身，而是這條新的規則。結界其中一個用途，是劃分怪物領地，讓牠只留在自己所屬的關卡。第一關怪物不會進入第二關，也不會碰上第二關怪物。

「戰場擴大。」珩仔簡單地總結。生還者和怪物自由出入前後關卡，表示第一、二關範圍合二為一。

「死喇，」我抱怨道：「桃桃真係走唔郁喇！」更多走避空間説不定是好事，對我卻不然。

071

「嚟到喇喂！」馬經大叔厲聲一叫：「大家準備迎擊！」

「*嗶嗶嗶嗶嗶嗶嗶！*」測鬼機響起強烈警報！短短時間內，觸手者弄傷不少人，來到天橋底！不要緊，我們緊守崗位……

「喂，唔好走啊！」我叫。橋上全員本來約定一字排開，搬起重物，趁怪物經過時投擲。殊不知嘴巴説得厲害，雙腿卻臨場退縮！

「桃晴，搖鈴。」珩仔攀上欄杆，毫不猶豫往下跳！

「叮鈴！」我馬上大力搖鈴，附近包括留下或逃亡的人也跟着搖。此起彼落的警報鈴聲，揭示天橋成為怪物出沒區、討伐怪物的第一道防線。

第二關戰事，拉開序幕！

橋上剩下馬經大叔、宋江、我和另外幾個人留守，各自搬重物，擲向橋底的觸手者。珩仔固然不是跟大隊竄逃，埋身機會只有一次！

彷彿事前練習過無數次，珩仔的動作行雲流水，連貫流暢，沒有半分遲疑。他撲向怪物，騎在兩肩上，修長雙腳交叉夾住脖子，雙手舉起斧頭，當頭狠狠劈去！

「嘤！」觸手者身體左右掙扎，甩不走珩仔，瞬間收回右觸手，尖錐直逼珩仔腦袋！

「走啊，珩仔！」我大力拋出磚頭，成功擊中右觸手，僅讓牠的角度偏了偏，速度不減！

眼下珩仔能夠劈死怪物，但必須承受這一擊，當然不划算啦！他果斷放棄怪物，腳踢借力，跳開老遠。

「哇啊！」怪物不止一隻觸手，左觸手猛地往橋上橫掃！站

在橋邊的我們立時退後，欄杆盡數毀爛！

我們變相身處失去緩衝的天橋，加上觸手長得誇張，輕易打上來。尖錐直插最接近的女人，她的隊員怕得雞飛狗走。

「呎！」馬經大叔與宋江急中生智，合力搬起被怪物打跌的欄杆，當作盾牌擋在女人身前。

「好 Man 啊！」我不禁稱讚。撇開馬經大叔被風吹散、有點禿的頭髮的話。

「嚶——！」尖錐卡在欄杆中，如同電鑽不斷往下擠，發出金屬磨擦的刺音！

馬經大叔雙手奮力撐着欄杆，憤怒斥罵：「頂你個肺，制高點一啲着數都無嘅！」

見馬經大叔和宋江後勁不繼，我旋即上前，舉起錘仔狠狠敲打，「終於輪到桃桃出場嘅時間喇！」

「嘆！」觸手表面像硬膠，堅硬又柔韌，大大卸去攻擊力。感受到攻擊，觸手左右擺動，一甩彈飛我！

「桃桃 Fly 走啊——！哇——！」我往後滾出幾米之外。痛！

與此同時，該死的尖錐仍然死命不放過馬經大叔和宋江。宋江雙腳牢牢紮在地上，「喂，隻嘢會唔會太抽得啊！唔唔邊個話綠色級係碎料啊？」

「鬼叫佢有兩隻臭手咩！」我摸着屁股，艱難地重新站起身。

怪物的一隻觸手包含兩個部分：觸手本身和末端尖錐，各有不同攻擊方式，互相配合，能夠同時作出攻防。更不要説牠擁有兩隻觸手！兩隻觸手還能獨立運作！我覺得我們才不是對付一隻怪物，而是兩隻才對！

馬經大叔那邊傳來啪嗒一聲，欄杆斷裂，尖錐筆直刺向他！

「死開啊！」他們救下的女人，本來遠遠跑開，忽然從旁衝出來。她不是撇下馬經大叔，而是需要空間助跑，以身硬撼怪物！

「嗲！」尖錐一下被她撞開，掉出天橋。

我扶起女人，「Are you ok？」

「咘咘！」樓下傳來汽車喇叭響鞍聲。一輛白色 Tesla 停在天橋正下方，珩仔走出駕駛座，「落嚟，我哋揸車走！」珩仔竟也會落荒而逃？

馬經大叔和宋江二話不説，果斷從天橋上跳下去！也太快了

吧！我與女人慌張互望，我本是有教養又懂得禮讓的乖小孩，比了個請的手勢，「你 First 啦！」

「咁高，點跳啊。」她雙腿發抖，拒絕下去。

「桃晴你落嚟先啦，扭扭擰擰！」宋江跳上車，焦急催促道。

女人始終不敢跳下去，轉身走開，打算經樓梯回到地面。殊不知，那隻該死的觸手者竟然攀上天橋來，擋在路中，雙目無神地望着女人！

「哇啊！」她拔腿就跑，成為致命原因。背對怪物當下，觸手火速伸出，插中她的後背，貫穿身體！

「啊啊啊啊！」女人上半身出現一個大血洞！

「啊啊啊啊！」我來回望着她與樓下。

珩仔張開修長的手臂，抬頭鎮靜堅定道：「我會接實你。」

觸手甩走女人的身體，朝我步近。我緊閉雙眼，跳出天橋，「你唔接實桃桃就死梗啊！嗚哇——！」

珩仔果然沒說錯，我安全着地後，他馬上推我坐上副駕駛座，自己跳入車，全速開車。近距離看着珩仔的側臉，雙眼凝神注視前方，嗚哇，開車姿勢十分帥氣，迷死人了！正當我陷入陶醉，車後陡然傳來嘭一聲的巨響，觸手者從橋上跳下來，追着我們！

「開快啲啦！快啲啊！」宋江坐在後面，上半身傾前，連拍珩仔的椅背。

馬經大叔用馬經打我肩膀，「阿妹，大膽咗喎。」
我嫌棄地掃掃肩膀，「收埋份報紙啦，整污糟桃桃喇。」

珩仔解釋說：「面對觸手者呢種遠攻，制高點起唔到作用。我哋處於下風，要轉移場地。」他先前沒料過這裏的規則有所更改、會再次遇上觸手者，才選擇天橋。既然知道沒好處，他馬上放棄天橋。

馬經大叔說：「咁都唔使揸車吖，跑走都得㗎！」

「我想試下。」珩仔的意思應該是，開車到第二關盡頭，試試車輛遇上無形牆會怎樣吧。還有……莫非怕累壞我，不想我用跑的方式逃避怪物追殺？

宋江問：「話說車主呢，又肯借架靚車畀你？」
「死咗。」珩仔有時真的是氣氛殺手，車內一片沉默。

車上只得我、珩仔、宋江和馬經大叔四人，此際突然傳出第五把聲音，粗魯罵道：「頂你，要選定行車路線，唔好 Cut 嚟 Cut 去，阻鬼住後面啲車啊！」

我們正開往尖沙咀方向，途經 TOPE 商場和旺城中心，馬路

上有不少失事車輛。珩仔開車開得超快,又要左閃右避,正高度
集中,不發一言。

「邊個講緊嘢啊?」我問。第五把聲音是粗獷的男人聲,夾
雜大量髒話,十分耳熟。

宋江發現聲音來自汽車正使用的語音導航,這似乎是在珩仔
搶車之前,車主留下的導航指令,目的地是尖沙咀某處。宋江笑
着說:「喂,呢把係咪林雪把聲?原來真係有林雪語音導航!」

車內喇叭繼續播放林雪半帶斥責的指令,「老闆啊,超速喇
你,係咪要俾我閙到你菊花盛開,先識減慢速度啊!」

「哈哈哈!正啊喂!」車內人人覺得十分新鮮,哄堂大笑。
「熄咗佢。」唯獨珩仔面色陰沉,冷冷道。

全車人的生命交託在他手上,我只好聽命關掉語音導航,讓
他專心駕駛。

「嗖——!」怪物倏地出擊,觸手瞄準車尾箱飛來!

「媽咪啊啊啊啊啊啊!」我尖叫。雖然珩仔在開車時散發特有
魅力,但亡命開車就另計啦!

「後面啊珩仔!」馬經大叔的馬經轉變對象,狂拍珩仔。

「大佬！甩開佢啊！」宋江狂拍珩仔的椅背。

我忽然覺得，主題公園的過山車一點都不刺激了。

◎ 11 飛車

「扶穩。」尖叫四起的車廂內，珩仔抬眼一瞥倒後鏡。猛力向左狂扭軚盤，汽車剎那切入最左邊車道，後面同步傳出轟一聲的恐怖撞擊！

觸手尖錐恰恰擦過車尾箱，插向右後方路面，炸出一陣飛石！宋江回望車後，驚嘆道：「大佬手車好似 F1 冠軍咁勁！」

我沾沾自喜，「入得桃桃眼，質素自然有保證啦。」

我們望回車前方，馬上煞停拍馬屁，嚇得放聲喊：「啊啊啊啊啊！」一輛死火巴士停在正前面，旁邊還有一輛汽車！

「小心前面啊！」宋江生怕珩仔看不見，拚命指着前方。
「停車啊！停啊！」馬經大叔大聲叫停。
「桃桃唔想咁快 Die 啊——嗚啊——！」我緊緊握着扶手。

「開得太快喇，快啲停車啦頂你！」粗魯沙啞、滿口髒話的男聲再度登場。

宋江和馬經大叔頓了頓，「咦？」

我伸出食指，「嘻嘻，係桃桃開返林雪出嚟㗎。」

宋江大叫，「嘻你個頭！！」

馬經大叔齊聲大叫，「熄咗佢啦！！」

我馬上關掉語音導航。瞬間，軚盤大大往右扭去，珩仔霍地連切兩條車道，閃到最右邊，成功避開阻路的車輛！

好險！

「喂仔，慢啲嚟，阿叔頂唔順喇！」馬經大叔往後靠上椅背，這才想起要扣安全帶。珩仔如同蛇形走位，時左時右地瘋狂扭軚，避開其他車輛，又顧忌窮追的怪物。

「嗯，」我掩嘴，「桃桃暈車浪喇。」

宋江嘆道：「呢次係我人生最長嘅車程，明明行咗百幾米都無。」

「嘭！」終於其中一次緊急扭軚時出事了，觸手者沒我們那麼幸運，一下栽進貨車裏。

「呼～」甩掉怪物，宋江大大舒口氣。來到路口，由於不確定是否第二關邊界，珩仔收慢速度前進。汽車保持慢駛速度，忽然撞到牆壁似的，被一股無形的力量擋住去路！無形牆！

珩仔剎車，宋江亮出手提電話上的地圖，指出這關的範圍：

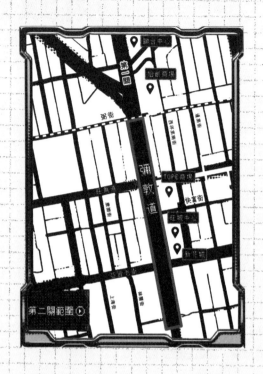

　　先前試過能進入部分建築物，無法通過其他街口，能移動的空間只有彌敦道，由弼街至亞皆老街這一路段。看樣子，開放關卡方向似乎真的沿彌敦道發展，長度不一。第一關範圍較大，而這裏短得多，每關場地大小不同。

　　我留意到其他車輛明明成功通過無形牆，越過亞皆老街繼續前進，為甚麼輪到我們就撞上結界呢？

　　「咁你都唔知？」宋江下車，得意説：「我哋係『玩家』，自然要等到觸發劇情，先開放新地圖啦。其他 NPC 唔受影響，咪走得囉！」

　　我望向亞皆老街前方的路面情況，的確一片祥和，沒有被怪物摧殘的跡象。而我們這邊，怪物在撞到貨車後失蹤，可能受了傷，躲起來回氣。珩仔往回走，「行啦。」

　　宋江附和道：「啱啊，空曠地方對我哋不利，求其入室內先。」

　　馬經大叔指向最接近我們的大廈，上面大大個招牌寫着上海銀行，「呢度我熟，入去啦！」

　　銀行門口卻設有無形牆擋住，我們只好繼續往前走，進入旺城中心。見到擠得滿滿衣服和鞋架的商店，我懷念道：「桃桃以前讀書好鍾意行呢度㗎，撈撈冷面店唔知仲喺唔喺度呢？」提到冷面，我就想起先前倒在身上的蒜泥，即刻不想再說話。

　　「咦？」我忽然想到一個假設，猛剎腳步，不得不問：「你哋有無嚟過呢度？」

　　他們見我一臉認真，知道不是閒聊，馬上作答。珩仔和宋江來過，馬經大叔則沒有。我說：「般若建構呢個意識世界，亦稱幻境。需要至少一個人類嘅潛意識，即係話，呢度一切必定係幻境主人所認識嘅。而佢唔認識嘅地方，則靠亂估而胡亂堆砌，又或者索性用無形牆擋住去路？」

　　「啪啪。」馬經大叔突兀地鼓掌，見我一臉懵懂，解釋道：「桃桃你第一次講咁多個字入面係無英文㗎。」

我落落大方承認，自己的中文水平沒他想像中低，接着説，般若用幻境主人認知的地方、仿照現實來建構幻境，目的是為了延長困住幻境主人的時間，讓他誤以為這裏就是現實世界，不讓他洞悉自己受困、知道要逃走。來彌敦道這裏，因為我們有經驗，才能馬上拆穿真相。不過像馬經大叔，就再次被騙，未遇上我們前，以為已經回到現實。

「有機會喎。」宋江説：「工廈裏面咁細，頂多亂砌啲細舖出嚟，幻境主人未必察覺。而彌敦道呢度太多大廈，如果成座都虛構出嚟，一定好多破綻，倒不如直接落無形牆，唔畀人入去。」

這代表，設置了無形牆而無法進入的地方，就是幻境主人未去過或不熟悉的地方。

確定了這點，我問：「問題係，呢個幻境嘅主人，究竟係邊個？」

這個問題事關重大，若然幻境主人在幻境裏死去，會導致整個幻境崩塌，裏面所有人，包括 NPC 和其他真人意識，統統跟着死亡！

真正的死亡！

珩仔瞄了馬經大叔一眼。馬經大叔指向自己，搔頭説：「呢度係我嘅地頭，唔係啊話？」

「你諗得自己太重要喇，唔係你。」我解釋道：「頭先你話你好熟上海銀行，但我哋入唔到去嘛。」

宋江嘖了一聲，「老豆你講少句，唔好獻醜啦，點會係你呀，你都未嚟過旺城中心。」

「唔係我，咁係邊個？你哋三個都嚟過。」馬經大叔問。

「唔好問白痴問題，」宋江面有難色，「除咗我哋三個，呢度仲有勁多真人，好難搵幻境主人。」

我聳聳肩，「一齊留意下囉。呢個關鍵人物好重要，一定要保護佢。」

珩仔眼尾掃向旁邊的小店，發現某件東西，他的瞳孔急速縮小，呆在當場。那是一部平板電腦，正播放今日的新聞。先前我們不止一次看過手提電話，上面固然也有標示今日日期，但沒有寫年份啊！

新聞上大大隻字標示的日期，瞬間抓住我的注意力。我震驚地捉住店裏那男人，「呢個係今日日期？」

大多數人選擇躲入室內空間，這裏很多店舖裏都有人。男人怔住，以看瘋子的眼神望我，「係、係啊……有咩問題？」

宋江鬆開我的手，也問：「有咩問題？」

「大問題！」馬經大叔都叫。

完蛋了。由進入駱駝工廈起至今，居然過了兩年時間！

就算意識空間的時間流逝速度跟現實不同、就算我們由一個意識空間，去到另一個，也不似過了整整兩年！我……從芳齡十九歲，忽然變成二十一歲！

晴天霹靂啊啊啊啊啊啊！我眼前一黑，渾身無力，頹然跌倒地上。天曉得，今次逃出彌敦道回到現實，又會過了幾多年，「桃桃唔要變成老太婆啊！」

馬經大叔嘗試提出另一種假設：「有無可能，呢度唔係現實世界嘅時間，我哋……嚟咗兩年後嘅未來咋？」

我們三人由於留在意識空間太久，無法掌握真實時間，宋江……唯一由現實世界入來的「權威」，回答這個問題：「的確係現實世界時間，係我入嚟呢度、今年嘅年份。」

珩仔回過神來，琢磨道：「我哋雖然『唔知道』真實時間，但仲喺現實世界嘅肉身，某程度上仲有感知，知少少現實世界嘅情況，例如身邊有咩人、聽到少少聲之類。」

這些訊息經由腦部，進入潛意識建成這裏，所以這個世界裏的一切，不至於落後兩年，而是貼近現實世界。當然，大型建築物之類的重大改變則另計，否則幻境主人容易發現時間流逝得不合理，從而察覺這裏是虛構。

反過來說，時間流逝是一個提示，善念刻意告訴我們，提醒這裏不是現實世界。我不高興地問宋江：「你無見你阿爸兩年喎，突然喺度見到佢，你發覺唔到有古怪咩？」這個問題，我在剛遇上他們就想問，只是忙着應付觸手者，拖到現在才有時間了解。

撇開我們不說，站在宋江的角度。馬經大叔被困意識世界足足有兩年，表示肉身在現實世界失蹤、昏迷或假死了兩年。在現實世界的宋江，照顧了馬經大叔的肉身有兩年時間。兩年後即今日，捲入意識世界重遇馬經大叔，難道不覺有異嗎？

宋江努力回想由今日醒來的經過，片刻為難道：「講開又講，我唔記得點樣嚟到太子，亦無印象老豆出事。」

我嘆口氣，其實不能怪他。大部分身在意識空間的人，會忘記如何進入，情況有點像發夢。一般人在夢中不會知道自己正在作夢，也不會知道如何進入夢境，即使夢裏發生不符合現實的事，也察覺不出有異。

般若應該竄改了部分宋江的記憶，例如抹走馬經大叔肉身的事，不讓宋江發現有問題。關於時間流逝，暫時討論到這裏。結

論是，趁早離開這裏為妙，否則回到現實世界，可能又要再過幾年！

想到我本來正在澳洲唸大學，是年青可愛的大學生。現在一出去現實世界，校方告訴我已經過了畢業典禮，我終於控制不了眼淚，「桃桃唔要無晒青春啊！」

馬經大叔居然還有心情模仿我，跺腳道：「人哋都有青春㗎，人哋都唔制啊！」這副嘔心德性看在兒子的眼中，嚴重損毀父親形象，宋江鐵青了臉，轉身走出店舖。

「你哋男人怕咩老啊！」我指向珩仔，「有啲人仲愈老愈Man！女仔就唔同喇！」我開始產生不想回到現實的想法，在這裏起碼⋯⋯永遠保持二十一歲嘛！

旺城中心是一座商場連寫字樓大廈，商場包括地庫、G樓地下層、一至五樓，而寫字樓則建在商場樓上。商場地庫主要是幾間餐廳；地下層至三樓有二、三百間商舖，大部分舖面面積細小，主要出售服飾鞋襪、美容化妝和精品等等，以女裝為主；四樓及五樓則為卡拉OK。

有四個地方我們無法進入：旺城四樓及五樓、整幢寫字樓、連接旺城中心的新芝城和TOPE商場。活動範圍是旺城中心的商店樓層，我們很快將這裏設定為主戰場，準備展開下一輪惡戰。

「各位生還者，大家好，我係你哋嘅主持人，桃桃小甜心！」我坐在旺城中心控制室的咪高峰前，聲音透過廣播系統於整個商場播放。

「乜嘢甜心啊？！」宋江站在身後，交叉雙手質問我。接着，他恭敬問珩仔：「大佬，你真係交畀佢講？」

珩仔默許我接着說下去。我照着稿唸道：「你哋一直匿喺度唔知咁多，怪物觸手者未死，遲早走入嚟殺晒大家。」我讀出怪物的強項和弱點，指出綠色級別其實不如想像中難對付，「天橋同露天地方唔好，而旺城中心走廊夠窄、左曲右彎如同迷宮，反而對我哋有利。無錯，我哋諗到討伐怪物嘅策略喇，Yay！」

「阿妹！」馬經大叔用馬經拍我，壓低聲量道：「你讀讀下做乜唔照稿讀，明明未知點殺隻嘢！」

廣播目的是邀請大家加入戰事，比起透露弱點，自信一點才能引來他們啦！我撥開馬經，「要引怪物入嚟，單靠幾個人成唔到事，歡迎想一齊過關嘅隊伍加入我哋！提提你，愈早過關所需分數愈低，即係話：機會係手快有，手 Slow 就無喇！想知更多早鳥優惠同戰術詳情，請到地下大堂集合！」

◎ 12 號角

「桃桃做餌？無可能囉！」我強烈反對。

我們聚集二、三十人，草草定下誘敵戰的作戰方針，分頭行動收集所需物資。珩仔、我和另外幾人，留在旺城中心地下大堂，從店裏拉出桌椅，商討細節。

　　是次行動最重要的崗位，是引誘觸手者走入商場。擔任者必定要夠膽大，不至於臨陣退縮；身手夠敏捷，不會在進入目的地前被怪物插死。噴了大堆讚美說話，不過是想找個戰鬥力不高的人做犧牲品而已，不然早就找珩仔做誘餌啦。

　　他的視線由旺城中心平面圖移開，望向我，「你叫我要相信你。」太記仇了！他說的是初次與觸手者交手，推開我的事。

　　說到一半，曼基、Susan 和芳姐總算現身。他們跟曹之澪走失，有事耽擱以至無法早些回來跟我們會合，經過旺城中心見有人準備戰鬥物資，才知道我們在裏面。

　　「我、我哋去去去去咗……」曼基想解釋剛才經過，在太多人面前不太能有效表達。

　　「哇，你哋都唔知頭先幾驚險啊，我哋呢……」家庭主婦Susan 則廢話長篇，偏離正題。

　　「等我講，」鄉音芳姐舉手，淡定道：「我哋試晒所有街口，彌敦道兩旁全部有無形牆，呢關範圍係由弼街起，至亞皆老街街為止。」

他們負責偵查第二關範圍，不過未等到會合，我們已經查過，兩者結果一致。三人身上均有皮外傷、頭髮蓬亂，來旺城中心前似乎真的遇上麻煩，我打算之後有空再問。儘管如此，Susan 仍不捨得放棄一袋二袋買餸袋，今晚該不會預備煮九大簋吧。

「總之，」我簡單交代天橋戰，和旺城中心作戰計劃，「今次要人多先成事，即係人多蝦人少啦，大家唔可以好似攻橋班友咁，見到怪物就走佬。」

「唓，咪即係蟻多摟死象啫。」Susan 一開口，整個行動變得十分市井。

我更正，「No，行動名稱叫『蟻纏之亂』，好聽幾多。」

芳姐説：「或者可以叫『人海戰術』。」

我不禁重新審視面這位大媽，説話大方得體有氣勢，組織力強，「睇你個款，唔似做譚子阿姐喎。」

「我幾時講我喺譚子做？」芳姐愕然道：「我幫人睇相㗎。」
「哦，原來係風水佬。」我説。該不會是廟街那些攤擋吧？

在我們東扯西聊，曹之澪也現身了，還帶來幾個人幫忙，連同陸續加入的人，我方團隊壯大到四、五十人。本來，事情進行得十分順利。眾人編成四小隊，包括曹之澪負責的哨兵、馬經隊

帶領的攻擊物資隊、其他人的困陣物資隊，以及我負責的誘餌隊。

殊不知，準備工夫在中途陡然被打斷。

「嘭！嘭！嘭！」可惡觸手者不曉得是否嗅出不妥，突然自弼街那邊，急速衝跑過來！那傢伙嫌雙腳跑得不夠快，改用兩隻觸手作雙腿，輪流插在停駛中的不同車頂上，有點類似撐桿跳高，以又長又靈活的觸手，輔助在車陣上迅速移動！

「哇、哇啊！嚎喇嚎喇！」天橋上的哨兵慌張大叫。
「叮鈴！叮鈴！」瞬間，一片高亢凌厲的搖鈴聲響徹街道！

殊死戰，吹響號角！

倏地，搖鈴聲在同一時間休止，彌敦道變成空無一人，冷清死寂得⋯⋯只有我的呼吸聲。為確保怪物不受其他人影響，集中注意力在我身上，路面清場了。

唯獨我一人，威風凜凜站在 TOPE 商場前方的車頂上，嗆聲道：「嚟啦！夠膽你就⋯⋯哇！Bye！」

觸手者的速度實在太快，完全超出預算，沒兩三下就殺來！我跳下車頂，轉入快富街，這是第一個難關。直路上、彌敦道遠方仍有很多沒有加入旺城中心戰役的人，怪物可能被他們吸引過去，而沒有跟着我左拐入旺城中心的入口。

「嗖嗖嗖！」幾支快箭直插地上，差點刺中觸手者腳尖。曹之灣高高站在旺城中心外牆、商場的頂部，從高空射出箭矢。在她旁邊，還有曼基和幾個人往彌敦道投擲雜物，擋住去路，見怪物急急煞住腳步，停止襲擊。

「喂！樣衰男，呢度啊！」我拿起早就擺在路旁的水晶，連環拋擲，「Come 啦，無人頂得順桃桃嘅引誘！」

「嗖！」被有辟邪作用的黑曜石水晶，咯的一聲敲中額頭，觸手者狀極生氣，右觸手鑽入快富街，尖錐瞄準我腰部！

我可沒想過要單挑啊！旋即閃身跳入旺城中心，我們事前關掉商場電梯，我隨便踏上其中一條電梯，都可以走上一樓。只是走了一半電梯，後方……靜得出奇。看來，我好像失敗了，牠竟然沒有跟過來！

「死火！嗚啊！」我急急往下跑，猝不及防，觸手赫然從電梯底冒出，尖錐正正在我眼前！

「蟲惑啊你！」我轉身三步併兩步爬上電梯，無奈不夠觸手快！觸手者本體仍未到達，看不見路，僅靠本能胡亂揮舞觸手。

「咗喇咗喇！」電梯十分狹窄，觸手瘋狂左搖右擺，沿路撞碎兩旁玻璃。我沒閒情回頭望，拚命衝上一樓，「黐線，桃桃唔同你玩喇！」

一樓有密密麻麻的小店，我只要撲入去，觸手者一時半刻無法擊中我。然而，我無奈嘆口氣，方向一扭，轉身踏上電梯，跑往二樓。

「特登揀二樓，為咗等佢察覺唔對路時，無咁易走出旺城中心。」——耳邊掠過珩仔的話。

怪物現身前我們商討細節，他滿是紋身的手指，點在二樓平面圖某處角落。

「大佬講得啱，加埋兩道無形牆，實可以『屈機』！」——宋江口中叼着香煙，自以為帥氣冷酷道。屈機這個用語源自電動遊戲文化，意思指逼對手向角落，不斷攻擊，使之無法迴避及反擊而敗陣。

旺城中心內部四四方方，二樓左側通道連接新芝城，右側通往 TOPE 商場。兩條通道均有無形牆，是唯一無法摧毀的牆壁。

最適合困住怪物。

連接新芝城的通道，便是我的目的地，我到達那裏就完成任務！

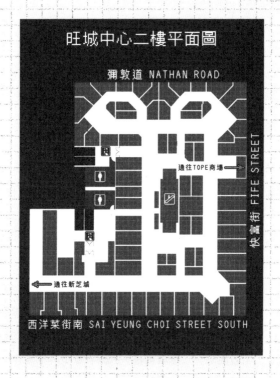

旺城中心二樓平面圖

彌敦道 NATHAN ROAD

通往TOPE商場

FIFE STREET 快富街

通往新芝城

西洋菜街南 SAI YEUNG CHOI STREET SOUTH

　　我從電梯跑上二樓，怪物也進入樓下，抬頭發現我，出動兩隻觸手！我連忙揮出錘子，打歪其中一隻觸手尖錐，「桃桃都未遇過好似你咁死纏爛打嘅男人㗎！」

　　分身乏術，攔不下另一隻觸手，尖錐追蹤我的屁股鑽上來！

◎ 13 誘敵

「日光日白咁狼死！」眼見來不及走避，我乾脆發力蹬地，

雙手往上攀，撲向二樓！我整個人趴在二樓地面，下方的觸手擦過我的屁股，落了個空。呼～恰恰躲過！

天曉得，觸手者沒有半刻遲疑，加快腳步上來二樓！我狠狠地想爬起身，「桃桃唔得喇，救命啊！」

計劃中，我是主要的誘餌，大家不會真的忍心讓我陷入危險。誘餌隊人數不少，沿路有人埋伏，當我走不及或遇到危險，便會出手相救，同步換人作餌，堪稱無縫接軌。此時在二樓電梯口、我的面前，有間女裝內衣店，門口掛滿琳琅滿目的內衣，遮擋了入面。

我一喊救命，有人從店內經內衣陣探出來，雙手捉住我雙手，我根本不用站起身，那人已經把我拖入內衣店。馬經大叔強勁有力的雙手，十分溫暖，「保護桃桃，人人有責！阿叔實救你！」

「嘭！」尖錐二話不說插在我身後方，差一點命中腳尖！

「走啊！走啊！」我沒工夫爬起來，保持趴在地下的姿勢，任由馬經大叔拖拉。

一個男中學生衝出走廊，在我後左方大叫：「醜八怪，呢邊啊！」生怕引不到怪物，他還朝牠扔雜物。

目的地即新芝城通道，在我們身後方，男中學生代替我成為

誘餌，引領怪物走出電梯，再往回走，走向那裏。我和馬經大叔則進入店內，功成身退。以防萬一，店內還有 Susan 待命。

她伸手扶我起身，「桃桃，辛苦晒喇，你好叻女啊。」
我答：「Of course，話晒我都……啊！」

「嘭！」出乎意料，怪物沒有受男中學生吸引而追過去，反而伸出觸手，橫掃過來！說好的無縫接軌呢！！！

我好像看到店外的男中學生鬆了口氣，心情愉快地退場，「唔好走啊你！」脆弱的貨架搖搖欲墜，貨品傾瀉下來，重重壓在我們身上。

「該煨囉，俾女人底褲笠上頭，以後唔使旨意贏馬啦！」馬經大叔上半身擋在我身上，替我卸走壓下來的貨品，幸好都是些內衣褲，又軟又輕。他喊道：「Susan，嘜嘜臨趕走隻嘢啦！」

馬經大叔不惜輸錢都要保護我，的確讓人莫名感動。我索性保持趴下姿勢，「桃桃知自己又靚又可愛，隻嘢都唔使淨係追我㗎，森林有大把樹㗎嘛！」

接下來的發展，徹底脫離了原定計劃。也對，怪物豈有如此容易受操控，我果然想得太簡單，當初不該為幾句讚美而接下任務。我們身處的小店並不是靠牆，四面只靠脆弱的隔板屏風當牆

壁。觸手又推又掃，不出半分鐘，屏風破碎倒下。

我、馬經大叔和 Susan 完全暴露在怪物眼前，毫無保護物！

「呃、啊啊啊啊啊啊啊！」有高有低的三道叫聲，混合成為一首充滿絕望與恐懼的歌——四面楚歌。三件肥肉擺在眼前，觸手者不慌不忙，慢慢走過來。

「Susan！」我大聲叫道。香港的家庭主婦文武了得，從未見過她的身手如何，是時候表表演了。

「Okok！」Susan 抖了抖，回過神來，毫不猶豫地見到眼前有甚麼，都抓起來狂襲怪物，連珠炮發地拋擲東西，打算以密集轟炸方式擊退牠。

然而……我們在內衣店裏。

怪物滿身不是鮮紅色胸罩，就是黑色蕾絲丁字褲，牠地好像不知那些是甚麼東西，並沒有太大反應，繼續逼近。馬經大叔氣得快要噴火，「肥師奶，你係咪玩嘢啊？！」

「哎啊，我唔係有心㗎！」Susan 轉身往另一邊撿雜物，手上性感款式換成情趣款式，又俏護士又大笨象，「撞鬼咩！」

怪物來到面前，觸手霍的一聲又晃過來，尖錐調整方向，瞄準擋在最前方的 Susan。

「走啦喂，仲望！」馬經大叔彎腰伸出雙手，「桃桃，畀兩個五我！」

不曉得為甚麼，在我理解甚麼是「兩個五」前，雙手默契地配合去回握他。四手交握，瘋狂旅程就此展開！馬經大叔火速倒後行，我以趴在地上、臉朝地的姿勢，被他以狂奔的速度拖行！

「停啊啊啊啊啊啊！好凍啊！」冰涼地板磨擦得我很痛，幸好地磚光滑又無縫。

「唔好理喇，走咗先！」Susan 臨行前不忘亂抓幾件貨品扔向怪物，「咦，呢啲手銬同皮鞭似乎有用喎？」

「咪癲啦！」我向滿手粉紅色毛毛手銬的 Susan 大喝一聲。

就這樣，我們三人像一輛三個車卡的過山車，在商場走廊上極速狂奔。第一卡是倒後行的馬經大叔，如同摩打負責加速；我則幫忙看路，指揮方向；最後的 Susan 報告怪物行蹤。

「轉彎轉彎！唔係呢度，下個路口先轉啊阿叔！」我尖叫。

馬經大叔不太方便看路，沿路掃低幾個貨架，「去邊，依家去緊邊？」

「桃桃好痛啊！」各式各樣的東西砸到我背上，假人頭、牛仔褲、幼跟高跟鞋甚麼的，亂七八糟狠狠重擊我！我快要哭出來

了！為甚麼沒人出來救人啊？？

「前面就係新芝城喇！」Susan雀躍地指着不長不短走廊的盡頭，「跑快啲啦！」

怪物受環境限制，觸手雖長，但難以攻擊轉角後的視野死角，不得不說，珩仔選這裏的確明智。馬經大叔一臉駭然問我：「桃、桃桃，你做乜無啦啦大笑啊？」

「其實幾好玩吖，嘻嘻。」我由衷答。
「嘻你個頭，嚟緊係直路嚟㗎！」他滿頭大汗，手心都沾濕了。

我的笑容頃刻僵硬。

「*嗖！*」沒有阻礙物擋住視線，觸手輕易瞄準目標。

「Susan，小心！」我扭頭回望Susan，她腳軟一絆，跑慢一步。

「啊！啊啊啊！」Susan自知這下來不及跑開，不能背對尖錐，勇敢回身擋下攻擊！試問沒實戰經驗的主婦，能抵擋壓倒性的力量嗎？

「Susan，安息啦。」我黯然地閉上雙眼，不想目擊血花四濺的畫面。

「咣！」金屬撞擊的響聲，鏗鏘有力！竟然不是刺入肌肉的聲音，也沒有女人痛叫。

Susan 在千鈞一髮之際，從環保袋抽出一隻平底鍋，硬生生擋住銳利的尖錐！

「Wow，Susan ！」我雙眼發光，要不是雙手被大叔捉住，真想大力拍掌，「原來你嘅攻擊技係叮叮百寶袋！」

Susan 圓潤臉頰轉過來，「唔好睇小師奶啊。」

「咪企喺度啦，繼續走啊！」馬經大叔沒有停步，很快來到指定地點，索性奮力一甩，將我隨意甩入走廊上其中一間店舖，「到喇桃桃，你自己顧掂自己啦，我去幫 Susan ！」

「喂啊，睇住扔——」我像個洋娃娃被轉得頭暈目眩，在地面滾來滾去，一下撞進一個軟綿綿的懷中。

「有無受傷啊，阿妹？」芳姐扶起我，拍拍我身上的灰塵。

「無，無啊。」我覺得心頭一暖，首要任務是檢查心型手袋有沒有擦花。

芳姐嘆道：「錢財乃身外物，你要識得放手啊。」

「手袋唔只錢財咁簡單啦，係生命㗎喇！」我更正道。

新芝城通道作為主戰場，我方自然集中戰力，走廊兩旁的商店藏滿了人，這也是剛才沒人救我們的原因。我們負責誘導怪物前來，他們負責殺怪，各司其職，緊守崗位。同樣地，這也代表我們相信彼此有能力完成各自任務。

Susan 那邊廂，馬經大叔根本不用擔心。怪物一擊失敗，旋即抽回觸手，舉步接近 Susan。牠步步進逼，Susan 節節後退，卻趕在牠出手前，率先發動攻勢！她竟然在環保袋裏抽出一袋波子棋，大力擲到怪物身上！

甚麼，波子？Susan，波子可打不死怪物啊！然而，波子從怪物身上滾落地面，怪物收掣不及，踩上突如其來的波子，瞬間滑倒。

「噗、哈哈哈哈！」我忍受不到，當場笑慘了，「喂啊，無啦啦做乜有波子㗎？」

「我個仔返學要用嘛，有乜好笑喎。」Susan 轉身拉起馬經大叔，跑進附近商店躲藏。

經過這次誘敵行動，我意識到先前不該取笑馬經隊，Susan 說不定是 MVP 呢。總之，把怪物帶到目的地，就沒有我們三人的事。

怪物被波子晃得眼花，暫時喪失方向，我不作聲，牠很快被其他人吸引注意力，沒再緊咬我不放。

戰事有驚無險地，進入第二階段！

◎ 14 困陣

「Clear！清場！」宋江爽朗明亮的叫聲，震遍旺城中心二樓。伴隨在身邊，有珩仔和十數人——攻擊隊。觸手者位於新芝城通道入口，是機會！

「上！」宋江握拳舉手，厲聲呼喝。
「上！」眾人齊聲應道，同一時間急速衝向怪物！

他們不用血肉之軀硬撼怪物，搬起並擋在身前方的，是從街道收集回來的鐵欄柵、木板和貨架等等。他們利用這些物資，築成一道能夠搬得起又擋得到的鐵欄陣。

鐵欄陣齊齊推進，由於怪物身後是無形牆，形成被困住之勢。意識到移動空間愈來愈小，牠……牠發怒了！

「嗖嗖！」兩隻觸手同時出動！
「嗚啊！」最前方的宋江與尖錐只隔幾吋，僅靠鐵欄擋住。

觸手的力氣不容忽視，一股又一股撞力，居然將鐵欄陣步步往回推！見狀，躲在兩旁商店裏的人包括我和馬經大叔，連同由天台下來的曹之澪、曼基等，統統衝過去，雙手搭在鐵欄陣的人背後，共同抵住怪物！

推到終點，鐵欄陣兩旁有人負責綑綁，希望鐵欄陣發揮如同鐵牆的效果，困住怪物。

「嘭！嘭！嘭！」怪物奮力撞擊，快要撞碎鐵欄陣！

「全部人走開！」宋江高呼大叫，人人應聲跳入商店裏，清出一條大直路。他迅速傾倒手上汽油，「曹之澪，交畀你！」

怪物身在的困陣內，事前擺滿淋上汽油的助燃物——旺城中心最多的商品正是衣服。我們仍未知道怪物的致命傷在哪裏，甚麼都要試試。珩仔認為光靠曹之澪射箭恐怕未夠，不如連火攻同步進行。

鐵欄陣由雜物組成，中間有多道縫隙和空洞，好讓曹之澪的箭穿過，直插入困陣內的怪物。我們之中，也就唯獨她一人勝任這個任務。

「嘭！」要命的是，怪物在裏面瘋狂亂撞。猛烈晃動中的目標，大大增加曹之澪的命中難度。

馬經大叔焦急催促道：「阿妹，快手啲，個欄就快爛喇！」

空蕩蕩的走廊上，曹之澍氣勢逼人地站在正中央，黑色長長髮絲飛揚，後背挺直，持弓手推，拉至滿弓。燃起火光的箭頭，映照在臉上，眸光澈灩。她全神貫注地瞄準目標，摒棄心中所有雜念，彷彿來到空無一物的世界，眼中只得怪物。

身處於如此混亂且危急的狀態，曹之澍仍能無視干擾，全場所有人受到感染，跟着屏聲。困陣成功與否，就賭此際。

「嗖──！」箭矢在撒放當刻，如同遊隼出擊，高速畫破半空，狠狠襲向鐵欄陣！

「噗！」箭頭穿過重重難關，精準命中怪物左眼！同時，鐵欄陣霍的一聲燃起一片衝天火焰！

「嚶嚶嚶嚶嚶嚶嚶嚶！」火海中的觸手者，發出痛苦和憤怒的嘶吼。成功了！

我們成功了！

「Yeah！」我跳出商店，與迎面而來的 Susan 擊掌，芳姐和藹笑着看我們。

馬經大叔大力拍拍宋江，「叻仔啊！」

「我都無做啲乜。」宋江的手背甩甩臉上汗水，望向曹之澪。曹之澪與珩仔仍未鬆懈，背向我們站在原地觀察怪物的狀況，曼基跟在他們後面。拿著滅火筒的滅火隊，站在三人後方，正等待珩仔的指令。其他人淚流滿面，相擁道賀。

而我第一時間要做的，當然是秋後算帳，找出剛才放棄接力的男學生，一腳踩他右腳，「講好咗輪到你引隻怪物，頭先做乜走開？」

男學生喊痛抱腳，無辜道：「咁佢都唔理我。」
曼基喃喃道：「大、大家……」

我再踩男學生左腳，「唔 Show 咪引到 Show 囉！」
「咁你依家都無事……！」男學生無法説下去。

「噗！」觸手忽地閃出，插入男學生左邊面頰，貫穿正張開的口腔，穿出右邊面頰！

「啊啊啊啊啊啊啊啊！」一蓬血點噴射到我整臉皆是。男學生終究完成任務，只是時間慢了些許。

該死的觸手者，居然仍未死，還全身帶着火焰，將鐵欄陣撞個粉碎，衝跑出來！

「哇啊！走開！」沿路的人如同保齡球般被撞飛。暴走狀態的怪物追趕着珩仔和曹之澪。

「小心！」珩仔見我反應不過來，一把抱起我，撞進旁邊的商店。

我正要答謝救命之恩，「珩仔，桃桃覺得……人呢？」

「馬經大叔、宋江、曹之澪，唔好畀佢走！」走廊傳來珩仔的號令。有他們挺身而出，其他人跟着拾起雜物，尾隨怪物。

「正式宣布，狩獵 Time 開始！」我跳起身，高舉錘子。怪物離開新芝城通道，伸出觸手亂掃，經過之處，店舖牆壁和隔板屏風統統倒下。

珩仔擋在電梯前，斧頭狂砍，不讓牠離開二樓。宋江帶頭豎起新一道鐵欄陣，企圖再次施展剛才那招，朗聲道：「大家唔使怕，佢已經俾我哋扣咗血，依家無咁好抽！」

儼如回應宋江的話似的，觸手忽然伸出，攀上鐵欄陣，尖錐俯衝陣內的人！馬經大叔從人群中跳出，擋下這一擊，「唔好散開！」

「哐！」馬經大叔手中拿着的，是由 Susan 冠名贊助的平底鍋。

二樓還有另一道無形牆，亦即通往 TOPE 商場的天橋，大家正全力推進，逼怪物往那裏逃去。牠身上的餘火熄滅，表皮焦爛，空氣瀰漫着噁心的燒焦肉味。吃過一次虧，牠死命也不肯後退，

觸手胡亂飛舞，嘗試捲走陣內的人，毀滅鐵欄陣。

甚麼嘛，這傢伙防刀、防火，莫非也防死嗎？陣外的人在兩旁攻擊觸手、保護鐵欄陣，戰況陷入僵局。我用錘子大力敲打觸手，牠稍微縮一縮，又再竄向鐵欄陣。

陣內的宋江吃力喊道：「大佬，我哋頂唔到幾耐喇！」

另一隻觸手席捲而來，尖錐指着我，「咪埋嚟啊！」

珩仔連忙揮出斧頭，尖錐遭他吼的一聲劈中，角度一偏，乾脆改變方向，轉為捲起我！觸手表面的黏稠液體，讓我好難受！

「唔制啊，桃桃唔玩機動遊戲㗎！嗚啊——」我被進入八爪魚機模式的觸手舉高至半空，觸手毫不留情地左搖右擺！珩仔垂下斧頭，冷冷打量，沒打算出手救我。

「大家，」珩仔鎮靜道：「我搵到怪物真正嘅弱點。」

此話一出，全部人轉頭望向他。

「我要你哋唔只相信我，而係對你哋自己有信心。等陣，絕對要所有人幫手先贏到。只要無人臨陣退縮，我保證所有人都可以……」珩仔刻意一頓，堅定地環視大家，吐出最後四個字。

「即時過關。」

◎ 15 弱點

珩仔毫不猶豫道：「全部人鬆手，放棄鐵欄陣，停止逼佢去無形牆。」

眾人一臉懵懂，以為自己聽錯。珩仔沒時間解釋，快速下達行動指令。大家識相沒問原因和作用，總之他說行得通，照着做就是了！我於這段短暫時間，在半空飛來飛去，沒聽清楚新一輪戰術，不知被晃了多少下，無法抑制，嘔吐大作。

「我嘧喇，嗚啊！」Susan同情地望了我一眼，深深吸口氣，衝跑過來。

怪物的另一隻觸手筆直刺向Susan，她沒出動神奇法寶，只往自己嘴巴丟了一粒細細的白色顆粒。馬經大叔和曼基隨她身後閃出，不斷攻擊尖錐，Susan落得跟我同樣的下場，遭觸手捲起！咦？

「好暈啊啊啊啊啊！」她的尖叫震破我耳膜，卻沒有喊着要人救她下來。與此同時，幾乎全場所有人棄下武器，赤手空拳，分成兩組人撲向兩隻觸手！很快，我弄明白了。

他們張開雙手雙腳，跳到觸手上，牢牢夾實。一個人、兩個人、三個……隨着人數增加，觸手承受的重量愈來愈重，搖晃力度減弱，垂了下來，被幾十人重重壓在地上。兩條觸手被迫終止

八爪魚機模式！

「啪嗒！」宋江將汽油彈擲向怪物身體，火焰再度燃起！

「嘰嘰嘰嘰嘰嘰！」怪物朝天呼嘯！觸手猛烈搖擺，企圖甩開眾人，鬆開我和 Susan，以尖錐突破重圍。

一道修長身影掠過，踩在尖錐上，珩仔一下打歪尖錐，「觸手係怪物最強嘅武器，亦係最堅固嘅枷鎖，我哋根本唔需要鐵欄陣都可以鎖住佢。」

Susan 微胖的身體急急壓向尖錐，「唔使旨意再捲人！」

「桃桃唔會放過 You 㗎！」我學 Susan 跨坐在尖錐上。更多人湧來，死命抱實尖錐。尖錐貼在地面，無法刺入。我懂了，這才是真正的人海戰術！

為甚麼珩仔情願花時間叫大家不要怯場，也不解釋每個步驟的重點和目的，是因為行動本身並不重要，最重要是人數。

人多，才奏效！

珩仔找出怪物的破綻，巧妙地將觸手的長處化為弱點，使觸手由攻擊別人的武器，變成遭人綑綁的鎖鏈，配合我們所有人加起來的重量，牢牢鎖住怪物！

「嗖！」長箭自曹之澪的複合弓，越過眾人頭頂和滿地雜物，以撕裂空間的速度，躍到怪物右眼！

「嘰——！」怪物垂死掙扎，集中全身力氣於兩隻觸手，劇烈狂晃！火勢自牠身上快要蔓延到觸手來了！

珩仔瞬間閃到怪物側面，挽起斧頭，俯身畫出半扇，迸射冷冽的淡淡藍光！

「咚。」怪物遭斬首，整個頭顱脫離身體！兩隻觸手剎那失去力氣，癱軟下來！

鑑於我們之前誤以為牠死掉而放鬆警戒，導致男中學生死亡，今次無人敢出聲，默默觀察。熊熊烈火裏，怪物的身軀一動不動。

「一個二個，怕咩啊！」宋江發揮 MK 本色，雙手插袋，大搖大擺走到怪物身前，踢了牠一腳。沒有反應。

「死、怪物死咗喇！」我難以置信地大叫，這下牠真的死透了！芳姐高興地與眾人擊掌，「可以過關喇！」

二樓陷入一片歡呼之中！人人圍在珩仔身邊，讚美、感激、仰慕的話說個不停。我好奇問 Susan：「你俾怪物捲起之前，吞咗乜嘢落肚？」

她露出「這你也不知道」的神色，答：「暈浪丸啊嘛！俾隻嘢搖嚟搖去，唔食仲得掂嘅。」

「你一早就畀定桃桃嘛！」我沒好氣道。

「般若捉咁多人入嚟，」曹之澪靜靜望着大家，「以為可以快速增加惡念，令怪物升級，更快吸食我哋嘅意識，似乎自大得無諗過，當我哋識得利用嗰陣，會成為一把雙刃劍。」

我思考一會兒，認為她說得沒錯，「意識係怪物嘅糧食，同時亦係我哋嘅武器。」這就是所謂的理想總是美好，現實總是殘酷吧。

「弄巧反拙。」風水大師芳姐曰。

【怪物：死亡】

名稱：觸手者

危險級別：綠色

估計所有參戰的人都能過關，沒必要留下來，我們打算離開旺城中心，直接去亞皆老街。當我們回到街道上，一切都恢復正常了。彌敦道人來車往，車輛以平常速度駕駛，行人沒有慌忙逃難，本來擺在路上的物資撤走，就像怪物從未出現過。

Susan 拉着路人詢問：「你見唔到有怪物咩？」

路人滿眼問號，甩開 Susan 的手，「神經病。」

馬經大叔看着路人背影，「佢似未見過怪物喎，應該係NPC㗎。」

Susan 問：「咁車禍呢？頭先咁多架壞車塞喺馬路，無理由咁快清晒㗎。」

曹之澪思索一會兒，得出假設，「怪物出現時，NPC 會做正常反應、離開原定路線。當怪物走咗，隔一段時間 NPC 就會回復原本狀態。唔只係人，呢度所有物件、交通都係。」

「哦，唔難理解啦，打機都係咁。」宋江説完，眼尾偷偷瞄了曹之澪一下。

我在第一關剛甦醒時，雖然意識有點迷糊，但依稀看見街上路人正在走避，應該受到怪物攻擊。當我和珩仔離開地下層的餐廳，再次回到街道，一切回復正常。那時珩仔也是以角色扮演遊戲，向我解釋。這種「自動回復原本設定」，應該是這個意識世界的運作方式。

「是但啦，Go 啦。」我説。我們一行幾十人步往亞皆老街，本該短短路程，不消幾分鐘就能逃出第二關。

冷不防嘭的一聲，前面發生車禍，連同尖叫四起、途人抱頭亂跑……我產生不祥的預感，直至見到有人遭捲起，像玩機動遊戲般在半空晃來晃去。

「嘩!嘩!嘩!」測鬼機響起。

「唔好話畀桃桃知,又有一隻觸手者啊!」我失聲大叫。

曹之澪拉停我,「頭先我同曼基佢哋走失、隔咁耐先去到旺城中心揾你哋,係因為呢關唔只一隻觸手者。」

「What??」

宋江厲聲質問:「咁重要點解拖到依家先講?!你啞咗咩?」他不是問曹之澪,而是曼基。

「對、對對對唔住。」曼基低頭。

珩仔體諒地拍拍曼基肩膀,「頭先顧住打怪物,無時間交代都合理。」

宋江態度突變,友善地笑着對曼基説:「講笑啫,唔好介意!」

「值得留意嘅係,」曹之澪説:「有個規則無變,依然要殺死嗰關怪物,先可以解鎖無形牆,逃出嗰關。以第一關為例,我哋遇上觸手者 A,但原來仲有觸手者 B,只不過我哋見唔到,就以為總共得一隻怪物。有人殺死觸手者 B,第一關先解封。」

在我們立場,以為拿夠補給品可以過關,其實是其他隊伍殺死觸手者 B。馬經大叔不耐煩説:「咁複雜,講得簡單啲!」

「人哋女仔嚟㗎，斯文啲啦！」宋江説：「即係話，過關條件有兩個，要滿足晒先可以過關。一，自己隊夠分，可以從收集補給品或殺怪獲分。二，成功討伐嗰關怪物，由其他隊出手、我哋無出過手都得，總之怪物至少死一隻。」

以第二關為例，我們已經達成所有過關條件。一，我們在旺城中心殺死怪物，獲得足夠分數；二，有一隻觸手者死亡。曹之澪補充一點，「喺下一關，唔使等齊人就即時開關，怪物現身。」

弄明白規則，馬經大叔問大家，「咁依家即係點，唔理前面隻怪物？」

「留畀其他人，」曹之澪指指旁邊的珠寶金飾店，「既然我哋夠分，匿喺入面等怪物走開，再去無形牆。」

這間連鎖金飾店空間不大，勝在有多個陳列櫃，我們一共八人分散躲到櫃後。街上再度陷入混亂，人群之中，我們發現熟悉的身影。二、三十歲的男子，緊身短袖T恤和短褲，肌肉結實健壯，濃眉大眼，笑起來爽朗陽光。我驚呼道：「佢咪就係沈泳？咦，佢後面嗰個？！」

與他同行有兩個人，其中一人讓我感到萬分驚駭，萬分厭惡。

◎ 16 敵隊

　　二十一歲的女生，五官標緻，苗條身材，淺棕色波浪長髮。甚麼嘛，連衣着也抄襲我，她穿了白色背心和超短牛仔褲。不知廉恥地模仿我，Christy 的臉皮究竟有多厚？不過嘛，她背的手袋只是那個被網民嘲笑是「公廁袋」的品牌，還挑滿街都有人背的單肩袋和深藍色，口味怎麼差了那麼多啊。

　　另一個男子的身形跟沈泳差不多強壯，比他更高，膚色曬得黝黑，穿着黑色背心和長褲，戴了太陽眼鏡。沈泳會出現在這裏，我並不意外，畢竟駱駝工廈崩塌，真人的意識會被般若送往其他意識世界。但 Christy 呢，因為我的關係被捲進來嗎？還有黑超男又是誰？

　　「佢哋得三個人，每隊唔係四人咩？」宋江問。他與我、珩仔躲在同一個陳列櫃後，他知道沈泳這號人物。

　　我說：「死咗囉。」

　　「仲有其他可能性，」珩仔的目光追着黑超男，「未齊人，或者刻意匿埋。」

　　也對，有沈泳這傢伙在。說不定刻意隱藏隊中皇牌，想在關鍵時刻再殺人措手不及，像駱駝工廈那樣以第四名隊員老和尚殺死小鯨。

「佢哋做緊乜啊？」宋江倏地站起身，挽起黑色牛仔外套的手袖，企圖出去阻止。沈泳他們三人，並沒有走避或攻擊怪物，而是不斷攻擊路人，揮拳亂打！不論是真人或NPC，無故遭受攻擊，自然作出反抗，無奈氣力卻遠遠不如沈泳隊，不出兩、三下功夫，數人昏倒地上。

珩仔拉住宋江衣角，「呢一刻唔適宜硬碰。」

「點解啊？」我與宋江異口同聲。

「若果受傷就會扣分，可能過唔到關。」珩仔答。怪不得了，沈泳隊根本在利用隊制賽和扣分制度！先前我說這是漏洞，實質不算。

過關分數不是固定，愈早過關所需分數愈低，表示愈早過關的隊伍愈有利。這裏有那麼多隊伍，萬一落在最後幾隊過關，豈不是需要更高分，更難達成條件？

於是，有人走旁門左道。傷害排在前面的隊伍，甚至無差別攻擊所有隊伍，讓人人受傷、人人扣分，使其他隊伍難以過關，自己得以低分過關。像沈泳這些瘋子，更視其他隊為競爭對手，只要將對手殺光光，保證每關得一隊，那便能輕鬆過關，不用跟其他比較分數。

這才是珩仔在天橋發表開戰宣言的真正意義：隊與隊合作也能過關，唯一敵人是怪物，而不是人類。可惜有沈泳隊在此，以

後恐怕難以安寧。我們本來不打算在這裏與沈泳隊交手……

「嗶！嗶！嗶！」怪物在附近，測鬼機響個不停。

沈泳恰巧在金飾店外聽見響聲，徐徐轉頭望了過來。發現我們，他的雙眼散發腥紅的戾氣，如同野獸發現獵物所在，染上一抹殘酷與興奮的氣息。他吹口哨，示意 Christy 與黑超男一起入店。

我索性跳起身，「Christy、沈泳、黑超男，桃桃唔想整傷你哋，你哋走啦，我哋當無見過面。」

「桃晴！」Christy 高八度呼喚，像遇見老朋友般親暱熱情，「沈泳同我講先前喺工廈見到你，我都唔敢相信，估唔到喺度會撞到你啊！好耐無見，你近排點啊？」

明知我被困在意識空間很長時間，還好意思問近況，正一綠茶婊！她上下打量我全身，看到桃紅色心型小手袋，瞄瞄她自己的單肩袋，酸溜溜道：「我未見過呢個袋款出桃紅色，都唔知係咪梗假貨。」

「Christy……呢個名我好似聽過。」珩仔若有所思。當時在駱駝工廈，我和宏青看過姐姐的回憶片段。那是姐姐的小學時期，那天我、姐姐與 Christy 三人在主題公園的迷宮迷路。珩仔沒有親眼看回憶，應該是宏青後來跟他説。

Christy 的目光掃到珩仔，從此不肯移開，裝作矜持地撥撥長髮，「係啊，我叫 Christy。你就係珩仔？」

珩仔無視她，用眼神詢問我。我咬牙切齒答道：「當我知道呢條八婆原來咁黑心，唔只恰家姐，仲離間我同家姐嘅關係，我就即刻 Unfriend 佢。但你 Know 啦，喺同一個有錢人圈子，撞口撞面，佢仲成日跟風學我孭靚袋，扮到自己有好品味咁！」

「拎名牌袋唔代表有品味㗎喎。」宋江由頭到腳審視我，再望向曹之澪那邊。

沈泳伸出粗壯的手臂，拉來椅子在門口坐下，「擺低測鬼機同電腦，唔係唔使旨意走出呢間金舖。」不是每隊都有測鬼機和 SCF 電腦，估計是隨機配給，像馬經隊和沈泳隊就沒有。

「你已經喺我手上死過一次。」珩仔神色淡漠，潛台詞在警告：不要逼我再殺你一次。

沈泳臉上的青筋一凸一凸，「連埋 Cherry 嗰份還畀我！」

嚴格來說，殺死沈泳的兇手是美人魚，不是珩仔啦。那時是美人魚吞下沈泳，不過珩仔使了點妙計。至於 Cherry 沒了沈泳這個觀音兵，被姐姐與宏青綁起吊到駱駝工廈外，當作測試黑魅的實驗品。

「後生仔，唔買金就唔好混吉，過主啦！」馬經大叔自我們

左邊的櫃後站起身。

「老豆，使鬼同佢哋客氣。係佢哋害死你㗎，我都未同佢哋算帳！」宋江怒瞪沈泳。

曹之澪、Susan 和芳姐相繼起身，芳姐平心靜氣勸道：「年輕人，回頭是岸，你哋得三個人係鬥唔過我哋，出去吧啦。」

「桃晴，你同呢啲譚子阿姐、肥師奶同隊？」Christy 露出充滿惡意的嘴臉，恥笑道：「睇嚟你都無乜希望走出去，不如唔好浪費，畀部機我哋啦。」

「好啊，」我交叉雙手，抬起下巴，「你跪低求桃桃，可以考慮下。」

「即係無得傾啦！」沈泳按捺不住，率先出手！他從椅子跳起，飛撲旁邊的馬經大叔，「我殺得你一次，自然可以殺多你一次！」

宋江二話不說過去支援；黑超男筆直衝向珩仔，似乎早已把他視為對手。我乾脆走出陳列櫃，一把扯綠茶婊 Christy 的頭髮，「死八婆，桃桃想教訓你好 Long time 喇喇！」

曼基、Susan 和芳姐則作支援角色，在店內來來回回跑。曹之澪卻沒留下來，飛身到店外⋯⋯向怪物射箭？

「喂，」我一巴掌拍向 Christy 面頰，急急追到門口，「我哋夠分唔使再打怪物，你留啲分界其他隊啦！」

背後傳來 Susan 的抱怨，「粒聲唔出就走咗去，有無搞錯啊。」

宋江閃過沈泳的重拳，「佢係怕怪物入嚟啫，而且保護其他隊都無錯嘅。」

「桃桃，小心！」Susan 忽然大叫。

一尊足金千手觀音的黃金神像朝我砸來，我側頭一避，「Christy，桃桃同你死過！」

「小心！」千手觀音沒有跌到地上，是因為芳姐放下敵人不顧，居然飛撲向地，以身體保護神像。

「好彩無爛……」她抱着千手觀音喃喃道。

「原來你、你先係拜金女啊！」我喊道。其實由旺城戰役起，芳姐沒甚麼貢獻都算，這時連裝個模樣都懶，真的氣死人了！

忽然，外面傳來更尖銳的叫聲，「咩、咩怪物嚟㗎？走啊！」那人的語氣像是直到現在才發現觸手者的存在，如夢初醒般驚叫。甚麼嘛，觸手者出現許久了嘛。

「咦，桃桃，我無睇錯嘛？」Susan 的疑問抓回我的注意力。

沈泳的攻擊，有古怪。他瞄準馬經大叔的下巴，由下而上使出上勾拳。沈泳擅長拳擊格鬥，沒使用武器很正常，古怪的是馬經大叔的反應。馬經大叔正中攻擊，按這種力道，正常情況下他應該稍稍抬頭及往後退幾步，他卻猶如遭受汽車撞擊，往店外飛出老遠！

「老豆！」宋江追着跑出去，沈泳尾隨。

黑超男猛地撲去珩仔，短刀畫向胸口。珩仔的反應很快，閃身瞬間跳到旁邊，短刀明明落空，卻隔空震碎面前陳列櫃的玻璃！

還有與我搏鬥中的 Christy，明明看似弱不禁風，錘子敲打過來卻帶着霍的一聲，多虧芳姐奮身撞開我才避開。

「嘭！」錘子擊中我原本所在的地板，應聲破裂，射出碎石！萬一我被這種力度打中，恐怕當場爆頭暴斃！

「芳姐，好彩你……」被芳姐撞開也夠痛，我捉住她雙手想道謝，剛好看見她的手持物，「喂啊，你要攬住尊金觀音幾耐啊？」

冷不防，Christy 趁機從後偷襲，一錘打在我背後！

「嗚啊——！！」我無可避免地被打飛，真的是字面上的飛！整個人往店外飛了出去！

「好——痛——啊！」一股肌肉撕裂的極度疼痛，自左後肩蔓延至全身，我甚至覺得左手脫離了身體！

繼我之後，所有隊員都吃盡苦頭，陸續被沈泳隊打出店外，連近身戰最強戰力的珩仔都滿額冷汗，被迫出街道。趁馬經大叔和宋江倒地、珩仔忙着應付黑超男，沈泳騎到曼基身上痛毆一番，搶走 SCF 平板電腦！

真要命！更要命的可不只這些！

街道上陷入大混戰，人群在我們身邊穿梭走避，Christy 不肯放過我，雙眼掠過一絲陰險歹毒，笑着逼近，「你唔好咁自私啦，借部測鬼機嚟用一陣啦。」

「自私？就算真係交出測鬼機，你哋都唔會放過我哋啦！」我嗆聲道。沈泳隊除了搶重要物資，更要殺光其他隊伍，又怎會真的放過我們。

「撤退！」馬經大叔扶着右手，痛苦地走過來。

宋江來到他身後，「部電腦……」

「衰仔，再唔走連測鬼機都無埋啊！」馬經大叔罵道：「又唔係叫你認輸，識走位先得㗎嘛！」

「走！」珩仔贊成道。

Susan 慌張問：「走得去邊啊？」

我有股衝動叫 Susan 倒些波子出來招待沈泳隊，曹之澪打斷道：「無形牆！佢哋掛住殺人，但無攻擊怪物，應該無分過關。」原來她沒走遠，一直在店外徘徊。

她說得對，無形牆可以發揮攔截作用，將沈泳隊困在這一關。我率先跑去無形牆，「桃桃唔客氣，走先喇 Bye！」

「正所、所所所謂『一時退卻』。」曼基艱難地爬起身，跟着我逃跑，一時退卻好像是某個 KOL 的口頭禪。

聽見 Christy 在背後憤怒的叫聲，我就知道曹之澪猜得沒錯。

【第二關】

弼街至亞皆老街：

○ 通過

【第三關】

亞皆老街至？：

＞ 進入

第三關 ▶ 亞皆老街

◎ 17 出口

來到匯風銀行大廈外，行人和車輛明顯比之前少了。身後陸續有隊伍過關，但未見沈泳隊。我們決定分組摸熟這關的地形和範圍，芳姐嚴肅道：「你哋去啦，我要去舖頭拎啲嘢先。」

望着她指向的方向，Susan 問：「唔通你就係旺角芳姐？」

「咩旺角芳姐？」我問。

「成日上電視嗰個芳姐喎！」Susan 解釋芳姐的攤檔位於小巷，因收費宜人、算命靈驗，吸引很多人慕名而來。此刻的我不以為意，想說風水師有甚麼稀奇。即使掌握流年運程、算出姻緣運又如何，對討伐怪物一點用處也沒有。

十分鐘後，我們所有人回到匯風銀行集合，不過芳姐還未到。選這裏集合是馬經大叔強力建議，原因是……冷氣溫度調得夠低。經測試，這關由亞皆老街起，至奶路臣路為止，空間又比上關細小。

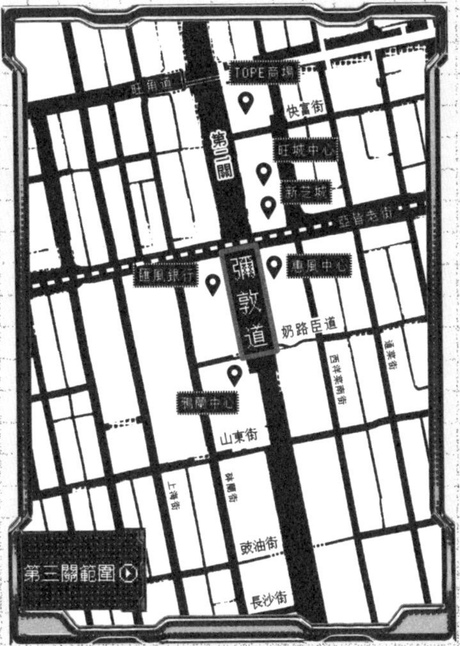

每關開放路段不一，我們不確定空間大小是隨機，抑或逐關收窄。唯一肯定的是，整個意識世界沿彌敦道建成，即是說，每關解鎖後的前進方向，是由太子向尖沙咀伸延。

「街邊太多人與車～繁華鬧市人醉夜～」耳邊忽然傳來男生歌聲，原來是身側的宋江拿着手提電話，當作咪高峰唱歌。

他說這首歌是洪卓立的《彌敦道》，描述男主角在彌敦道重遇前度的心情。介紹完情歌，宋江又突兀地宣布自己現在單身。曹之澪似乎沒聽懂他的暗示，自顧自整理手邊物品。

我們坐在銀行地下層的一排櫃員機前，其他隊伍也在這裏休息和處理傷口。

　　「彌敦道係意識世界，」Susan從環保袋取出飯糰分給大家，「咁我哋咪要打到去彌敦道終點，即係尖沙咀嗰度，先可以離開呢度，返去現實世界？」

　　我們的確由彌敦道的起點，太子界限街開始闖關。

　　「唔係嘛，啲怪物咁狼死，仲要不斷升級，未去到佐敦我都死咗啦！」宋江沒吃東西，點起一根煙來抽。

　　「衰仔，漱口水講過！」馬經大叔搶過香煙自己抽。

　　曹之澤熟知我們在駱駝工廈的事，「根據你哋描述，般若嘅力量並唔係無窮無盡，甚至要借助意識世界主人，先可以維持幻境。用你哋嘅打機用語，今次應該算係半開放世界，淨係計太子同旺角路段，範圍已經遠遠大於駱駝工廈，般若唔似有咁大力量，支撐成條彌敦道。」

　　珩仔同意道：「今次多咗好多人，要困住真人同製造NPC，一定消耗唔少力量。」

　　曹之澤被珩仔提醒，朝他點點頭，「相信大家都留意到呢關少咗好多人，有可能係般若唔想浪費資源喺NPC身上，開始集中力量喺怪物。」

曹之澪見大家聽得一臉茫然，於是梳理出我們目前的處境：由惡念形成的大魔王般若（或生靈），仿照彌敦道的模樣，在某人腦海裏製造出一個意識世界，把其他人的意識拖進來。

要維持這個意識世界，般若須要持續吸食大家釋放出來的負面情緒，再把這些惡念轉化為力量。

舉例，般若手頭上擁有100個力量點數，自然可以平均分配，把50點用在維持彌敦道街景和NPC；另外50點用在製造怪物。可是，般若的力量不是無限的，來到第三關降到只得80個力量點數，般若就要作出取捨，情願減少力量、只配出30點在街景上，也要維持50點在怪物上。

聽着曹之澪與珩仔一唱一和合拍得很，我仍未追得上進度，問：「可摸耳講得簡單啲，幻境出口即係邊度？」

「唔知。」珩仔直白答。

曹之澪更正他的說法，「暫時唔知終點喺邊、幾時先係 Boss 戰，但睇嚟唔似係尖沙咀咁遠，呢點從般若開始唔夠力量維持幻境上睇到。」

「咁都好啲，仲趕得切返屋企煮飯。」Susan 的神情舒緩了些。話說，這是重點嗎？

我惋惜道：「不過我就肯定已經錯過之前 Book 嘅 afternoon tea。」

馬經大叔見 Susan 未親身體驗過沈泳隊的招數，怕她放下防備，提醒道：「肥師奶，唔好淨係掛住怪物，沈泳隊都唔小嚼，當佢哋係敵人就啱！」

關於如何應付沈泳隊，曹之澎建議道：「佢哋有時仲難搞過怪物，就算打低佢哋，我哋都無分加，又要受傷扣分。喺諗出對付方法之前，盡量避開佢哋，唔好交手。」

珩仔沉思半晌，說：「我睇唔出點解佢哋力量增強、攻擊手法變得詭異。」

「攻擊手法唔係詭異。」一把帶有口音、語氣堅定的女聲答。

「芳姐？」Susan 抬頭。

芳姐背了帆布斜背袋，右手拿桃木劍，氣場跟之前不同。她說自己風水師？是道士才對吧！下樓梯時舉步生風，掀起黑色長外套，帶着懾人氣勢卻因為慈眉善目，沒讓人覺得疏離。這股感覺很熟悉。

芳姐硬擠開宋江，坐在我旁邊，「幻境嘅運作法則雖然似，但唔同現實世界，有時唔受物理條件限制。你哋似乎淨係留意惡念嘅影響力，忽略咗善念嘅能力。」

宋江催促道：「可唔可以并多少少？」

「信念同意志作為念力，能夠加強人類攻擊力。」芳姐道出結論。惡念包括恐懼、傷心等加強怪物力量，而善念包括希望、信心、勇氣等正面情緒，則成為我們的武器。

馬經大叔率先認同，「又係喎，沈泳頭先打落嚟大力到呀，根本唔係人咁品！」

「佢一定喺老和尚身上學識。」珩仔説。

老和尚是沈泳在駱駝工廈的隊友，他用一件叫引磬的敲擊樂器，除了唸經加持，也運用善念，使出常人無法使用的「超能力」，產生某種無形的攻擊力。情況類似在金舖時，沈泳和 Christy 的力氣大得異常、黑超男隔空震碎玻璃等。

宋江坐得恭敬，「芳姐，即係我可以用『炎之呼吸』？」

連我都不知道甚麼鬼是炎之呼吸，芳姐肯定也不知道。芳姐卻淡定地點點頭，「可以。沈泳隊得，你哋都得。」

「真是失禮，」宋江唐突跳起身，振臂高呼，「我們可是純愛啊──！！」

全場所有人包括那些不認識的，統統靜下來望向宋江。曹之澪的肩頭微不可察地動了動，莫非被他惹笑了？

「諗諗下做純愛戰士型好多，」宋江瞥了瞥曹之濤，搔搔頭坐下來，「但我感覺唔到力量增強咗嘅？」

「純愛戰士係咩嚟？」我問。Susan 笑著回答，炎之呼吸與純愛戰士都是出自日本知名動漫。

「衰仔，你真係失禮晒喇！」馬經大叔用馬經拍宋江，向其他人說：「你哋繼續傾、繼續傾，犬子細個唔懂事。」

我不禁罵道：「我唔理咩係純愛戰士啦。首先咪『加強攻擊力』，究竟係咪 Work 先？」

芳姐別有深意地凝望我，欲言又止。

◎ 18 善念

「明明大家都有經驗，但佢哋更早掌握運用善念。」珩仔垂首。

「後生仔，唔係你嘅責任，睇開啲！」馬經大叔豪爽地一拍他後背。

Susan 難以抑制猜疑和不信任的目光，「聽落去好似超能力咁，我個仔睇啲卡通片就話啫，哈哈……」大家看來接納了芳姐的假設，Susan 沒說下去。

芳姐終究忍不住，「桃桃，可唔可講你嘅出生八字，同界隻

手我睇睇？」

「你想幫桃桃睇掌？講明先，我唔 Believe 呢啲嘢㗎。」沒損失的事我倒不怕做。

一會兒後，芳姐的目光如電，眼神通透得彷彿看穿我，「果然無睇錯，桃桃你前世係喺山上修道嘅僧侶，功德無量。你嘅血有痊癒同增強力量之效，容易吸引怪物。你有無發覺特別多渣男埋你身？」

「渣男磁石？就憑呢條港女？」宋江指向我，不屑問芳姐。

「你咪渣男囉！」我一腳踢他，「唔好條條聲喝，尊重啲！」

我再答芳姐：「你見桃桃咁 Beautiful，梗係咁講啦……Aww！」

芳姐居然用針刺我的手指頭，用杯子盛起我的血！我痛得馬上抽回手，「你係咪變態㗎？？」

珩仔倏然握住斧頭，警戒地瞪向芳姐。

「後生仔，輕鬆啲。」芳姐笑着掏出毛筆和黃色符紙，用我的血來……

「畫符？」我抱着手指頭，吮了口血，「你真係當自己係道士啊？」慢着，她還真是道士呢。

她沒回應我，聚精會神地在符上揮筆，口裏唸唸有詞。很快，她分給我們每人一道經過唸咒加持的黃符，説是護身符，要我們一定隨身帶着。嗯，我明白了。這位大媽不是瘋得太徹底，就是真的深藏不露的高人。

等其餘隊伍進關進得七七八八，我們打算像在天橋那時發表演説，提醒大家小心沈泳隊。猝不及防，當我們正準備起身時⋯⋯

「咔嚓咔嚓⋯⋯」窸窣聲在匯風銀行外響起。

「嗶、嗶⋯⋯嗶嗶嗶嗶！」測鬼機的警告聲愈來愈頻密，怪物正朝我方攻來！

第三關怪物，出手了！

「走啊，怪物啊！」旁邊有男人呼喊道。
「咩、咩嚟㗎？」女人反應不過來，尖叫道：「哇，救我啊！」

怪物甫進入銀行地下層便捲起女人，兩隻毒牙咬向脖頸，女人猛力挣扎不果，一命嗚呼！

完蛋了。面前的怪物不是觸手者，凶猛又噁心得多。

「『頭部前端有一對觸鬚和毒牙，體型扁平長條型，背部是有光澤的硬殼，每一段體節擁有一對足，又稱為百足蟲。蜈蚣性情凶猛，是相當強悍的肉食性獵食者』——」Susan 唸到一半，被我打斷。

「走啦，仲讀！」我推走 Susan，她不知道從哪裏掘出小學教科書，唸出書上文字。對的，闖進匯風銀行來到我們面前的，正正是一條蜈蚣。

巨大版的蜈蚣！身長跟一台巴士差不多！不要説巨大版，連正常體型的蜈蚣都能輕易嚇死我，更何況是怪物！

近乎黑色的深紅色身體，一隻隻鮮紅色的足，如同尖劍般鋒利，剛才的咔嚓聲就是足尖插地的行走聲。牠產生如此大的動靜，我們根本毋須搖鈴。體型龐大並沒有影響行動，牠的移動速度快如閃電，兩、三下爬了入來！

放開咬死了的女人，抬起上半身像站立的姿勢，由高往下俯視銀行裏的人……獵物，牠的頭高得貼在天花板！

「Yell、係 Yello 啊！臭蜈蚣係 Yello 級啊！」我跟隨大家狂奔，瞥了眼測鬼機。觸手者才綠色，怎麼一下子跳級到黃色級別？

「講中文啦！」馬經大叔推推曼基，「查到未啊？！」

來到街道，曼基無奈道：「部機俾沈、沈沈泳搶咗啊。」對了，SCF 電腦在沈泳隊手上！

這下我們如何得知怪物的強弱點啊？？

走出銀行回到彌敦道，馬路遭高速駛過的汽車霸佔，數十人擠在狹窄的行人路上，朝尖沙咀方向竄逃。

「Susan，你會唔會咁唔 Buy 咗公雞做晚餐？」我邊跑邊叫，公雞是蜈蚣的天敵。

「咔嚓咔嚓……」窸窣腳步聲在身後窮追不放。我幻想無數隻足同時亂晃的畫面，不只可怕，還讓人不安得打了個冷顫。

與我們一同逃走的男人問宋江：「又話純愛戰士，快啲出愛心攻擊啦！」

我分不出他是認真或諷刺，他的隊友倒是幫得上忙，拿出他們隊的 SCF 電腦，「我搵到怪物資料喇！」

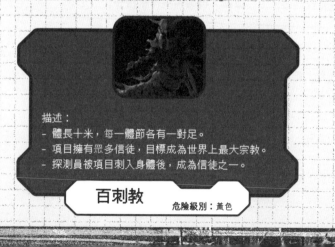

描述：
- 體長十米，每一體節各有一對足。
- 項目擁有眾多信徒，目標成為世界上最大宗教。
- 探測員被項目刺入身體後，成為信徒之一。

百刺教

危險級別：黃色

「究竟係啲描述寫得太隱晦，定係我嘅 Chinese 太差？」我問道。

「百刺教，咁熟嘅？」宋江自言自語道：「咦，人呢？」

這裏簡直比年宵花市更擠迫，桃桃隊和馬經隊在人群裏走散，在我身邊有宋江、珩仔和曹之澪，還有……

*「嗖！」*一條長而帶尖錐的東西，從後竄過來，貫穿剛才那位多嘴的男人！觸手者！

我肯定沒認錯觸手者的衣着，問道：「佢咪就係頭先喺銀行入面，俾百刺教……臭蜈蚣咬死嗰個女人？」我們很快來到這關盡頭，位於奶路臣街的無形牆，珩仔帶頭衝出馬路，走向對面行人路。

「我知喇！」宋江跟在他身後，「人類俾臭蜈蚣咬死之後，會變成怪物，即係第一同二關嘅怪物：觸手者！」

該死，臭蜈蚣本體不只難對付，還是一台活生生的怪物製造機？曹之澪貼在我身後，轉身朝離遠了的怪物射箭，飛箭越過馬路，落在對面行人路的蜈蚣背上！

*「咣！」*箭頭撞上硬殼，沒構成傷害，不由分説被彈走！攻擊無效！

「繼續走，唔好停！」她推我往前走。

前方的宋江大叫，「我記得喺邊度聽過『百刺教』喇，咪就係觸手者個描述囉！觸手者追隨百刺教，排除所有宗教異見者！」

他稍稍冷靜問：「大佬，即係點解？」

走在他身旁的珩仔，不時注意對面的臭蜈蚣，「結合百刺教資料，蜈蚣如同教主，佢製造嘅觸手者等於信徒，保護蜈蚣，殺死異見者：觸手者以外嘅人類。蜈蚣目標係將呢度所有人改造成觸手者。」

這關沒有很多商場，我們沿路一直嘗試走入大廈，很快來到惠風中心門口，無法內進。怪物暫時留在對面，我們停下來商討對策，順便等馬經大叔他們。

「桃桃都醒起喇，臨走出上關嗰陣，有人好似第一次見到怪物咁大叫，當時觸手者明明出現咗好耐，全部人應該都見過。依家咁睇，當時出現嘅可能唔只觸手者，連百刺教都喺度！」那時曹之澪應該也在場，為何沒見到臭蜈蚣？我猜她壓根沒把注意力放在路面，全心全意在店外守護着我們。

宋江奮力一擲汽油彈，火光在臭蜈蚣身上爆炸，硬殼仿若有防火功能似的瞬間滅了火。火攻無效！

　　曹之澪目瞪口呆，不曉得因為臭蜈蚣的防禦力，抑或接下來說的話，「即係話百刺教同觸手者，可以喺第一至三關自由穿梭？如果下關都係得呢兩種怪物，反而好對付，萬一……」

　　「萬一，」見她說不下去，我接着道：「每關都有主餐，即係嗰關怪物，而百刺教同觸手者就好似跟餐可樂咁，每關都會搭配主餐出現。咁咪好似開怪物嘉年華咁，每一關至少有三種怪物？」

　　我問宋江，「蜈蚣除咗公雞，仲有咩天敵？」

　　宋江噴了一聲，拿出手提電話上網調查蜈蚣的習性。他打開Google後轉念一想，忽然打開相機與對面行人路的怪物自拍，「機會難得，出返去唔使咗啲呢 Like。」

　　「宋江！」我生氣得罵道：「桃桃都要 Take photo 啊！」

　　「咔嚓咔嚓！」天曉得，在我教宋江使用濾鏡時，背後傳出密集腳步聲！猶如一輛高速列車，百刺教偏偏撇下對面行人路的人，陡然衝跑過來，毒牙大大撐開！

　　牠在我們四人中，偏偏選擇我！
　　速度之快，眾人來不及舉起武器還擊！

　　「你嘅血容易吸引怪物。」——耳邊傳出芳姐的話。

◎ 19 報答

一道身影霍地閃出，硬生生擋在蜈蚣與我之間！珩仔一把推開我！

「嗲！」蜈蚣狠狠撞上珩仔的腰部，毒牙擦出深深傷口，瞬間濺出一簇鮮紅血花！珩仔悶哼一聲，按住傷口跪在地上。

「我同你死過！」宋江舉起汽油彈。蜈蚣抬起上半身，正要撲向宋江，剛好一輛貨車高速駛過，收掣不及，猛響喇叭。

蜈蚣不想被撞，擺擺尾巴，整個身體躺在行人路上。曹之澪趁這個空檔扶起珩仔，「宋江，火攻無用，我哋撤退先！」

宋江乖乖扶起珩仔，我推着他們背後疾走，「快啲啦，隻嘢又追嚟喇！」

該死的宋江在這個節骨眼忽然絆了我一腳，害我差點摔交！

「咔嚓咔嚓……嗲！」怪物趁機往前一撲，差點刺中我！我厲聲質問，「你做乜啊？？」

曹之澪也是錯愕地望向宋江。他沒回頭答道：「佢都係追你啫，不如你俾佢咬咗啦！」

珩仔沿路流了大量血液，宋江和曹之澪要扶着他，的確很難跑得快。我叫：「但都唔代表要將我當 Food 啊！」

蜈蚣不懂得叫喊，背後卻彷彿有百隻猛獸同時在嘶吼！

「上車！」超級幸運地，前方有輛紅色小巴急停，老伯伯站在車門伸手，「快啲上嚟啦！」

有車載傷者，總好過被珩仔拖累得全軍覆沒，我們想也沒想跳上小巴！

紅色小巴司機果然沒有讓人失望，我們一上車就蓬一聲踩油。我們甚至不用找座位，在小巴加油當下受衝力帶動，將人甩去座位上。我認為當有朋友來香港旅遊，必定要帶他體驗紅色小巴的極速快感，這才是香港特色嘛。

蜈蚣豈會放過區區一輛汽車，又一個漂亮甩尾，企圖推翻小巴！小巴宛如子彈速度一樣往前「飛行」，恰恰避開牠的掃蕩。蜈蚣氣也不喘一口，緊緊追在小巴後方。

哈，恐怕這可憐傢伙看輕紅色小巴的實力，有些小巴擅長在馬路上左穿右插、超速駕駛和衝紅燈，深受趕時間人士愛戴。當然，我絕不認同或鼓勵這種危險駕駛行為，只是在這個情況下，紅色小巴簡直是救星，很快就甩掉臭蜈蚣了！

我們甚麼也管不上，第一時間讓珆仔躺在二人座，三人圍在他周圍，宋江掀開他的上衣檢查傷勢。

「Oh my God ！」我雙手掩口。連冰冷曹之澪都抽口涼氣。

倒是宋江，情況愈危急，他愈鎮靜，給出清晰指示，「桃晴，將急救用品拎出嚟；曹之澪，幫手撳住個傷口！」

一道長長的血口橫亙在珆仔的腰上，血如泉湧。失去知覺的他，臉色蒼白如紙，額頭布滿汗珠，嘴唇失去血色，莫名地流露某種虛弱的病態美。

「顧桃晴，專心啲！敷料、繃帶！」宋江脫下牛仔外套，挽起手袖。

「Okok ！」我趕緊拿起錘子。

曹之澪捉住我的手腕，宋江瞪大雙眼望望錘子，望望我，「你做乜啊？」

「佢俾臭蜈蚣咬，好快變觸手者！與其 Ugly 咁死去，桃桃情願佢喺最靚仔嘅狀態下死囉！」

宋江搶走錘子，緊緊握拳，「你咁樣報答救命恩人，都唔係義氣仔女嚟㗎！」

「你好似第一次講返句公道說話。」我聳聳肩。

曹之澪鬆開我的手，遞上急救用品。宋江手法熟練地替珩仔消毒和包紮，「好彩以前去過劈友，學過急救啫。」

我幫忙壓住傷口，「依家仲興劈友咩？唔好吹水啦！」他跟馬經大叔一樣，渾身散發濃郁江湖味，不認識的人還真以為他們是甚麼社團老大。

「望……你哋望……」曹之澪彷彿看見某些不可名狀的東西，茫然望向車頭方向。

我忽然想起芳姐的話，沒有看向車頭，掏出小刀在自己的手臂上割出傷口，將鮮血送進珩仔嘴裏。曹之澪和宋江完成包紮後，將全部注意力放在車頭，沒留意我的舉動。我默默用紗布包好手臂。珩仔，我有好好報答你啦，日後可不要化作厲鬼糾纏我。

曹之澪和宋江從座位站起身，跌跌撞撞走向車頭。我匆匆一瞥，嚇了一大跳，「說好的司司司司司司機呢？」

我擦擦眼睛，再看一遍，駕駛座上果然空空如也！曾幾何時，紅色小巴如此先進，改用無人駕駛？

我平常出入不是靠家裏僱用的私人司機，就是叫 Uber，很少坐公共交通，更不要說亡命小巴。可是，我至少分辨出這台小巴

沒甚麼異樣。小巴內的紅色座椅掉皮、滿是煙味、殘殘舊舊，司機位擺滿雜物，掛了幾條泛黑毛巾和紅色膠桶。

唯一的異常，就是駕駛座少了一個人啦。

沒有司機的情況下，小巴保持全速飛馳。除了我們四人，車上還有兩名乘客，坐在接近車頭的位置。一位是拉我們上車的老伯伯，戴着咖啡色格仔復古鴨舌帽，穿着深棕色絨毛西裝。另一位是坐在他旁邊的老婆婆，一頭整齊短髮，身上是白色襯衫西褲配絲巾。二人乾乾瘦瘦，眼睛睜得大大轉來轉去，看來滿有精神。

宋江撲去駕駛座，馬上操控方向盤和刹車腳踏，「搞乜啊、司機去咗邊？」

老伯伯錯愕道：「我哋都係喺你哋無耐前先上車，嗰陣明明見到司機㗎，唔通我睇錯？」

「你慒咗啊，」老婆婆中氣十足答：「唔唔咪同完司機講嘢，請佢停低載埋班後生仔上嚟囉。」司機憑空消失？

「大鑊喇，」宋江手背甩甩額上汗水，回頭對我們説：「架車停唔到。」不僅如此，他無法操控車上任何儀器，包括方向盤。

我們登上一台失控的小巴！

「《那夜凌晨，我坐上了旺角開往大埔的紅 Van》？」宋江唸了個書名，說是香港人氣網絡小說。

我坐在玕仔前排座位，雙腳搭在椅上，舒服地背靠車窗，「既然蜈蚣無追上嚟，喺度休息陣都幾好……啊！」

我猛然想到一件致死的事！小巴正往尖沙咀方向駛去，很快經過奶路臣街。按照上一關的測試結果，我們將會狠狠撞上無形牆！在目前車速下，不只小巴，連同全車人都撞得粉身碎骨！

「整停部車！」曹之澪也想到這點，加入宋江不斷又拉又踩各樣儀器。

我和兩位老人家趕到車頭，看着小巴經過街上一間間店舖，面前便是奶路臣街街口——第三關的盡頭！生命來到最後一刻，老伯伯與老婆婆跌坐在座位上，相擁着緊閉雙眼。

宋江捉住曹之澪雙手，眼眶盈溢着深情的淚光，「曹之澪小姐，我宋江財今日同你執子之手，雖然唔可以與子偕老，至少共赴生死。應承我，去到黃泉唔好飲孟婆湯，我哋來生相見。」

「呢句話出自《詩經》，講嘅唔係愛情，而係兩個男人嘅戰友之情。」曹之澪冷冷指正宋江，卻沒有如我預料中甩開他的手。

而我嘛，坐回單人座上，看看旁邊陷入昏迷的玕仔，雙手大

大力抱住⋯⋯桃紅色心型手袋！我欲哭無淚，「始終都係搶唔到限量版星型小手袋！」

小巴撞上無形牆之際，卻沒感受到任何撞擊力。小巴成功穿過無形牆？太古怪了！

更古怪的是，小巴本該繼續前進，會經過銀行中心和鴉蘭中心等等，而這時在車兩旁的，卻是匯風銀行和惠風中心！小巴好像從沒遇上無形牆一樣，繼續保持高速奔馳。

全車人沒有死裏逃生的慶幸，目瞪口呆地望着四周，小巴再次駛到奶路臣街，眨個眼又回到亞皆老街。就這樣，小巴在第三關內來來回回，不斷輪迴。

意識到大難不死，宋江鬆開手跳出駕駛座，坐在乘客座上，對曹之澔澄清道：「我、我頭先嘅意思唔係將你當成兄弟，你唔好誤會。」

曹之澔離開駕駛座，眼尾瞥見車頂的儀器愣了愣，豎起指尖。我順着她的指尖看過去，靠近司機位的車頂，有一部長方形、黑底紅字的車速顯示器。政府為監控小巴超速問題，規定車上必需裝有車速顯示器，當時速超過每小時 80 公里，便會閃爍並發出嗶嗶的警告聲。

這台小巴的車速顯示器上顯示着 204。目前的速度為時速 204

公里。

　　要知道到達 80 公里已經快得誇張，這已經觸犯法例。若然我沒記錯，香港最高車速限制的公路，也就只有時速 110 公里左右，就算我在澳洲遇上的公路，最高限速也只有 100 公里，要開到 204 公里究竟是甚麼概念？

　　而且一台普通小巴，真的夠馬力跑得這麼快嗎？諷刺的是，車速顯示器上方貼了大大張警告標語，寫着「本車最高時速限於 80 公里」。

　　馬路十分乾淨，沒其他車擋路，從小巴外的景象來看，絕對不像時速 204 公里。我重新看向車速顯示器，上面的數字正在急速下跌，車速卻一點也沒有減慢的跡象。

　　我們到底，上了一台甚麼鬼東西？

　　「查怪物資料庫。」深沉帶沙啞的男子嗓音，宛若一劑強心針，讓人瞬間產生踏實的感覺。

◎20 限時

　　「珛仔？」「大佬？」珛仔的甦醒，解除了曹之澪和宋江的尷尬沉默，二人同時驚訝道。

　　珛仔從座位坐起身，依舊面無血色，但至少恢復了知覺。他

掀起上衣看了看，拆開繃帶，腰部割傷居然收口癒合了！不是消失不見，而是結了痂、沒再出血。

「桃桃頭先……餵咗血 To 你啊！」我錯愕地解釋道：「估唔到真係有用！」那個口水四噴的吹牛神棍，不不不，專業風水大師芳姐，真的沒說錯！

宋江興奮得摩擦雙掌，「正喎喂，以後唔使驚整傷啦，有咩事揂下你，飲幾啖血咪得囉！」

「你當桃桃係飲水機咩！飲水機都有斟完嘅時候，我啲血咁寶貴，點可以隨便畀人㗎！」

曹之灣盯着我手臂的繃帶，「呢件事淨係我哋知好，唔好話畀其他隊知。」

宋江不懂憐香惜玉，一拳捶打我，「你係唐僧肉，人人咬你一啖，你仲唔死！哈哈哈！」

「笑咩笑啊，一啲都唔好笑囉！」我打勢要打宋江，問珩仔，「但你明明俾隻臭蜈蚣咬過，喺桃桃餵血之前點解無變觸手者嘅？」

珩仔答：「幾種可能：一，SCF 資料未講出全部資訊，人類要死後被刺中先變怪物；二，怪物接觸我嘅時間太短，只夠佢畫

傷我，而無注入毒液。」

　　在我們談了幾句話的功夫，車速顯示器已經由 204 跌至 151
公里。曹之澪回應珩仔先前的話，「我哋無 SCF 平板電腦。」

　　話說回來，測鬼機自從上車便響個不停，我下意識以為因為
有蜈蚣追着我們。現在放眼看出車外，眼所及的範圍不見牠的身
影，測鬼機仍然作響。我拿起測鬼機一看，淺綠色級別。

　　百剌教是黃色，即是說這裏有另一頭怪物！

　　「紅 Van 係怪物？！」我與宋江後知後覺地異口同聲。

　　「你哋講嘅電腦，係咪咁嘅樣㗎？」前排的老伯伯主動遞上。

　　珩仔不敢接過，「老伯伯，呢部機太珍貴，你自己 Keep 返。」

　　老伯伯與大家互相介紹，「叫我明叔啦，佢叫明嬸。」

　　明嬸不客氣說：「佢識鬼用咩！珩仔，你幫手查下啦。」

　　「等桃桃嚟！」看着他們推來推去實在讓人冒火，我搶過電
腦，扔給宋江：「Check check！」

描述：
- 項目為 2010 年起投入服務的 16 座位紅色
  公共小巴。
- 世上沒有任何物質能穿透項目。
- 曾經數次派探測員進入，全部於特定時間後
  消失，估計到達終點站。
- 終點站位置不明。

未竟終點
危險級別：淺綠色

「啲字眼咁熟嘅？桃桃好似見過！」

珩仔給予提示：「你仲記唔記得殺戮液體同黑洞？」

糟糕了！珩仔口中的這兩隻怪物非常難對付，甚至可以説是沒有消滅方法！

殺戮液體是物件無法穿透的，表示物理攻擊無效。黑洞的話，牠可以把人吸去其他空間，當時無奈之下，為了消滅殺戮液體，讓小鯨媽媽帶着殺戮液體進入黑洞。如果小鯨媽媽是真人意識，我們難以得知她在異空間的亂流下去了哪個時空。換句話説，黑洞這隻怪物跟現實中的黑洞還真相似，都是讓人一去不返。

曹之澪凝神閱讀描述，看看手錶，又看看車速顯示器，已經降至 121 了。她試探地問大家：「『特定時間』……車速顯示器上面一定唔係講緊車速，咁會唔會係時間呢？」

「咩啊，依家係下午三點三十一分喇喎，過咗十二點好耐啦。」我説。

曹之澪堅持立場，愈説愈肯定，「數字不斷下跌，等於時間倒數緊，用『特定時間』嘅描述去解釋，假設我哋喺時限內仲未走出小巴，就會同探測員一樣，去到終點站！」她罕有地緊張宣布：「我哋再留喺度，會俾吸去另一個空間！」

她始終還是中學生，這種時候最需要冷靜成熟的姐姐安撫，我勸道：「Take it easy，girl。121 即係幾點？」

「係分鐘，」珩仔在曹之澪道出假設時，已舉起手錶與車速顯示器作對比，「睇頭兩位數，12 即係仲有 12 分鐘。」

宋江也提出疑問：「咁第三位數係咩嘢？」

「亂寫。」珩仔不負責任答。

曹之澪更正道：「應該係秒數？例如 121 即係 12 分 1X 秒，但係因為顯示器最多顯示三個數字，所以最後 X 呢個數字顯示唔到。」

「司機，有落！」宋江朝車頭高呼，「平時搭紅 Van 要落車就係咁嘅，乜都試下嘛。」曹之澍和珩仔的話很有份量，宋江無條件認同。

　　我靜靜對比時間流逝，也覺得這個推測很合理，而且就算猜錯，留在詭異小巴上絕對不是上策。我登時用鎚子瘋狂敲打車廂，門窗上的玻璃破裂，包住椅子的仿皮撕裂。SCF 檔案不是說小巴是無法穿透嗎，車廂被我打幾下就爛，有夠弱不禁風！

　　其他人沒阻止我大肆破壞，各自嘗試弄停小巴的方法，明叔和明嬸也加入。珩仔爬入駕駛座嘗試操控；曹之澍扔雜物出車；宋江出動點火槍去燒。

　　車箱各處的確遭受破壞，但到達一定程度後便停止了。例如割破座位上的仿皮，當出現兩、三道裂口後，無論再怎樣大力割，就是割不出新的破口！我總算認同 SCF 檔案描述的無法穿透！

　　時間，很快來到 050 ！

最後五分鐘！

　　我急急叫道：「停手！未竟終點應該殺唔死。仲記唔記得，我哋可以逃走、避開、擊退、留喺原地等怪物走開，呢啲都係應對怪物嘅方法！」

「無時間喇，走啦！」明嬙從這番話獲得靈感，竟然不跟我們溝通，赫然從車門帶頭跳出去！

「明嬙！」宋江大叫。
「老婆！」明叔伸手想拉。

我以為她會從我們眼前消失不見，被送去另一個時空。然而，她的下場恐怖血腥得多！

明嬙一越過車門，接觸車外空氣，身體儼如遭受氣流拉扯，居然……像麵包一樣，瞬間被撕破！

刹那間，她整個身體粉碎四散，血肉橫飛！她甚至來不及發出任何聲音。

「啊啊啊啊啊啊啊！」明叔發出淒涼悲慘的哀號。這聲哀號直擊人心，連我都受到這股撕心裂肺的痛苦感染，車廂內籠罩一片絕望和哀傷的黑暗。

試問世上有甚麼，難過得親眼目擊相愛到白頭的伴侶死去，在眼前不得善終？明叔腿軟跌坐在靠近車門的地上，紅着兩眼想爬出車，跟隨老伴離去。

「唔好出去啊！」宋江拉住明叔，不讓他出去。

我跪在明叔身邊，抱緊他，「對唔住，明嬸係因為聽到我咁講，先會衝出去。」

明叔伏在地上，發出嗯嗯啊啊的嗚咽。珩仔將我從明叔身上拉開，按着我的肩頭，看進雙眼沉聲道：「錯不在你，係怪物。」

「但係⋯⋯」我渾身顫抖不已，就算那時我遭受闊限夢核處刑式的殺害，也不及現在震撼可怕。我的內心受千萬種情緒赫然侵襲，混亂不堪，想要呼吸，卻發現完全換不過氣來。

曹之澪大力扯開珩仔的手，一個大巴掌啪的一聲賞在我的臉頰上，讓我從窒息的狀況解放出來。她用沒有起伏的語調道：「顧桃晴，清醒啲。依家得返兩分鐘，再咁樣落去，所有人都要死。」

這個巴掌打在我身上，同時也驚醒了珩仔，他將我安置在椅上，要我冷靜一下。他道出結論，「殺唔死怪物、唔可以逃走，亦唔係坐喺度乜都唔做，即係要喺限時內擊退怪物。」

最後兩分鐘！

◎ 21 跳車

時間一分一秒過去，曹之澪在這個節骨眼，竟然失去冷靜，東扯西聊起來。她坐在單人椅，看着地面，「百刺教喺我、珩仔、宋江同桃晴四個之中，偏偏揀咗去咬桃晴，仲有珩仔嘅腰傷，呢

兩件事都説明緊同一個事實。」

宋江扶起明叔，坐在雙人座上，「我哋殺咗桃晴再放血，血祭紅 Van！」

「芳姐講得啱，」曹之灣瞥了瞥車速顯示器，「唔只講中咗桃晴嘅血。善念，我哋運用善念。」

最後一分三十秒！

「但明嬸都係本住信念同決心咁跳出去……」宋江望望明叔，沒説下去。

曹之灣試着問：「或者用錯方向，並唔係跳出車，而係直接由怪物內部擊退佢？」

時間不容討論，宋江向明叔伸出右手，左手牽起曹之灣的手，「嚟，我哋合力！」

珩仔坐在曹之灣前，一手牽她，一手遞向我，「桃晴，我哋需要你。」他的手不冷也不熱，恰到好處的溫度如同溫水，經我的手掌攀上身體，澆進內心。

我重新抓回七零八落的思緒，回握他的手，另一隻手……伸向前座的明叔，「明叔……」

宋江對他說：「明嬌第一個衝出去，係為咗唔畀你冒險，佢想你出返去。」

明叔轉身以顫巍巍的手握住我，眼紅紅地點點頭。我也點頭，「多謝你。」

見我們五人手牽手圍成一圈，宋江清清喉嚨，雙眼炯炯有神地與各人對視，「集合我哋所有人嘅力量，瓦解未竟終點！」

我們齊齊閉起雙眼，同時喊：「離開怪物身體！」

最後六十秒！

再睜開眼，我們仍然在小巴上。我問大家，「我哋 Still 喺怪物入面？」

宋江困惑問：「唔可以留喺車入面，瓦解怪物困住我哋嘅力量？」

「咁淨低唯一可能：跳出車！」曹之澪猛然甩開雙手，從身上找出芳姐分發一人一道的護身符，「呢道符結合芳姐嘅法力同桃晴嘅血，再加上我哋嘅善念，絕對可以保護我哋！」

曹之澪個子矮小、身材纖瘦，卻一點也不柔弱。披散在背後的長髮隨風飄揚，手執的護身符甚至隱隱散發白色的光暈，或許

是我眼花。

珩仔仍然握着我的手，認同曹之澪，「明嬅用嘅方法，的確要跳車，但因為無做足保護措施，導致失敗。」與其說他在思考，倒不如說他是刻意講出來給我與明叔聽，消除我的內疚感。珩仔表面對甚麼事都漠不關心，實際上是個體貼溫暖 Boy 呢。

「Ok，咁短時間諗唔到其他方法，咁就試下啦！」宋江爽快同意，起身穿回外套，找出護身符。

「唯一缺點，」曹之澪補充道：「以上講嘅全部都係假設。」

珩仔拿起護身符，「小巴終點站係謎一樣嘅時空，而且喺意識世界之間轉移會消磨自我意識，我哋唔知仲夠唔夠力量再『重生』。我情願搏一搏。」

明叔見大家信心十足，點頭同意。眾人望向我，宋江催促道：「喂，你搵下道符喺唔喺身上先啦。」

最後三十秒！

「Sure 啦。」我肯定放在小手袋裏，旋即打開翻找。唇膏、粉餅、粉底液⋯⋯小手袋一點也不廢，可以放很多東西，就是沒有護身符。

「做乜放咁多唔等使嘅嘢㗎？！道符呢？」宋江相當焦急，伸手搶過手袋，將裏面的東西統統倒在地上，「係咪放喺第二度啊？」

「唔好咁暴躁啦，Relex～」我溫言提醒他，摸了摸空空的褲袋。

「最後二十秒。」全身繃緊透露出曹之澪的不安與慌張。

「妖！呢啲咁嘅垃圾袋，早就唔應該攞啦！」宋江的耐性到達極點，掏出小刀索性割破手袋！

「啊！Noooooooo！」

「哐！」金屬撞擊聲。珩仔在關鍵時刻用斧頭，擋住宋江的小刀，成功護駕！在場的人不只宋江和曹之澪，連明叔都露出難以置信的神色。這種縱容行為，實在不符合冷靜理智的珩仔。

最後十秒！

「Hey，guys！」我搶回手袋，在暗格找出護身符！

有了默契，五人瞬間跑到小巴門口，齊齊牽手，由曹之澪帶頭一個接一個排隊跳車。她說這個方法是她提出，自然由她作第一人測試。

「離開未竟終點！」宋江忽然衝上前，抱着她一同跳出去。神奇地，並沒有出現鮮血淋漓的畫面，他們整個身體越過門口，就像魔術一樣剎那消失不見！

明叔拍拍我肩膀，「年輕人，我從未怪過你，我到依家七、八十歲唔通仲咁易睇唔開咩。我身上無你哋嗰啲符，走唔到㗎喇，你哋走啦。」他將 SCF 電腦塞給我，「你拎走佢啦，我繼續留喺度陪住老婆。」

「珩晴，時間到。」珩仔靠在門口，回頭伸手。

我接住珩仔的手，同時橫手抱住明叔，「明叔，叫你跳就跳，唔好咁多 Bullshit 啦！嗚啊——！」不顧明叔反對，三人跳出小巴。

眼前一白，似乎往深洞跳下，我沒有腳踏地的感覺，又沒有辛苦的離心力。我和珩仔在半空中抱着明叔，以我們的力量保護他，避免他遭受空間撕裂。

護身符在手中一點一點地撕裂，化成黃色碎片圍繞着我們旋轉飛舞，蓬的一聲同時着火。火光刺眼讓我閉起雙眼，再睜開時，我們已經回到地面。

回到彌敦道！

我、珩仔、曹之澪、宋江還有明叔，手手腳腳完好無缺，順利走出未竟終點的身體！

【怪物：擊退】
名稱：未竟終點
危險級別：淺綠色

「太好喇！我跳出車之後先醒起你無符，擔心死我喇！」宋江上前抱着明叔。明叔也眼泛淚光，朝我點點頭以示感激。

曹之澪走到我面前，嚴肅認真道：「今次走出怪物，因為有你。」

「哼，」我抬起下巴大大聲說給宋江聽，「梗係啦，港女世一！」

珩仔重新握好斧頭，「善念喺度睇嚟真係可以發揮實際作用，可惜未係好掌握到點用。」

宋江問：「明叔，我陪你搵返隊友先？」

「得返我一個咋。」他望向四周，唏噓地嘆息。

我們回到第三關，亞皆老街與奶路臣街之間的行人路上，不見臭蜈蚣百刺教。路上一片混亂，汽車疏落停在馬路上，未竟終點不在其中。十多支隊伍正勇猛地與三隻觸手者搏鬥，隨珩仔的視線看過去，人群中有芳姐。

之前取笑她體態臃腫、打扮土味老氣、粵語帶口音，想像不到她也有如此威風八面的一面。見觸手伸出要捲起 Susan，芳姐的桃木劍粘起黃符，貼在觸手當刻冒出白煙，觸手劇痛得猛然一抖，馬上抽回。

「阿仔！」馬經大叔發現我們，拉起宋江的手手腳腳檢查，見沒受傷收起緊張，斥喝道：「正衰仔！叫咗你跟實我，頭先走咗去邊啊？」

Susan 擠起暖洋洋的笑意揭穿他，「唔好扮嘢喎，之前明明眼濕濕周圍搵仔。」她向我們遞上濕紙巾和能量補充飲料。

「縮開啦，個個望住啊。」宋江甩開馬經大叔的手。

曼基跟在珩仔身邊，「你、你你你哋……」

「我哋避開百刺教，唔小心走入一隻叫未竟終點嘅怪物。」珩仔望向我。我意會他的意思，向眾人簡略描述事發經過。

「呢位明叔係同我哋出生入死嘅好兄弟！」宋江自捶心口，「我宋江以後睇佢！」

一開始在紅色小巴上，我有想過要不是被明叔捉上車，也不用經歷之後的事，暗暗怪責他連累我們。但再細想，當時他剛剛上車，未知那是怪物，拉我們上車純粹出於好意。我們扶着失去

知覺的珩仔，沒有上車的話恐怕真的全軍覆沒，所以宋江視明叔為救命恩人。

明叔有點尷尬，「唔拖累大家就得喇。」

「我一直都感受到你哋嘅氣息，知你哋一定無事。」芳姐隨 Susan 過來。

「芳姐！」我撲向芳姐，代表眾人向她道謝，「若果無你畫符，我哋實走唔甩！嚇死桃桃喇！」

「仲驚到想喊又喊唔出添。」宋江幽幽説。

我大人有大量無視幼稚鬼宋江，繼續説：「之前以為你吹水，原來你真係世外高人……定其實係觀音之類嘅 Goddess 嚟保護桃桃？」

「我只係修行緊嘅人類啫，」芳姐和藹笑笑，「司徒師傅係我師兄。」

「What ？？？」我問。

珩仔、曼基和馬經大叔都錯愕不已，我問清楚：「司徒法法喎，你識佢？」

　　司徒師傅在宏青和碧晴仍在駱駝工廈時，曾傳音入幻境幫助他們。而我和珩仔等人，在拔除黑魅時與宏青他們同步過，得知司徒師傅這號人物。司徒師傅之前曾與惡念交手過，知道般若、意識空間等運作法則。那麼，作為他的師妹……

　　「無錯，」芳姐點點頭，「不過好耐無見喇。都係聽你哋講，我先知原來佢咁犀利。」

　　怪不得她配備法器時的氣場那麼熟悉了，我問：「咁你咪有辦法摧毀彌敦道幻境？」

　　她黯然搖頭，「香港咁多修道者，唔係人人都知或接觸過般若。」

　　馬經大叔說明現況，「隻大蜈蚣捉咗四、五個人變成觸手者，之後走到匯豐銀行樓上，我哋上唔到去，唯有留喺地面打住觸手者先，啱啱做低咗一件。」

　　Susan 接道：「你哋唔見咗，尤其係最打得又識點樣打怪嘅珩仔，我哋唔知應該點打，加上人人以為連你咁勁都死埋，搞到兵荒馬亂、無晒士氣啊。」

　　「總之，我哋係劣勢。」芳姐簡潔地說。

◎ 22 陷阱

為了對付怪物，珩仔很快想出最方便的方法，「引百刺教人未竟終點，佢一定走唔到出嚟。問題係未竟終點可能走咗，我哋亦唔可以帶住百刺教逐架紅 Van 試。」

曹之澪說：「我哋嘅優勢係人多，可以沿用人海戰術。」
我提議道：「好似旺城中心咁，我哋全部人壓住臭蜈蚣咪得囉。」
宋江反對，「咪傻啦，咁咪送羊入虎口，埋身嗰啲實變觸手者。」
「我知蜈蚣怕乜……」師奶 Susan 訕訕舉手。

聽完 Susan 的意見，我們首先加入街頭大混戰，剷除觸手者，然後召集所有隊伍合力製造大型捕獸器，以對付百刺教。我們選定奶路臣街作為陷阱地點，即銀行中心商場對外的馬路。

我們先將路面汽車稍稍移開，把較高的汽車，例如巴士和貨車，駛向陷阱地點，霸佔馬路與行人路，擺出四面「車牆」，形成一個「口」字形的困陣，其中一面車牆靠在無形牆上。

由於殺怪陷阱成功與否，跟這裏的運行規則有極大關係，我們必須了解得十分清楚仔細，才不會釀成大錯。第二關明明只須殺死一隻怪物，就能解鎖無形牆。為甚麼這關殺了好幾隻觸手者，奶路臣街仍未開放？那視乎所殺怪物是否「該關怪物」。

第一及二關的該關怪物是觸手者，所以殺了牠，可以解鎖無形牆、逃出該關。第三關的該關怪物似乎是百刺教，就算殺死觸手者、擊退未竟終點，也無法開放奶路臣街。以上純粹猜測，也有另一個假設，這關殺死觸手者的分數仍然很低，要殺死百刺教才能獲得足夠的過關分數。

關於無形牆，還有一個特別之處。它分成兩種，「過關」無形牆與「關內」無形牆。

	位置	數量	開放條件	開放狀態
過關無形牆	- 關卡邊緣 - 地面 - 例如：第三關只有奶路臣街	一道	消滅怪物	消滅怪物後，才開放給人類與怪物
關內無形牆	- 關卡內 - 地面、建築物內外 - 例如：第二關旺城中心2樓、第三關滙風銀行上寫字樓	無數道	無	進入關卡時已固定 對人類：不開放； 對怪物：隨欄開放部分

關內無形牆的開放狀態是無法更改的。一般而言，如果幻境主人沒有去過或沒印象的地方，就會有無形牆，導致所有人無法進入，但怪物則不受影響，所以臭蜈蚣能夠上去滙風銀行上的寫字樓。

在第二關時，我們未掌握開放狀態，以為旺城中心二樓通往新芝城那道無形牆，對人類和怪物都是無法通過的。實質不然，不是每道無形牆對人類與怪物都一樣，部分無形牆是開放給怪物的。剛好通往新芝城那道並不開放給怪物，才能困住觸手者。

值得一提，還有時間這個因素。第二關旺城中心一役後，我們回到彌敦道路面，發現所有人和物都會回復正常狀態和位置。例如，我們將雜物扔去馬路作路障，經過一段時間，這些雜物會回到原有位置。我們現在設在奶路臣街的車陣亦然。

重點是回復的時間。旺城中心戰役大約進行了四十五分鐘左右，在那之後，彌敦道路面才回復正常。換句話說，人和物的回復時間為四十五分鐘。這次我們只要在四十五分鐘內、困陣自動解除前，消滅蜈蚣則可過關！

一切準備妥當，我們各就各位。這關我終於不用再作誘餌，縱使我的血對怪物來說十分吸引，是最佳誘餌，但一不小心讓牠吃上兩口，牠的力量恐怕會大增，得不償失。

所以我被編入埋伏大軍——是次行動的主攻隊。我與明叔、桃桃組和馬經組在車陣內，伏在同一台巴士車頂上，其他車頂也有多人埋伏。

至於誘餌嘛，當然是票選最高的珩仔。他在匯風銀行內等待臭蜈蚣回到地面，跟旺城中心誘敵戰一樣，沿路有人待命接力，希望他們不會學男學生臨陣退縮。

等了十多分鐘，終於展開行動！

遠遠見到蜈蚣追着珩仔，衝出匯風銀行，往我們這邊高速衝跑過來！由匯風銀行到達陷阱，以珩仔和蜈蚣步速，不用一分鐘就能來到。

我們的計劃是當臭蜈蚣進入口字形困陣，四台巴士上的埋伏大軍立刻傾倒車頂的物資，曼基同時發動其中一台巴士前進，關上作為入口的那面牆。

根據居住於村屋的 Susan 表示，對付蜈蚣的方法多的是。放在車頂的物資，包括寒冰噴霧等滅蟲噴霧、俗稱臭丸的樟腦丸、石灰、殺蟲粉、漂白水等等，大家甚至回去第二關的旺城中心收回波子。老實說，我們不確定哪種東西能殺死怪物，打算配合物理攻擊，全部加起來總能造成幾點傷害值吧。

困陣所有汽車的玻璃窗或車底等空隙，事先釘上木板暫時作圍板之用，以困住怪物。珩仔敏捷得如同豹子一樣，沿路過來時，一時翻過車頂，一時側身躲開攻擊，愈來愈接近車陣。

我們所有人都緊張得捏出一把冷汗，祈求他不要遇上任何意外，在路中停下來。而更怕的是，萬一臭蜈蚣追到半路察覺有詐，沒跟隨珩仔進入車陣。

來了！

珩仔來到困陣入口，我們連呼吸都不敢，怕被怪物聽見。眼

看着珩仔穿過巴士鑽入車陣後，臭蜈蚣……嗖的一聲跟着進入！

「倒！」珩仔一聲令下！

「倒啊啊啊啊啊啊！」全部人掀起身上埋伏用、遮擋自己的蓋布，同一時間瘋狂傾倒手頭上的東西！

曼基將巴士停好，關上困陣出口。一息間，無數粉末扔灑、飛揚，眼前騰起一層層白霧。幸好 Susan 事前提醒大家做足預防粉塵爆炸的措施，亦貼心地準備好口罩和眼罩，不然我顧着打噴嚏而無法作戰。

車陣暫時困住的除了臭蜈蚣，還有珩仔。狹窄空間、沒有遮擋物，以兩者力量的差距來說，這不是困鬥獸，而是珩仔作為獵物被怪物捕殺。

珩仔吃力地閃過毒牙，馬上又迎來臭蜈蚣的甩尾，加上大家毫不吝嗇地將粉末、液體和氣體淋到頭上，薰得他渾身白色粉又濕淋淋，咳嗽不斷。臭蜈蚣也好不了多少，放棄攻擊珩仔，開始往車頂爬上來，企圖逃出車陣。

「上嚟喇！」有人大聲作出警告。怪物立時被對面車頂的人狂攻，又跌回車陣內的地面。

　　方法奏效！再這樣吸食不同滅蟲用品，怪物不出數分鐘肯定昏倒！

　　天曉得，偏偏在這個節骨眼，蕩氣迴腸的男生歌聲響起，「多少往事甜在心頭～夜雨觸發這景致令我憂愁～」

　　不就是洪卓立那首《彌敦道》嗎？我停下手邊動作，拍宋江的頭，「呢個時候仲唱咩歌啊！」

　　宋江無辜地摸摸後腦，「唔係我啊。」

　　慢着，慢着！的確不像他的聲音，而且有結他伴奏，人聲經過喇叭播放出來⋯⋯完蛋了。

　　歌聲來自銀行中心商場外的街頭表演者，幾個觀眾圍着他醉心聆聽，沒有一絲懼怕的神色。我感受到風，不是充滿詩意的夏日微風，而是大風，很大的風！我們蹲着的巴士，發動引擎，開始前進！

　　甚——麼——？？？

　　我從街頭表演那邊望回前方，不再是車陣，居然是暢通無阻的大直路，巴士正往太子方向駕駛！不曉得算不算比我們更可憐，旁邊坐在巴士駕駛座上的曼基，正被司機指着鼻尖痛罵。

「咩、咩事？Why啊？」巴士不算高速，但路面有點顛簸，我身在沒有圍欄或把手的車頂，迎面烈風使我失去平衡，往車邊栽下去！

「Help——！」我整個人跌出車外，往下墜落！

一隻強壯溫暖的大手伸出來，用力捉緊我，馬經大叔的臉繼而伸出車頂看下來，「桃桃，阿叔救你，唔使驚！」

他出動雙手將我拉上車頂，見我扶好才鬆手，「馬經大叔，桃桃無以為報啊，嗚嗚！」

宋江扶住明叔，齊齊趴下，「扶穩啊，明叔。」

Susan和芳姐的馬步倒是意外地穩當，蹲在巴士車頂觀察情況。Susan重新背好數袋環保袋，洋洋得意地揚揚下巴，「我成日孭一大堆嘢搭巴士，呢種程度濕濕碎啦。」

「嘭！」尾隨我們的臭蜈蚣，遭迎頭而來的貨車一撞，停了下來，後方路人一片嘩然。我放眼尋找珩仔的身影，他該不會不幸被捲入車底吧？

「大佬！你無事嘛？」宋江向後方的巴士問。

車頂上，有珩仔和其他隊員。珩仔滿身都是滅蟲劑，十分狼

狼，看來沒有重傷。其餘隊員也留在原本的車頂上，幾台巴士都是駕駛中的狀態。大家手中拿着的武器和用品仍在，但放在車上的東西則不見了。

「回復原狀喇。」曹之澐輕輕說明現狀。她半蹲在我身後，雙手按住車頂，大風吹得她一把長髮胡亂飛舞，若不是相貌姣美，還真像個瘋女生。

「哈哈，成個癲婆咁。」宋江適應了車速，半蹲起來指着我大聲嘲笑。

馬經大叔問曹之澐：「又話四十五分鐘？唔唔過咗半個鐘都無喎！」

「我哋太大意喇，」曹之澐皺着眉道：「回復時間唔係固定，而係隨機。」

「事先測試下嘛！」我怨道。其實我明白大家不是不想測試，而是沒有機會和時間慢慢試。

「咔嚓咔嚓……」密集腳步聲，陡然在巴士旁邊發出。那頭該死的百刺教重新追了上來，嚴格來說是衝着我而來！

雪上加霜的是，該死的巴士司機見到來勢洶洶的大蜈蚣，當場剎車，棄下巴士逃之夭夭。

「揾人開車啦，做乜停低啊！」梯子不見，馬經大叔一時下不了車，朝下方的路人大叫。乘客們沒有搭理馬經大叔，紛紛跟着司機拋棄巴士。換句話說，滯留在車頂上的我們，好比被人遺棄在荒島上的孤兒。而圍繞在荒島外，有條喜歡吃人肉的大白鯊。

這條大白鯊，不僅可以離開海水，還懂得爬到荒島上。

百刺教爬上巴士頂部，靠近車頭的位置。我們八人站在中間，舉起武器，發動攻擊！

最強武器當然是眾多滅蟲用品啦，哈哈，如果我成功走出意識空間，把討伐怪物的事說出去，應該帥氣度大增。當提到使用滅蟲劑，則令帥氣度瘋狂大跌。

我們為首的是「神奇法寶口袋」Susan姐，她手上一樽接一樽冰凍噴霧，拚命噴到怪物身上。怪物氣得以下半身撐地，抬起上半身猛撞過來，遇上冰凍噴霧卻又避開，貌似相當忌諱。

其他人在Susan左右兩旁助攻，在他們身後有我和明叔，「你哋好似保鏢咁，桃桃覺得好Safe，躺平真好。」

「Safe個鬼啊，用完啲滅蟲嘢，我哋就真係變成鬼喇！」宋江剛好用完手上噴劑，拿出斧頭。

「嗖！」臭蜈蚣放棄用毒牙，改而使出如同尖刀的無數足！

「小心！」宋江一手擋在 Susan 眼前，斧頭吭的一聲打開尖足。物理攻擊無法傷害百刺教，但起碼可以擋開攻擊。

Susan 露出心心眼看向宋江，「好似睇緊韓劇啊……」

「肥師奶，專心啲！」馬經大叔都灑完粉末，掏出斧頭。

數着數着，手上還有滅蟲用品的人，好像只得 Susan 了。

「大鑊！」我高呼道：「臭蜈蚣遲遲無衝上嚟，表面上係因為怕咗你哋。但睇睇下……應該係有心拖到你哋用晒啲滅蟲用品！」

眾人猛然一愣，宋江回頭瞪我，「你唔好留返下年拜山先講！」

「依家仲邊有人講呢句㗎，好老土啊你。」我不禁回嗆。

他罵道：「我都未鬧你講咩『你哋』，講到好似你無份咁，依家隻嘢上咗嚟，你要同我哋一鑊熟㗎！」

「小心，走啊！」馬經大叔推開最前頭的宋江和 Susan，舉起斧頭迎戰。

臭蜈蚣再度張開毒牙，猛撲過來！糟糕！

173

一道微胖卻靈活的身影閃到最前方，一人擋住馬經大叔和我們所有人。芳姐是也！她掏出一塊比手掌大一點的八卦鏡，照向臭蜈蚣，口中唸唸有詞：「靈寶符命，普告九天，乾羅達那，洞罡太玄，斬妖縛邪，度人萬千。」

「急急如律令！」她腰板挺直，兩指指向怪物，厲聲一喝。臭蜈蚣陡然頓住攻擊，與我們拉開距離！真的假的？！

「喂，得喎！」宋江指向怪物。沾了粉末的幾隻足，行動變得遲緩，尤其被冰凍噴霧噴過的，更是由鮮紅色變成白色，動彈不得！

見怪物逃走，我們把握時間乘勝追擊，芳姐往前跨出一大步，換了桃木劍直指怪物的頭部，「急急如……哎啊！」

冷不防，芳姐的「魔法攻擊」突然失效，蜈蚣足一伸，直插向她的腦門！

「咣！」火光擦過蜈蚣足，足尖一歪，恰恰擦過芳姐！宋江用火酒塗過斧刃，點火後砍向蜈蚣足。怪物不怕物理攻擊，不過力氣夠大加上火攻，仍能推開牠。

「哇，嚇死人喇！」芳姐前額留下一道血痕，摸着傷口躲到人群後，來到我旁邊。

這不是致命傷，我沒打算輸出珍貴的血給她，「點解你啲魔法攻擊無用嘅？」

「時得、時唔得，」她一臉茫然，取出急救包，「睇嚟我嘅法力，同你哋嘅善念都一樣，只可以維持一段時間，要休息下先可以再用。」

Susan 執回主攻大權，沒一兩下就用光所有冰凍噴霧！我們往車尾節節後退，怪物步步進逼，形勢相當不樂觀。

「喂，後面無位喇，唔好再 Push 埋嚟喇！」我只差幾步就跌出巴士了！

◎23 覺醒

「嚟嚟嚟，快啲落車！」車下突然有人大叫，很多人大叫。一把、兩把、三把……幾把木梯搭在車頂四周，讓我們爬下車。大軍總算殺到！

馬經大叔與宋江擋住百刺教，「你哋落先，快！」

「Bye！」扶明叔下去後，我也爬了下去。司機位上有曼基，見我們走得七七八八，立即開車，無視爬到半路的馬經大叔父子。

「喂啊，」我噗哧一笑，「你哋搞乜啊？」

一向清冷瀟灑的珩仔，此時學了 Susan 背起幾個大袋，手上更是一把色彩繽紛的大水槍。跟在他身邊，整支大軍也是差不多裝備，他們剛才消失，就是忙着收集物資。

「裏面裝咗滅蟲劑。」珩仔將水槍塞給我們。

「開始！」見臭蜈蚣跳落地面，眾人不敢多話，圍上前不停噴射。要不是見到怪物，我還以為這裏舉行泰國潑水節活動。

負責遠程攻擊的，是重新爬上車頂的曹之澪，箭頭沾有粉末。怪物力量不容忽視，一個甩尾便橫掃幾個人，尖足雖然沒有命中我們，卻畫出多道傷口。

「唔好啊！」牠捲起一個女人，毒牙狠狠注入毒液，再將屍體拋向人群。

水槍噴光了，我舉着錘子跑向女人，「Kill 死佢啊，佢好快變觸手者喇！」

女人躺在地上，沒有氣息，圍在身邊的幾個人下不了手，把重任推給我，「你殺囉。」

「嗖！」一隻尖足候地刺出。

「哇啊！」我立即揮出錘子。

馬經大叔狂噴寒冰噴霧，將怪物攻擊我的那大半隻足噴至結冰，「由依家開始，阿叔要收保護費啊。」

「收咪收囉，桃桃大把錢。」我的錘子打中尖足，咚咚作響。

珩仔迅速躍出，閃爍出一道斧影，俐落地斬斷這隻結冰的尖足！

「嗱，呢啲水平先值得收錢喇。」我指向跌在地上的白色尖足，對馬經大叔說。

「我唔收錢。」珩仔丟下這句就衝向怪物，留下一臉詫異的我與馬經大叔。不苟言笑的珩仔，居然回應我和馬經大叔的無聊話題……他好像變得沒那麼冷酷？

「嘅仔，你唔收桃桃嘅錢，唔通要肉償？識貨喎，哈哈哈！」馬經大叔向他背影噴出一個低級笑話。

宋江面色一黑，「老豆，你好丟架。」

「過去啦！」看向戰場中央，我推推馬經大叔，一同趕過去。

百刺教渾身滿是噴劑和粉末，通體變成白色，甚至呈現結冰狀態，直直攤在地上無法移動。毒牙和無數足微微發抖，想掙破表面的寒冰。在炎炎夏日下，寒冰維持不了多久，冰殼由蜈蚣尾

部開始現出裂痕。怪物隨時弄碎冰殼，破冰而出！

正當眾人圍在周圍不敢行動，珩仔高舉斧頭，率先跳到蜈蚣身上。他站在高處，日光自頭頂灑下，散發一種讓人不敢觸碰的聖潔，彷彿籠罩着一層淡淡的藍光。

「碎——！！！」放聲呼喝，雙手持斧，原地躍起，斧頭拉後，他用盡全身力氣猛地砍劈！斧頭高速輾過空氣，夾雜着尖鋭鳴聲，刃口迸發一道弧形的異樣藍光。

*「轟轟轟轟轟轟轟！！！」*物理攻擊明明無效，珩仔卻成功斬斷了百刺教的一節尾巴！

「真係好型啊，」我對Susan說：「呢啲先係連續劇水準嘛。」旁邊的 Susan 已經看得下巴快要掉落地下，沒有回應我。

曹之澪跳下巴士，「珩仔掌握到點用善念。」

「與其話掌握，」芳姐拖着疲倦的身體上前，「倒不如講『覺醒』。」對，珩仔的能力無疑是覺醒了。

臭蜈蚣劇痛掙扎，身體瘋狂左搖右擺，想甩開珩仔。有了他的示範，眾人知道這是獲分的最後機會，紛紛爬到怪物身上。場面混亂，十多人合力狂斬怪物，怪物同時嘗試破開冰殼，身體甩來甩去。

宋江扶明叔上前，「一齊打幾下，驚你唔夠分過關。」

明叔拍拍宋江的手，和氣道：「你已經幫咗我好多，我唔過關喇，留喺度就得。」

「點可以㗎！我哋咁辛苦先走出紅Van、打低臭蜈蚣！」宋江捉實明叔的手。

「我連行路都要人扶啊。宋江財，老伯知你有孝心，你就當界我休息下啦。」

「你知唔知留低係代表咩？你出唔返現實，永遠俾幻境困住㗎！」

「老婆走唔甩，我出返去都無咩意思，不如留喺度，都勉強算係有個希望可以見多佢一面。」

「我知你覺得自己係負累，唔想麻煩我哋先咁講。」

「放心啦，我識搵地方匿埋，話唔定喺度會生活得好好呢。」

這個做法我倒沒考慮過。整個意識空間如此大，我們可以自由出入各關。人類留下來懂得東藏西躲，成功避開怪物，說不定真的能活下去。之後的怪物愈來愈難對付，到時逼明叔上場，恐怕害他遭受反擊，死得更快。

宋江不肯放棄道：「好，我應承你，實力懸殊嗰陣放你走，但唔係依家。你唔使跳去臭蜈蚣身上，喺隔籬求其打幾下佢啲腳就得。」

　　明叔說不過他，只好點點頭。我幫忙扶明叔，三人走到戰團中，「嚟，桃桃都一齊。」

　　「咓哪！咓哪！」碎裂聲一下一下如雷聲震出！眾人合力之下，一點地一點，最終將整隻蜈蚣斬碎！

　　馬路上鋪滿怪物殘肢混合冰殼的碎片，其中混合着紅色的蜈蚣背和足，讓晶瑩剔透的碎片閃着紅色光芒。蜈蚣頭部的碎片中，有塊與別不同的結晶體，形狀像手掌大小的石頭，散發出來的光比其他碎片更耀眼。

　　咦，它不是反射陽光，而是自身正在發出粉紅色的柔光！漸漸地，結晶自地面徐徐上升，浮在半空，所有人看見這一幕都覺得神奇又漂亮極了。

　　「唔唔、唔唔唔通係怪物第二形態？」曼基再度舉起電鑽。結晶暫時沒有攻擊，慢慢靠近人群，穿來穿去。

　　芳姐伸出雙手，手心向着它，閉眼感應一會兒，「我感受到強大嘅能量，無惡意，結晶入面似乎收集咗頭先大家輸出嘅念力。概念有啲類似『妖怪內丹』，係好嘢嚟。」她垂下雙手，「經善

念消滅蜈蚣嘅百毒，留低百佳嘅結晶，大家都行咗善舉。」

「哦，我明，」宋江總結道：「即係打怪獎勵。」

最靠近結晶的人伸手嘗試觸摸，見它沒反擊，更確信芳姐的話，張開雙手撲向它。其他人見狀也不吃虧，爭相上前。混雜在人群之中，一個身形巨大魁梧的男人撞開旁人，一手捉住結晶。

「又係你，你煩唔煩啲啊！」我一邊罵沈泳，一邊拿着錘子上前。

珩仔也衝向沈泳，中途遭黑超男攔截。黑超男說：「估唔到你有返幾下身手，唔似頭先咁廢。」

珩仔打量他，「你究竟係邊個？」

「原來你認得我。」黑超男乾脆脫下太陽眼鏡，露出殘酷猙獰的目光。高挺鼻樑，單眼皮又細小的雙眼，五官並不討好，不過勝在身形高大，又有健康光澤的皮膚。不是我認識的人。

看見他的臉，珩仔的眼瞳急劇收縮，愣在原地。

「畀桃桃啊！」我猛揮錘子打向沈泳，結晶從他的指間漏走。

眼見抓在手心的獵物脫手，沈泳轉身怒目瞪視，「死、八、婆！」

「Opps。」我聳聳肩，準備走人。豈料，我經過結晶時，它居然像被磁力吸引般，主動往我飛過來，直撲向心口。結晶沒有帶來撞擊力，如同在半空蒸發，化作粉紅色光芒融入我的身體！

我感受到一股難以言喻的舒服，暖暖氣息運行全身，之前身上各處傷口以眼看得見的速度癒合，然後光芒消散不見。

【怪物：死亡】
名稱：百刺教
危險級別：黃色

「走！」沈泳見勢色不對，呼喝隊友離開。

芳姐摸摸我的手手腳腳，讚嘆道：「結晶選擇同佢屬性近似嘅身體結合，化為你嘅力量。」

「玩嘢咩，」宋江說：「唔早講，大家唔使爭得咁辛苦啦。」

馬經大叔即刻教訓宋江：「講嘢唔好無大無細啊！」

「Sorry。」宋江對芳姐點頭，芳姐擺擺手表示不介意。

沈泳隊走後，珩仔的神色回復正常，說：「過關先。」

來到奶路臣街，我們逐一穿過無形牆，通過第三關，進入第四關範圍。

【第三關】

亞皆老街至奶路臣街：

○ 通過

【第四關】

奶路臣街至？：

➤ 進入

彌敦道禁區
NATHAN ROAD ZONE

第四關 ⏵ 奶路臣街

◎ 24 地盤

奶路臣街後方的區域相當詭異，與平時的旺角大不同。前幾關有怪物肆虐的街道已經足夠古怪，至少還有行人，這裏連半個人影都沒有，馬路上也只停了幾輛汽車停在路邊，車上空無一人。放眼看過去，整條彌敦道空蕩蕩、冷清清，本來繁華的鬧市一息間進入了休眠期，陷入時間停頓似的。

我們移動了幾件東西作測試，發現物品不再像之前，隔了很久也沒回復原本狀態或位置。根據曹之澤猜測，現在所有惡念力量集中在怪物身上，不再分出來製造 NPC 或再抓真的人類進來。

我們對此並不樂觀，因為這代表怪物的殺戮將會變得更血腥、更殘酷。加上經過臭蜈蚣一役，生還者人數大幅減少，由第三關進入這裏的人只剩下三十多人，他們大多正在鴉蘭中心休息。

測試了這關範圍，我們在豉油街遇上無形牆。沿路見到四、五個人邊走邊哭，悲哀哭聲在空無一人的街道上顯得格外淒涼。

彌敦道禁區
NATHAN ROAD ZONE

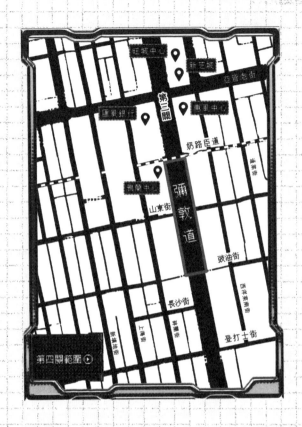

到達鴉蘭中心底層的大型運動用品店，人人分頭行事補充裝備。這裏沒甚麼我需要的東西，「桃桃有緊要嘢要去樓上，你哋搵人陪我啦。」

「你會有乜緊要嘢吖，」宋江換走不屑，裝酷地對曹之澪抬抬下巴，「前面有射箭用品，你教我射箭。」我覺得他這副模樣很像正在擺尾的小狗。

「速去速回。」珩仔淡淡道,意思是陪我上去。

「明叔頭先話留喺幻境可以繼續生存,唔一定要冒險打怪。」我領在前方,踏上電梯。

珩仔想也不想就反對道:「唔係長遠之計。人類意識喺度每分每秒都削弱緊,就算無怪物,最終都會消散,留喺度等於自殺行為。」

我走進日本連鎖藥妝店,拿走眼影和眼線筆。珩仔對此並沒評論,看來已經習慣了我的行為模式。我好奇問:「你係咪識得黑超男?」

「肥威。」

「黑超男就係肥威?!」我記得肥威!珩仔、宏青與曼基一起在兒童院長大,同輩中有個叫肥威的惡霸。肥威經常欺凌一個叫阿豪的男生,有次更逼珩仔他們加入。雖然珩仔他們最終屈服,但對肥威由始至終抱着厭惡、忌憚和懼怕。阿豪離開兒童院後自殺,自此成為禁忌話題。

「肥威一啲都唔 Fat 囉!」

珩仔垂下眼簾,「人係會變。」見他不想多說,我便沒問。

我們會合其他人，一同離開商場，回到街道。前三關的怪物明明可以來去自如，可是直到目前，觸手者、百刺教和未竟終點都沒有出現。馬經大叔坐在地上，邊喝啤酒邊說：「觸手者同百刺教就似阿媽同仔，兩隻怪物係有關係嘅，梗係可以嚟走去啦。」

宋江站在馬經大叔旁，「即係呢次要對付嘅怪物，係全新品種？」

「好彩唔係跟餐可樂咋，桃桃驚呢度有觸手者同百刺教，又有第四關怪物。」將近黃昏時分的陽光沒剛才毒辣，我還是躲在商場大堂，沒跟他們走出去。

芳姐戴上眼鏡正替宋江看掌相，沒有搭話。曼基無聲地站在宋江身後，應該在排隊問卜。

「仲有另一種可能，」曹之灣站在車頂，透過望遠鏡觀察四周，「地盤主義。」

「桃桃啲 Chinese 唔係咁好，唔該揾人翻譯。」

「呢樣我知，」Susan 與我坐在一起，將大小包放在地板，「有啲動物例如貓貓狗狗，會將自己嘅氣味留喺度，宣告自己嘅勢力範圍。其他動物唔識做、走入勢力範圍，等於侵犯領土，會大打出手㗎。」

曹之澪怕她解釋得含糊，補充道：「每關等於每隻怪物嘅地盤，觸手者佢哋似乎驚咗呢關怪物，唔敢挑釁，所以無走入嚟。」

「唔係啩！」宋江下意識地瞥了明叔一眼，「臭蜈蚣咁打得都驚，今次呢隻咪仲難搞？」明叔正在服藥，慢慢嚥下幾款不同顏色的藥丸，他說自己有某種長期病。

我撇撇嘴，「怪物級別不嬲都係一關比一關高㗎啦。」

「唔？」曹之澪的望遠鏡定在尖沙咀方向，「另外幾個人呢？」

珩仔爬到她身邊，接過望遠鏡看了看，問我們：「有無印象我哋啱啱入嚟嗰陣，喺街邊遇到嗰六個人？」

「哦，一路行、一路流馬尿嗰幾個人？」馬經大叔不以為意道。

那邊仍然隱隱約約傳來一些哭聲，我覺得很不可思議，「仲喊緊？佢哋會唔會脫水㗎？」

「唔係呢個問題，」曹之澪語速有點急，「嗰邊依家得返一個人咋。」

馬經大叔笑道：「後生仔嗌下交好平常啫。」

珩仔放下望遠鏡，「嗰個人成面都係血。」

街上疏疏落落有人戒備着新一輪戰事，有些則聚集在山東街附近，圍着一個人，顯得有點束手無策。那個被大家圍住的人，就是珩仔所說「整臉都是血」的人。他的年齡跟宋江差不多，獨自站在金飾店外，垂下雙手緊握拳頭，放聲大哭。隨着哭聲增大，身體顫抖和呼吸也跟着變得急促。

即使如此，我沒感到一絲傷心，不是我沒有同理心，而是他太詭異了。從眼睛流出來的不是淚水，更似是鮮紅色的血液！質地不如血液般黏稠，像紅色的淚水？蕃茄汁？總之就流到整臉都是，遠看他仿若受傷了，正在頭破血流。

Susan 遞上紙巾，「整到成身都係喇，抹下先啦。」對於旁人的關心和安慰，他一概不理會，緊閉着眼，哭得十分投入。

「先生，你啲朋友呢？」曹之澪拍拍哭男肩膀，他沒有反應。

一個中年女人說：「佢喊咗好耐㗎喇，本身都好地地，喊喊下突然喊啲血出嚟，嚇死人咩。」

Susan 問：「係咪類似血燕嘅概念呢？喊到唔夠眼淚，連血一齊喊。」

「Susan，血燕好似唔係燕子啲 Blood 喎。」我說。

曹之澪問中年女人：「見唔見到佢啲朋友走咗去邊？」

「我淨係見到佢同一個女仔咋，個女仔喊得仲勁，一邊大叫一邊跑走，無返過嚟。」

馬經大叔帶點挖苦道：「依家後生啲感情真係脆弱，俾怪物打兩打就分手，喊到要生要死。」

「講還講，唔好賴年齡啊，」宋江拍拍心口，「出得嚟行，有福同享，有難同當！」

我恥笑道：「你阿爸講緊拍拖，俾你講到好似做兄弟咁。」

曹之澪拉回正題，「一開始係幾個人一齊喊，唔似係兩個人之間嘅相處問題。」

「芳姐，你點睇？」珩仔獨獨問她的意見，是見測鬼機沒響過，認為哭男撞邪嗎？

芳姐凝重地伸出雙手，手心對準哭男腦部，閉眼感應好一陣子，猛然睜開眼。

「點啊點啊？」宋江急問。先前芳姐替他看掌相，似乎相當靈驗，他一直膩着芳姐問東問西。

芳姐巡視我們，徐徐道：「我感受到佢陷入深深嘅傷痛，不能自拔。」

宋江追問：「係，然後呢？」

「就係咁。」芳姐不負責的答案，使本來圍着她的人四散。

「神、係神仙娘娘顯靈啊！」站在外圍的明叔，忽然指向尖沙咀方向大叫，甚至跪在地上，朝那邊跪拜。

我們原本注意力都在芳姐和哭男身上，聽到明叔大叫，我們看出馬路，目擊了比哭男更怪異的事件。

◎ 25 神像

有件龐然大物出現在蚊油街，距離我們大約一百多米，緩慢朝我們接近，由於沒進入測鬼機偵測範圍，測鬼機沒有響。抑或，那不是怪物或一件物件，而真的是神明在顯靈呢？

那是一尊目測有三、四層樓高，全白色的觀音像。頭部和眉眼稍稍垂下，表情莊嚴，左手持白色淨瓶，右手持一串透明念珠，腳下踩着三層蓮花。

「南無阿彌陀佛、南無阿彌陀佛……」觀音像宛若自帶出場音樂，一把男聲重複唱誦這六字佛號。

觀音像以比人類步伐稍快的速度向我們走來，不，更似是被推過來。手腳不動，沒有踏步的起伏，由蓮花托起。就似花車巡遊般，蓮花底部可能裝有車輪，由車上的人駕駛，又或者背後有人推着。移動不快不慢，沿路推開擋路的汽車或雜物。金黃色的夕陽將白色觀音像染黃，卻沒有任何暖意。

　　我以往見過的觀音像，不論大小或任何造型，總能讓人感受到一股神聖和浩氣凜然的氛圍，面前這尊觀音像卻沒有。撇開觀音像出現在意識世界這個古怪地方不說，縱使它雕刻得跟平常神像一樣維肖維妙，它本身所散發出來的氣息……隱隱透出一股陰邪的寒意。

　　「*南無阿彌陀佛、南無阿彌陀佛……*」唱誦聲持續響起，為詭異觀音像增添懾人氣勢。

　　「唔好再唱啦！」馬經大叔用馬經拍宋江後腦，原來剛才一直唱誦佛號的人是宋江。

　　「好地地 Sing 乜鬼啊？」我踢宋江一下。

　　「呢個畫面應該啲背景音樂嘛。」他摸摸頭嘟嚷道。

　　芳姐扶起明叔，「唔好跪啊，我感受唔到慈悲，佢唔係觀音。」

　　「查 SCF 資料。」珂仔帶着我們後退。既然不是神明，即是

怪物。觀音像的特徵如此獨特，就算不知道等級，也很容易找到
資料。明叔將平板電腦交給宋江，宋江兩、三下打開檔案頁面。

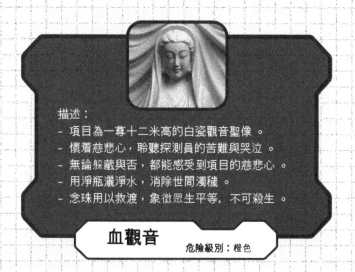

描述：
- 項目為一尊十二米高的白瓷觀音聖像。
- 懷着慈悲心，聆聽探測員的苦難與哭泣。
- 無論躲藏與否，都能感受到項目的慈悲心。
- 用淨瓶灑淨水，消除世間濁穢。
- 念珠用以救渡，象徵眾生平等，不可殺生。

血觀音
危險級別：橙色

芳姐帶點慍怒道：「邪魔用觀音形象做惡行、褻瀆神明，係
要付出落地獄嘅代價㗎。」

馬經大叔用馬經敲敲掌心，「呢班怪物慣咗喺地獄㗎啦，罰
佢落地獄就當返鄉下，有咩好怕。」

「哦，原來係《活佛 Viva》啊！」宋江想起甚麼有趣的笑話，
捧着肚子大笑。

我説：「講就講清楚啲啦，呢度除咗曼基，無人知你講緊乜。」

曼基突然被點名，怔了怔，「係高、高高登時代嘅嘢……」

「以前討論區啲無聊惡搞，」宋江見曼基口吃，接着説：「虛構咗一隻佛教概念大碟，用流行歌改編而成。例如將謝霆鋒嘅《活着 Viva》，改咗歌詞做《活佛 Viva》。」

曹之澪見宋江認真解釋，問：「啲歌詞同呢隻血觀音有關？」

「無啊。」宋江不好意思地搔搔頭。

「宋江財，唔好 Waste 桃桃嘅寶貴時間，聽你講無聊惡搞啦！」

「顧桃晴，你——」

珩仔打斷宋江，幽幽吐了一句，「高登的確有個鬼故事係關於血觀音。」

宋江的精神又回來了，挺胸向曹之澪講解，「無錯，個鬼故入面隻嘢就係叫血觀音，同呢隻怪物同名。我第一次聽呢個鬼故嗰陣，驚到毛管戙啊！」宋江用幾句説出這個鬼故事的簡短版，怕講得太仔細會嚇壞曹之澪。

故事主人翁在小時候的某天下午，瞥見家中睡房外出現一尊兩米高的白觀音像。觀音像整張臉正在流血，默默與他四目交投。他嚇得躺上床裝睡，過一陣子觀音像就消失了。然而，在他轉身之際，發現觀音像竟躺在他身側，沒再流血的臉，向他擠出微笑。

「之後呢？」Susan追問。

宋江聳聳肩，「佢嚇到大叫阿媽，觀音像就唔見咗。」

我們說着說着，血觀音來到山東街停下，沒再移動。一路上算是平靜，牠沒有出手或異樣，曾有人在牠身邊溜過也相安無事。沒人推牠，蓮花底部也沒有輪子，血觀音有點像電視劇裏，使用法術就可以乘着雲霧在空中飛行的神仙。

我們退回鴉蘭中心正門戒備，有些隊伍躲進室內觀察。恐怖的畫面陡然出現了，一動不動的血觀音沒發動攻擊，只是……只是牠的臉倏地湧出血水！不是激動的噴射式，而是自眼耳口鼻和額上，像流淚般緩緩淌了下來。

淨白色的瓷像襯得血水艷紅刺目，流量大得驚人，源源不絕地沿臉上往上半身和雙腿流下去，底部的蓮花盛載着無限血淚，沒有溢出地面。倒是愛乾淨的怪物嘛。

宋江興奮地搖晃我的手臂，「喂，俾我講中咗啊，頭先個鬼故都係形容血觀音塊臉會流血！」

「講還講，縮開你隻臭手！」我甩開他。

馬經大叔愣住，「大鑊！我一開始好似講漏咗啲嘢。」

他向宋江和其他未經歷過意識世界的人解釋，由於這裏是幻境主人的潛意識世界，主人的想法可以改變一些事物，包括怪物。尤其是主人的負面情緒，例如害怕蜘蛛的想法被挑起，那麼，這裏愈大機會出現蜘蛛造型的怪物。

換句話說，宋江提過血觀音的鬼故事，說不定使主人在腦海產生了某些畫面，從而影響了怪物的特徵。關於這點較難有實質證據證實，而且還未確定意識世界的主人是否在我們當中，大家盡可能別往恐怖方向想就是了。

珩仔注視血觀音，推算攻擊方式，「血觀音嘅體型龐大，萬一係物理性攻擊，會佔盡優勢。SCF 檔案特別提及淨瓶同念珠，就算唔知嘥係『救渡』，都要小心呢兩件法器。」

「『不可殺生』，」沉默不作聲許久的芳姐，眼眨淚光，「觀世音菩薩大慈大悲，唔會殺人㗎。」對了，人生在世已經有那麼多苦難，神明充滿憐憫之心，又怎會……

「桃桃，你做乜喊啊？」Susan 遞上紙巾，軟綿綿的身體抱着我，難免讓我掛念溫柔的姐姐。

「嗚嗚，桃桃真係好掛住外面嘅世界……Why要留喺度受苦喎，嗚嗚……」我止不住心酸，淚珠一顆顆滑過臉龐。

芳姐錯愕地望着我，「桃晴，唔好咁難過喇，因為……」

◎ 26 生日

我閉眼輕輕擦拭淚水，再睜開眼，面前是純白色化妝枱，放滿一件件化妝品。鏡子上的我，稚嫩樸素，是一張12歲女生的臉。素顏的自己，正在等待上妝。

這裏是少女的睡房，以白色為主，周圍擺滿可愛的洋娃娃，牆上時鐘顯示現在是下午五點多。畢竟今日是我作為轉校生，入學後第一次辦的生日派對，我的爸爸為我請了全部同班同學，我絕對要打扮得漂漂亮亮。

「媽咪你快手啲幫桃晴整啦，趕唔切喇！」Christy稚氣的聲音帶着任性，坐在床上抱怨。對了，這裏是Christy的房間，她喜歡白色。

坐在她身後便是她的媽媽，得知今日沒人替我打扮，便叫我過來。原定六時從她家出發，七時到達會場。Christy的媽媽看了看時鐘，繼續用髮夾固定Christy的髮型，「若然唔係要幫你整個咁複雜嘅髮型，一早可以幫桃晴化妝喇。」

「淨返小小我自己識整，你幫桃晴化妝啦！」Christy 離開床，走過來拿走我面前的鏡子，又回到床上。

Christy 的媽媽溫和笑了笑，站在我身後，「桃晴，Christy 由琴晚起已經係咁話要幫你整靚啲，擔心你媽媽唔喺度，無人幫到你。」

Christy 說過了今日，我就比她大一歲，不斷嚷著要她媽媽幫我打扮得成熟一點。

我望向她們，從心底湧起一股暖意，「Christy、阿姨，多謝你哋啊。」

時間剛剛好，我們三人在晚上七時前，順利到達會場。爸爸特意包場訂了飯店頂樓的天台酒吧，飲品固然改成無酒精，他說這裏看夜景很美，就當是送給我的生日禮物。

Christy 牽起我的手，與我並肩進入酒吧。幾個男同學忽然大笑，不懷好意地盯着我們看，「顧桃晴？我差啲認唔到你啊。」

一個身穿整齊西裝，目光銳利的中年男人見到我們，迎了上來，「阿女。」是爸爸，他一早在酒吧等我們。

Christy 禮貌喚道：「顧叔叔，你哋慢慢傾，我搵朋友。」

　　爸爸為人低調，情緒穩定，不驕不躁，在外人眼中是少說話、做實事的生意人，今次生日派對是我第一次辦得如此盛大。

　　「爸爸，好似好耐無見你咁嘅。」我張開雙手抱着他的大腿。在家外的公開場合，我很少這樣放縱。

　　他稍稍推開我，打量我的臉，「今日係 Christy 媽媽幫你化妝？」

　　我答：「係呀，我去廁所先。」他的眼神告訴我有問題。

　　之前趕時間，阿姨幫我打扮完就出門，我連鏡也來不及照，此刻總算見到了。深色了幾度的粉底液、厚實碎粉、過度陰影、深沉唇膏，還有老成髮髻，阿姨的化妝技巧真的很厲害，能將 12 歲小女生變成土氣老成的女人。怪不得我從爸爸眼中看出失望。

　　比起生氣，佔據住我的腦袋盡是悲痛，Christy 明明口口聲聲說跟我是一起長大的好朋友，為甚麼刻意挑最重要的日子作弄我？派對才剛開始，我不可以提早離場，可是這副模樣又如何見人？

　　我是由小學轉校到國際學校的插班生，正是所有同學感到好奇的人。經過今日，他們肯定在背後議論我是「生日當晚出醜的那位新生」，甚至連花名都替我準備了好幾個。我的學生時期，該不會在這天就開始毀了吧？

不行，不可以哭。我打開水龍頭，將妝容硬生生抹掉、鬆開髮髻。重新看着鏡子裏的自己，雙眼紅紅、臉上留下紅印、長髮亂糟糟，但……總好過先前。

我深深吸口氣，走出洗手間。爸爸忙着跟其他家長打交道，以往我會過去打招呼，今晚就……算了。

「桃晴，熱朱古力喑唔喑飲？」金髮藍眼的 John 來到我身旁，遞上飲料。John 是班上最受歡迎的男同學，長得夠帥，為人又溫柔，説的是英語，會刻意放慢語速，讓我聽得清楚。

「唔該晒。」我接過朱古力，其實我討厭這種顏色不好看的飲品。粉紅色飲料例如蜜桃汁和士多啤梨奶，才是可愛女生該喝的。

坐在室內吧台上，聽完我的分享，John 露出難以置信的神色，「Christy 係你好朋友嚟㗎喎！」

「咪係囉，我無諗過……」我説到一半，他接下來的話直接將我逼向深淵。

「你將好心當壞事，喺朋友背後講壞話，好似唔係幾好。」

「吓？」我沒聽錯吧？

「算啦，今日係你生日，唔好介意呢啲小事啦，」他放下飲品，拍拍我安慰道：「Cheer up！」這句Cheer up宣告我的初戀，未開始便結束了。

我獨自走到戶外露天區域，躲在屏風後的角落，靜靜看夜景和吹風。

Christy自從進場後便沒理過我，彷彿自己才是派對主角，在同學們裏穿梭不停。甜美的白色網紗裙、多層次編髮、小小皇冠、素淡妝容、小巧的斜背手袋……Christy身上每個細節都由媽媽精心打理，恰到好處的可愛和清新，讓她如同公主般受同學們擁戴着。

我低頭看了看自己，穿着純棉粉紅色背心連身裙、白布鞋、兩手空空，怎樣看也不似赴宴，更不配擔當主角。我誤會了Christy會借出自己的衣服，所以穿得隨意去她家。

Christy卻因為時間緊迫，拉着我倉促出門，還稱讚我很適合穿得樸素，擔心自己的打扮會太誇張。直到看見人人盛裝打扮，我才明白「誇張」是基本水平，我這樣算是異類。

「着白色裙嗰個女仔扮到成個公主咁，好得意啊。」屏風外，傳來侍應生A的聲音。

「今日生日嗰個好似就係佢。」大腹便便的侍應生B說：「我都想個女好似佢咁可愛。」

侍應生 A 笑，「你有無見到同佢一齊嚟個女仔？我開頭以為係佢個工人嚟㗎。萬一你個女似佢就慘，哈哈。」

我搗住耳朵，放眼看向外面。這裏是 26 樓，想看夜景果然要站在很高很高的位置，我吸口氣望向樓下……這裏，真的很高。

為了讓客人欣賞夜景，玻璃圍欄沒有很高，也沒有額外加欄柵擋住，我雙手伸出去，感受着輕風。一個生日會，告別閨蜜與初戀，還要面對日後同學們的茶餘飯後，想到他們圍在一起的嘴臉，我就不想面對了。

還有爸爸，我知道他很疼我，特別是我表現良好時。例如今晚，他期望的畫面是可愛漂亮的女兒，在眾人面前華麗登場，得到讚美與祝福。若然……我不在了，他會否少些煩惱，可以將心思全都放在……

慢着！

不是這樣的，和我同一日生日，還有另一個人。她不喜歡熱鬧，靜靜站在一旁以減低存在感，我記得爸爸也有邀請她的同學來。我回頭望向會場，尋找那道身影。為甚麼她不在呢？我抽回雙手，看着空空的掌心。我好像從她手中接過些甚麼……

她看出我的悲傷，她說，這個只不過是人生中第十二個生日，往後還有十三、十四……無數個生日派對，既然知道今年為何過

得不好，下年就知道如何做，才令自己沒那麼不好過。一次不行，下次再試，總有一次找到自己的快樂。

我記起了，她將一張卡片遞給我，上面是著名形象設計師的聯絡方式。那個人究竟是誰，她還說了甚麼……？

「當你捨棄一啲人、一啲事，你就會得到更多。」鎮靜平穩的女生聲音，悠悠來到我身邊。我轉頭見到她倚着圍欄，眼瞳宛如泉水般乾淨。

「家姐！」我張開雙手抱住她。

12歲的顧碧晴，這晚也在。我沒記錯的話，這時的她瀕臨被般若奪舍的邊緣，這次會是她最後一個生日會。之後，她的意識便沉進意識世界，在現實世界的身體被般若完全佔據了。

對了，該死的般若！！！

我抬頭看天，狠狠放話大喊：「唔准你沾染我美好嘅回憶！」

「般──若──！」

◎ 27 誅心

12歲生日派對當然很糟糕，是我人生的最大污點，可是爸爸和姐姐仍在，即使多麼不開心，我在意的人還在身邊。

「瞳⋯⋯」我的語音剛落，地板微微震動。眼前一切如同平面畫面，分裂成一塊塊，崩解粉碎。幻象開始瓦解了。

我捉住姐姐的雙手，溫暖的、軟軟的，讓人十分懷念的觸感，「桃桃好快出去現實世界搵你，Book定 afternoon tea 等我啊！」

最後，飯店頂樓天台酒吧的場景崩塌，換來是彌敦道的街景，那些討人厭的男同學和 Christy 固然也不在了。

「桃晴，醒啊，唔好再喊喇！」明叔猛搖我的肩膀。我從鴉蘭中心大堂的地板坐起身，抹抹雙頰，竟是滿手血淚。

「你終於醒喇，」明叔很是高興，朝外面大叫：「無事喇，桃晴醒返喇！」

我問：「頭先我係咪俾血觀音搞，入咗幻象？」

Susan 替我擦淚，芳姐遞上水說：「血觀音將人類拖入一生中最唔開心嘅回憶入面，磨滅意志，將佢永遠困喺幻象。」

「唔殺人，但誅心！令人比死更難受！」芳姐氣得幾乎揼爆水樽。

我心有餘悸地撫撫心口，「橙色級別、心理攻擊……」

這下糟透了！

刺痛的感覺再次攀上全身，心理攻擊十分棘手，加上等級不低，這兩個條件組合起來確實不好對付，再怎麼說……我便是曾因這個組合敗陣，喪失生命。我摸摸肚皮，揮去閾限夢核的畫面。正正因為在閾限夢核手上死過，這次我才懂得從血觀音幻象中逃出。

我說：「惡念唔只曾經利用家姐隻手殺死爸爸，依家仲用有佢哋嘅回憶嚟搞桃桃，實在太過分喇！入面所有事都真實發生過，一開始我真係唔察覺自己喺幻象入面。如果我分唔到係回憶定現實、唔知自己係喺幻象，咁就走唔甩？」情況有點像作夢，很多時都不知道自己在夢裏。

芳姐說：「無錯。難就難在，血觀音會放大悲傷嘅情緒，令當事人好難留意真偽，甚至喺幻象入面自殘。」

我愕一愣，「Why 你好似好明白咁？」
芳姐長長嘆口氣，「我比你更早受到怪物攻擊。」

甚麼？？？

芳姐說在血觀音出現並慢慢靠近時，她不知不覺進入幻象。難怪我們剛到鴉蘭中心，芳姐雙眼會濕濕的，原來剛剛擊退完怪物！即是說，我們熱烈談論甚麼《活佛 Viva》時，芳姐已經默默與怪物搏鬥。

「等等先，桃桃入咗回憶度好耐先走返出嚟，但你好似唔係俾佢困咗好耐咋喎。」

「人人被困嘅時間長短不一，視乎幾時破解幻象。」她說得倒是輕描淡寫，既然血觀音懂得捉住人生中最悲傷的事件，芳姐沒可能過得輕鬆。她沒有說在幻象裏面經歷了甚麼，只說是年輕修道時期的事，我沒有過問。

我的精神回來了，罵道：「其他人呢？桃桃被襲咁大件事，點可以淨係得你哋三個救我？！」

Susan 用她暖暖的手握住我的手，拍拍道：「陷入幻象嘅人要靠自己走出嚟，外面嘅人整唔醒你。」我想起先前見到那個哭男，當時他正在幻象中，對旁人的關心確實沒反應，像被甚麼隔絕在回憶裏。

明叔邊說邊扶起我，「佢哋好擔心你㗎，知道搖唔醒你，出晒去直接對付怪物。」

血觀音仍在山東街沒離開過，臉部也停止流血淚，可是……

怎麼變得更恐怖了！除芳姐她們三人，桃桃隊、馬經隊與其他隊伍，像蒼蠅般圍在血觀音身邊不斷攻擊。血觀音不如之前行動緩慢，為了對付他們，蓮花如同旋轉底盤般360度轉動，靈活地一時轉左、一時右轉，雙腳保持不動。

「*用淨瓶灑淨水，消除世間濁穢*」——資料描述倒沒錯，血觀音不斷將花瓶裏某種力量揮灑下來。

珩仔挽起斧頭劈向蓮花，淨瓶朝他一潑，明明沒有水或任何東西潑出來，他卻遭受一股無形力量擊中，轟一聲被打飛。這就是儘管人數不少，對怪物攻擊的命中率卻不高的原因。

曹之澪和宋江抓住血觀音向珩仔揮淨瓶的空檔，兩箭射出，雙雙落空。宋江第一次學射箭，他的箭落空是理所當然的事，馬經大叔笑道：「你仲後生，有啲嘢係急唔嚟。」

「你係玻璃嚟㗎咋！」有了他們三人掩護，真正出擊的人原來是馬經大叔！他從另一個方向撲向血觀音，使出渾身力氣斬下！

斧頭成功中怪物小腿！馬經大叔要是這樣就一下子打碎整尊血觀音，我該懷疑橙色級別的實力了。只見斧口劈出一道相當淺，幾乎要定睛才看得見的裂痕。

這就夠了！物理攻擊有效，雖然命中率低、造成傷害不大，可是有效就夠了！這麼一看，牠身上不只一道裂痕。

「桃晴，」曹之澪來到我身邊，「辛苦你。」

「你喊個樣好樣衰，唔該你下次要喊就匿埋啦。」宋江恥笑道。

我一腳踢他，「桃桃咁靚點會樣衰，你唔識欣賞就唔好亂講！」

曹之澪說除了物理攻擊，走出幻象、擊退怪物也能扣成傷害。我說：「Easy 啦，照咁樣落去，隻怪物好易就死，呢關都幾輕鬆喎。」反正有人在努力，我不打算出力，悠然觀看他們打怪的情況。

芳姐和 Susan 重新加入，協助珩仔他們攻擊怪物。珩仔更是將念力的效能完美發揮出來，變得異常敏捷。他將斧頭插在背後，手腳並用宛如豹子一樣，左閃右避過淨瓶，爬上觀音像。

觀音像有三、四層樓高，白瓷表面更是光滑無比，珩仔的手腳在抓住怪物身上時，發出微微的藍光，借助意志牢牢地抓緊再往上爬。登上怪物肩頭，珩仔立時抽出斧頭狂砍，企圖試出牠的致命部位。怪物不讓他逗留太久，猛力旋轉甩走他。

見他從這麼高的位置掉下來，馬經大叔和曼基等人連忙將早就準備在地上的床墊移來，珩仔在下墮時扶着血觀音身體藉此減低衝力。帥氣落地，絲毫無損。

「珩仔好型啊！桃桃 Love you ！」我拍掌歡呼。

珩仔背向我，看不見表情，語氣幽冷疏離，「呢啲說話唔係隨便掛喺嘴邊。」

對於我這輕佻的態度，宋江也面色一黑。曹之澪回應我先前的話，「有無發現又少咗人？」

我數了數，目前連同我們大概剩下十多人，「其他人唔係匿埋晒咩？」

「喺你失去意識、陷入幻象期間，呢度發生咗好多事。」她答，「血觀音難對付就在於，就算我哋匿埋、唔喺佢視線範圍之內，佢都攻擊到。」

宋江這隻跟屁蟲附和道：「檔案入面話：無論躲藏與否，都能感受到項目的慈悲心。我哋唔知咩係慈悲心，總之就係攻擊嘅意思，匿埋都無用。」

想起宋江那個鬼故事，提及主人翁曾與血觀音四目交投，我問：「會唔會係一開始，只要俾怪物望過一眼，就好似貼上某種追蹤器咁，之後匿埋都偵測到位置？」

「哦，咁即係一開始就匿埋，唔俾怪物望到就無事？」宋江以試探的目光投往曹之澪。

「人人都見過，依家點諗都無用，」她冷冷道：「我哋無處可逃。」

我總算明白為甚麼大家都如此嚴陣以待。前幾關怪物縱使攻擊力強，至少我們躲起來就能避過攻擊、休息一下。針對不擅長對付的攻擊方式，例如受遠距離攻擊剋制的珩仔，暫時躲起來，直到想出對策才擊殺觸手者。

　　血觀音卻是真真正正的無差別攻擊，避無可避。這關剛剛開始有三十多人，轉眼間減少了半數人，只剩下十多人。芳姐與我都成功擊退怪物，讓我輕敵了。芳姐這種修道之人，注重心性修養，心神夠穩定，對付心理攻擊自然易如反掌。

　　我算是幸運並不是憑實力。剛巧我的回憶裏有碧晴，勾起我們共同經歷駱駝工廈的記憶，包括我在闖限夢核落敗的經驗。加上我有過從駱駝工廈，去另一個叫藍幽星的空間的經驗，才如此快知道自己陷入幻象。

　　不是人人都修心養性，更不是人人都去過其他意識空間。而且我生於富裕家庭，比很多人幸福得多，其他人的傷痛經歷説不定沉重得難以走出。我望向曹之澪、宋江和 Susan 等人，若果他們走不出怪物的困陣……

　　「頭先桃桃入咗幻象，都係不停咁喊啫？」我問曹之澪，「嗰十幾個人走唔出困陣，最後走咗去邊？」

　　以我為例，我只是意識進入回憶，「身體」仍然留在這裏，不停哭出血淚。這裏沒有任何屍體，而且檔案不是説怪物主張眾

生平等，不可殺生嗎，就算那十幾人走不出困陣，頂多像我繼續
哭而已……吧？

「開始流血，注意！」攻擊血觀音之中，忽然有人大叫，打
斷曹之澪的答案。觀音像潔白無瑕的臉龐再度流血，眾人沒有走
開，反而加強攻勢。

沒多久，有人再次大叫，「有人中招，快啲扶佢走！」叫聲
充滿恐慌和失措，顯示受襲的人一定很重要。

被人從攻擊隊伍中抬過來的人，正正是我們的頭號戰士——
珩仔。曹之澪和宋江立即回到攻擊隊中，填補珩仔的位置。

芳姐將珩仔輕輕放在地上，伸出雙手，手心向着他，閉眼喃
喃誦讀經文。她滿額大汗，手心透出陣陣白光包圍珩仔，白光不
是很明顯，若隱若現看來隨時消失。

珩仔靜靜躺在地上，不斷流着透明的眼淚。他緊閉雙眼，全
身冒汗，面色一瞬蒼白，深深皺眉頭，急喘着氣，呢喃我聽不清
楚的夢囈，對的，他很像在做惡夢。

他被血觀音拖進一生中最不想面對、最悲哀的傷痛經歷裏去
了。幻象比惡夢更恐怖，惡夢至少在鬧鐘響起時就終結，幻象可
是喚不醒，需要靠自己的堅定心智才能瓦解。

看着大家一臉瞭然的樣子，我問：「當血觀音塊面流血，就係佢發動攻擊嘅時候？」

其他人都去對付血觀音，照顧珩仔的有我、芳姐和明叔。芳姐正用法力穩住珩仔的心神，沒空理我。

明叔用雜物墊在珩仔頭下，讓他躺得舒服些，答道：「係啊，佢哋話每次攻擊至少有一個人中招，次次一擊即中。」我用紙巾替珩仔擦汗抹淚，明叔又補充道：「大家歸納出三個階段。」

第一階段
怪物剛剛襲擊人類，放大傷心情緒，人類開始哭泣，淚色透明，仍有知覺，可以自由行動。

第二階段
人類意識進入回憶世界（幻象），留在彌敦道的身體失去知覺和行動力，站在原地，哭出血淚。

第三階段
人類意識永久陷入幻象，無法逃出。而在這裏的身體，表現得如同精神崩潰和失常，瘋瘋癲癲。來到這個階段，情況無法逆轉，人類永久陷入精神錯亂。

明叔變相回答了我剛才問曹之澪的問題，他說：「有十幾個人陸續去到第三階段，忽然擘大眼，大喊大笑跑走咗，我哋想捉

都捉唔住，唔知跑咗去邊。」

我吃了一驚，「即係話，第二階段係關鍵期，若然仲未走出幻象，就跌入第三階段，永遠留喺入面。」我剛剛是從第二階段逃出，要是我再在生日派對待久一點，或者受不住直接由天台跳下去，都會進入第三階段！好險！

「無事喇，你已經出返嚟，」明叔溫和道：「每個人喺不同階段嘅時間都唔同，好似芳姐咁，喺第一階段無耐就逃出。而第三階段嘅表現都係人人唔同。」

他指指我們背後，即鴉蘭中心的電梯口，原來一直有人坐在上面。那人嘴邊掛着一串口水，雙目呆滯地盯着空氣，靜靜坐在那裏。明叔擔憂道：「有人大叫大跳，亦有好似呢個人咁唔出聲、唔郁。」

說到這裏，珩仔仍未解開幻象，甚至流出血淚！第二階段！呃，我差點忘記，珩仔在闖限夢核身上也吃過不少苦頭，最終更死在牠的必殺技下。如果說遠程物理攻擊是珩仔的剋星，那麼心靈攻擊便是他的死神了。

「珩仔！Wake up，惡夢嚟㗎，快啲出返嚟啊！」我忍不住搖晃他。

不曉得他正在面對甚麼，痛苦表情和詭異血淚為清冷的臉龐添上幾分陰鬱，高挺鼻樑和線條分明的下顎線，散發平常沒有的病態美，耳背彼岸花紋身仿若綻放出更妖艷的血色。

他手臂的結實肌肉令我不禁用力搯了幾下，珩仔絕對不是宏青那種大塊肌肉男，不太壯又不太瘦，恰到好處的肌肉配合整身帥氣紋身，絕對使人愛不釋手！

對了，趁他失去知覺，這種時候當然要好好運用。

◎28 救渡

我雙手索性由他的手臂探向上半身，被精壯胸膛和腹肌震撼，「Wow，其實你永遠昏迷都唔錯。」

明叔把這一切看在眼內，沒出聲阻止，「珩仔，好多人等緊你醒㗎，唔好放棄。」

曹之澪見珩仔流血淚也緊張起來，暫時放下攻擊，走了過來。桃桃隊和馬經隊以外的人，見到珩仔這副模樣，認為敗局已定，棄下我們跑走了。曹之澪說：「原來念珠反映到人類實際情況。」

她指向血觀音右手上一串長長的念珠，顏色與剛開始見到時變得不一樣。念珠本來顆顆同色，近乎透明，晶瑩剔透。此際有大半數念珠都變了色，有些變得不通透、霧濛濛，有些是徹底的

白色實色。

　　她解釋道：「我留意咗好耐，血觀音久唔久會轉一粒珠，時機同流血淚一樣。結論係，每粒珠等於一個人，當攻擊完一個人之後、向下個人出手時，佢就會轉一粒。念珠顏色嘅變化，對應受襲者嘅現況。」

念珠顏色	人類狀態
透明、晶瑩剔透	未受襲擊
不通透、霧濛濛	第一階段
棉絮狀物質	第二階段
徹底白色實色	第三階段

　　芳姐張開眼，「粒珠愈混濁、愈近白色，嗰個人就愈接近第三階段？」

　　一、二、三……

　　曹之澪再次搭箭，準備回去攻擊，「似乎係。頭先桃晴中招時，我睇住粒珠由透明逐漸多咗一絲絲白色棉花，當佢成功逃出，顏色停定咗。直到血觀音再撥下一粒，桃晴嗰粒維持嗰隻色，被撥開咗。」

　　十八、十九……

芳姐瞭然道：「怪物資料話念珠用以救渡，所謂嘅救渡，就係捉人入悲傷回憶，永遠困住佢。」

「救渡即係攻擊，」曹之澪靈動的眸光閃了閃，「念珠係血觀音嘅武器，淨瓶係護盾。」

理清這一點，曹之澪丟下我們，陡然衝跑向血觀音，提示大家道：「集中攻擊念珠，破壞怪物嘅武器，唔好畀佢再捉人入困陣！」

……三十一、三十二。

「念珠總數有三十二粒！」我恍然道：「真係對應到今關人數，有一大半已經染色，而我哋又真係有大半人畀血觀音攻擊過。」

明叔的面色難看，「佢唔只係無差別攻擊，仲要確保每個人都要入一次幻象？咁等陣咪會輪到我？」

糟糕，心理攻擊已經夠難對付，這關還要像公開考試一樣，每位學生要進入考場，卻不是人人能活着走出考場。不，是人人都能活着，卻不保證精神有否失常。這樣被困在永久痛苦的世界裏，芳姐形容得夠貼切，簡直生不如死！

攻擊隊那邊廂，人人顯得疲憊不堪，漸漸出現後勁不繼的形

勢，本來已受最強戰士珩仔的生死未明影響，這時還聽見每人都要接受考驗，士氣低落到極點。我定睛望向觀音像的念珠，發現一件更致命的事！

「Oh，guys⋯⋯」他們沒人留意，我喊破喉嚨高呼道：「Guys！！！」

珩仔的念珠正在急速變白！邁向最後階段！

「喂仔，你唔係咁無用嘅，唔好嚇阿叔啊。」
「大佬，唔好丟低我哋啊！」
「珩仔，大家等緊你出手。」

馬經大叔、宋江和曹之澪等人拋下怪物，匆匆圍着珩仔蹲下來，大聲叫喚，希望他聽得見。

「桃晴，你都試下叫醒佢。」芳姐滿身大汗。他們明明說只能靠自己走出幻象，外人幫不了忙，芳姐偏偏叫我出聲，是因為唯獨我沒出聲嗎？

我雙手仍舊放任在珩仔的身上游走，「珩仔，雖然可以摸你，桃桃Very開心，不過諗諗下，望住你打怪物好似仲正，好似動作電影男主角咁，型到爆！」

他雙眼依然牢牢合起來，嘴唇失去最後一絲血色！馬經大叔

推推芳姐，「師傅，幫幫手啦！」桃木劍、符紙……芳姐早已將所有法器試過一輪，珩仔毫無起色。

「大佬！醒啊！」宋江猛力搖晃珩仔的兩肩。曹之澎和Susan沒有作聲，兩眼紅腫起來。

見狀，我漸漸明白事情的嚴重性。我們失去珩仔，往後所有戰事勢必輸得一敗塗地。戰敗不要緊，身死最要緊！桃桃這麼可愛，怎麼可以死去……我嗚咽道：「珩仔，你唔可以死㗎！你死咗，邊個救桃桃出去㗎？」

縱使幻象沒有實質傷害，看不見血，也沒有傷口，但心靈傷害也是傷害，我的血針對傷口有治癒之效，不曉得對付心靈傷害是否也有效？

「放心啦，等桃桃再救你一次，記得報答我啊。」我吸吸鼻子，抽出小刀放在手腕上。忽然，一隻修長的手伸來，握住我的手，適時制止我割下去。

「好嘈。」低沉的嗓音，使我懸在半空的心剎那變得踏實，籠罩讓人放心依靠的安全感。

「嘅仔！」「大佬！」「珩仔！」人人沒有忌諱，撲到他身上抱住他。

我推開他們，「珩仔咁難得醒返，係咪又要焗暈佢啊？」

珩仔的臉色蒼白，卻比之前多了幾分暖色，眸裏幽光重新凝聚，細長雙眼漸漸變回銳利有神。他讓宋江扶自己起身，「怪物死咗未？」

眾人無奈低頭，沒有回答。

珩仔的目光投向大家身後的血觀音，語氣冷冽，「白白浪費時間。」認識這麼久，自然明白他是外冷內熱的人，這句話是罵我們不該關心他，應該將時間花在對付怪物。但是嘛，他剛醒來、見到大家沒受傷那刻，分明鬆了口氣。真是口不對心呢。

我替大家出氣，反駁道：「桃桃都未怪你搞到大家咁緊張！仲有，你又唔喺度，打極念珠都唔爛，我哋都唔知 How 做！」

聽完馬經大叔和芳姐描述剛才的發現後，珩仔優先考慮的是保護仍未中招的人，「血觀音停喺山東街唔郁，始終係第四關怪物，攻擊範圍會唔會就係第四關範圍？」

這次意識世界的規則是，我們即使逃出該關，仍然可以自由出入之前各個關卡。資料指血觀音能夠攻擊躲起來的人，卻沒說明範圍。儘管不確定血觀音會不會追着我們跑，也不確定攻擊範圍多大，我們不妨回去之前關卡，離怪物遠一遠。估計幻象經歷讓珩仔相當不好過，否則也不會一醒來就帶大家「落荒而逃」。

馬經大叔對於逃跑非常積極，二話不說開了巴士過來，「嚀嚀臨上車啦，呢度行返去太子都遠㗎！」

「老豆，快啲落車啦！」宋江急急衝上車，把馬經大叔拉離司機位。

「桃桃死都唔會再坐車㗎！」我帶頭徒步走向太子。

見馬經大叔不理解，曹之澪解釋道：「我哋上過未竟終點呢架紅色小巴，唔知呢度仲會唔會有類似怪物，都係唔坐交通工具好啲。」簡單來説，是心理陰影。

我們有想過只讓未中招的人回去，其餘留在第四關。不過，以防之前關卡有怪物再度重生，或遇上神出鬼沒的沈泳隊，大家決定一起行動。

血觀音沒有跟來，一直留在山東街，目送我們離開，沿路也沒有百刺教或觸手者。隨着我們與血觀音拉遠距離，壓迫感也愈輕，站在界限街望回去，怪物身軀縮小成猶如一粒芝麻，牠的攻擊力真的能來到這裏嗎？

我們未敢放鬆警戒，邊觀察邊討論。沒過多久，明叔開始哭起上來，掏出手帕嗚咽道：「老婆，都怪我……如果唔係我要嚟旺角……」真要命，我們已經走得有夠遠了！

「明叔，你清醒啲啊。」宋江坐在他身側，連忙輕掃背部。

芳姐蹲在他面前，舉起手掌，唸唸有詞。這次手心白光沒再出現，恐怕剛才為了救我和珩仔，損耗芳姐太多心神，一時催不動法力。她的聲線有點顫抖，「大鑊，我無晒力喇，要休息一陣！」話是這樣說，明叔的情況卻等不了，她重新閉眼誦經。

Susan 準備軟墊和紙巾，「幻象嚟㗎，你一定要拆穿啊。」

「係喎，明叔身手唔得，好難靠打怪物攞分，話唔定心理攻擊更容易過關？」我坐在明叔另一側。

很快，明叔留出來的淚水由透明轉為血色，同時失去知覺，我們讓他躺在地上。馬經大叔蹲在一旁抽煙，「明叔老婆啱啱死咗，呢個打擊唔嘢小。」

對了，說不定明叔比所有人都更快進入最後階段，我二話不說用刀割手，餵血給他！宋江驚訝於我的果斷，卻親眼見證過珩仔的腰傷迅速復原，居然用擰毛巾的手勢，捉住我手臂扭起來！

「喂啊，桃桃貧血㗎！」

眼看明叔面色急急轉白，宋江毫不客氣，「邊有人做藥包做到你咁樣㗎！」

「喂，對長輩客氣啲！」馬經大叔警告道。

宋江賠笑道：「借你啲血嚟用吖，姨姨。」

我更正道：「叫『姐姐』，桃桃大你兩、三年咋！」馬經大叔這是在煽風點火嗎？

珩仔神色黯淡地按下宋江，示意他去看明叔。

「哈、哈哈哈！」明叔再次睜開雙眼，眼神異常清晰精神，看着半空笑說：「你嚟接我喇？」

糟糕！我的血，對他無效！

「仲望，撳實佢啦！」馬經大叔大力拋開煙頭。

明叔坐起身，雙手捉住空氣，「你去邊？唔好走，返嚟啊！」

「飲多幾啖先啦，桃桃啲血甜而不膩㗎！」我舉起手臂，被珩仔制止。

「明叔進入第三階段，無得逆轉。」珩仔在我面前蹲下來，垂眼用繃帶包住我的傷口，淡淡道。

「都未試清楚，佢頭先都無吞啲血落肚，全部流晒出嚟。」我甩開他。

他更用力地握着我手臂，抬頭看着我的目光沉甸甸，「治癒係你嘅能力，但呢度無人逼你一定要做得好，做返自己就夠。」

這番話顯然意有所指，莫非……他聽見我剛才在回憶裏所說的話？也是，人類進入幻象會像作夢般說夢話，珩仔就算不知道實際發生甚麼事，起碼大致聽得出我的感受。

我想他大概誤會了，「桃桃打扮得靚靚，唔係要迎合其他人、唔係搏表現，而係我真心鍾意。正如我想救明叔，只係因為覺得佢仲有得救。」

「你嘅血有限，要試都試過。」他渾身染上一層寒霜，冷得不容我反抗。

宋江沒有放棄，被馬經大叔拉住，「阿仔，由佢啦，話唔定咁對佢仲好！」

「點會——」宋江瞥了眼一直在高處站哨的曹之澪，吞下所有反駁說話，面如死灰地看着坐在身旁的明叔，任由他繼續跟一個大家都看不見的人聊天。

即使在傷心至極的回憶裏，明叔至少見到妻子的身影，總好過留在這個沒有她的空間，痛不欲生。或許像明叔這樣活過大半生，才能體會到衰老疾病也不過爾爾。回頭再看，世間沒甚麼比失去更令人煎熬。

留下來與妻子一起生活，總算圓了他老人家的心願吧。此時此刻，真正為明叔好，不是安排一條舒坦的路讓他過關，而是放手。

留下明叔，我們踏上回去第四關的路途，一直躲在暗處伺機而動的人總算現身。

◎ 29 決戰

走到太子道西時，陷阱自天橋降下，目標不是珩仔和曹之灣，反而是行動緩慢的我、芳姐與 Susan！

「你走，嗚啊啊啊啊啊啊！」芳姐看出對方目的，死命不讓我被抓，一腳踢開我。她自己則與 Susan 雙雙被麻繩網包起，往上急升，吊在半空中！

一口氣滅走兩個人，不用多想，對方是沈泳隊。他們先前不知道我的血和蜈蚣結晶有甚麼功效，忌憚着我而沒有出手，明叔的事讓他們知道我不構成威脅，於是出手。

要解下在高空中的繩索，曹之澪的箭最快捷，她左右看了看，登時跳上港鐵站出入口的頂部，拉近距離以瞄準麻繩。

「小心！」珩仔撲過去，卻在半路登時閃開。一道紅色光芒畫過，在珩仔的臉上留下淺淺血痕。是肥威，他向珩仔飛出小刀的手張開，小刀嗖的一聲又回到手上。

曹之澪突然放下弓箭，望向腳下，嗖嗖幾聲發出，腳一滑，也被麻繩網困住吊上半空！宋江朝半空中的曹之澪大喊：「唔使驚，有我！」

「過咗我呢關先算啦！」沈泳赤手空拳擋在宋江面前。

可惡，他們計算好！知道有人受困，曹之澪肯定找高處解救，於是設下陷阱。他們說不定還有後手！果然，我感到背後一陣風輾過，下意識往右橫向跨步，一個錘子由上而下，擦過我的耳際！

「臭八婆！」我瞪向一臉得意的 Christy，她的速度比第一次交手時好像變得更快。在這期間他們究竟做了甚麼？

Christy 誇張地用纖纖玉手掩嘴，「你以前講嘢唔係咁粗鄙㗎。」

馬經大叔來到宋江身旁，問珩仔：「依家點？」

我們對沈泳隊一向採取避之則吉，馬經大叔的意思是問，我

們要不要像之前一樣避戰，救走曹之澪她們後，撇下沈泳隊，回去第四關。珩仔的決定影響着雙方的行動，我們停下動作等待他發話。

「嗖！」長箭穿過繩網，直指肥威飛來，讓他險些失手掉下小刀，他錯愕地抬頭望上去。曹之澪高高在上，冷傲地俯視肥威。她這個動作無聲地表達，即使人被綁住，也能見縫插針地反過來從高打低，說明自己是主戰派。帥氣！

有了曹之澪的表態，珩仔也下定主意，嘴角挑釁地微微勾起，「算清呢筆帳，輕而易舉。」

語音剛落，現場炸起一陣碰撞聲！

沈泳空手擋下宋江和馬經大叔的斧頭；珩仔哐一聲打開肥威的小刀；曹之澪瞄準沈泳的小腿發射。呆在旁邊的曼基看得眼花繚亂，聽見珩仔主動求助，高興得放下恐懼跑去支援。至於我嘛，舉起錘子迎上 Christy 的錘子，淡淡粉紅光一閃，一股力量撞飛我！

「賤——人——」幸好今日被打飛的經驗太多，我旋即沉下下半身，站穩腳步。

我方暫時得珩仔和芳姐懂得運用善念，敵方卻是人人都運用

得操縱自如，為甚麼曹之澕偏偏在這時決定對戰，而珩仔也贊成呢？他們考慮的，必然不只沈泳隊這三個人。

綜觀全局，論人類方，剛才離我們而去的人到現在仍未出現，不確定仍在躲藏、死於沈泳隊或血觀音之手，撇開他們不計，大部分人都死得七七八八。對沈泳隊來說，我們是剩下唯一的目標，加上沒有顧忌，他們不會再像之前那樣放過我們。

論怪物方亦然，怪物接下來肯定集中向我們出手。血觀音每次只攻擊一人，其他人變相可以空出來對付沈泳隊。如此看來，我們要改變策略，此刻必須與沈泳隊決死一戰！

想到這裏，我嘗試將注意力全都放在手上錘子，Christy辦到的事，我怎可能不懂！

「顧桃晴，你由細喺溫室長大，」Christy沒讓我閒下來，舉起錘子猛撲過來，「個個錫晒你，縱到你成個廢人咁，乜都唔識！」

「有你呢條毒草，溫室都變毒氣室啦！係啊，你唔係花，係不值一提嘅雜草㗎咋！」一提兒時我就火大，錘子迎頭敲她！

「哇！」她橫手用錘子擋下。不曉得是否心理作用，我的力道好像大了一些。

我們的人數雖然比沈泳隊多，實力卻不相上下，而在這個非常時刻，連天都不幫我們，血觀音再次出手，對象偏偏不是力量較弱的 Susan 或曼基。而是馬經大叔！

「老婆，點解你要扰低我同個仔啊？」馬經大叔忽然跪地，仰頭問蒼天。

沈泳自然不放過父子失神一刻，拳頭帶着紅色光芒送向馬經大叔！馬經大叔整個人被猛力轟開幾米，落地後沒再起身，流出血淚！

「喂大叔，一嚟就入第二階段，你嘅意志力未免太弱啩！」我大聲發問，虧他剛才還笑珩仔無用！

「老豆！」宋江拍打他雙頰，「醒啊，阿媽好多年前病死咗，呢啲係回憶嚟！」

沈泳儼如凶猛的雄獅，朝父子背後大步上前，渾身騰起嗜血猙獰的氣息。

「霍！」珩仔倏然躍到沈泳身側，趁沈泳的視線放在父子身上，斧頭在沈泳的右手臂上擦出血雨！珩仔看着沈泳，眼底閃過絲絲殺意，「宋江財，用最短時間叫醒你阿爸！」

曼基獨自面對兒時最怕的敵人肥威，腿都軟了，弱弱問珩仔：「珩仔？」

「你搞得掂。」珩仔冷冷地回應。

珩仔這是任由曼基自生自滅，抑或對他充滿信心？我分不清。我更好奇的是，明明大家都説外人幫不了，眼下不是應該叫宋江先放下馬經大叔，處理好沈泳嗎？

「曼基，我幫你手。」空軍曹之澪搭箭，登時朝肥威發射。

宋江知時間奢侈，再不弄醒馬經大叔，馬經大叔就要步明叔後塵，紅起雙眼抱住他喊：「老豆，返嚟啊，阿媽走咗，我唔可以連你都無埋！」

沈泳反手往斧頭即一抓，珩仔旋即退後，卻被沈泳手心發出的力量震得手軟，跌落斧頭。沈泳眼裏燃起的殺氣如同烈火，雙手進逼，逼得珩仔只好放棄斧頭連連後退。

「平安符又好、生日禮物又好，你以後就算塞垃圾嚟，我都會收晒㗎！」宋江為了喊醒馬經大叔，真是甚麼話都説得出口。

沈泳蹬地發力，右直拳向珩仔的正臉擊出。
珩仔往左閃，左鉤拳打向沈泳的腹部。
沈泳一個奸笑，左手居然伸出藏起的小刀，狠狠插向珩仔！

刀尖沒入珩仔的手臂，抽起時馬上現出一個血洞，沈泳才肯拉開距離，「還畀你嘅！」

「你話喫！」粗豪的男人聲響起。是馬經大叔，他成功走出困陣！

「老豆！」宋江抹抹眼淚。見大家顯得吃力，馬經大叔不多話，重新加入戰團。豈料在他之後，又有一人進入幻象，所有人陸續中招！

「曹之澐！」芳姐高呼。

才剛叫醒馬經大叔，宋江抬頭一看，苦惱地朝血觀音方向大叫：「你界我哨下得唔得啊？！」

曹之澐忘我地陷入悲傷，連最寶貝的箭矢也顧不上，任由它們穿過繩網從高空墜下。宋江苦惱着如何解她下來，想了想，向珩仔叫道：「大佬，曹之澐有事，不如你試下叫醒佢？」

嗯？宋江絕不是婆婆媽媽的人，他刻意叫珩仔而不是自己來，絕對有理由。

「我唔得。」珩仔沒從沈泳身上移開目光，想也不想拒絕宋江。

沈泳似乎很滿意，「你梗係唔得啦，我搞掂你之後，就會送埋曼基去陪你喫喇！」

「久等。」珩仔沒理他，反而回去曼基身邊，一同對付肥威。

曼基點點頭，「唔！」

「有我招呼你就夠！」馬經大叔則與沈泳展開新一輪埋身近戰。

冷不防就這麼幾句話來往，曹之澪已經步入第二階段！也太快了吧！我覺得血觀音趁大家忙着應戰，刻意刁難我們！

「曹之澪，聽唔聽到我講嘢？我實救到你喍！」連碰也碰不到，站在下方的宋江心急如焚，乾脆拿出弓箭，這是他在鴉蘭中心帶走的，曹之澪在那裏基本教過他一次。果然，他匆匆射了幾支箭都落空，一來擔心射歪會誤傷曹之澪，二來他的技術真的有夠爛！

我扯着 Christy 的一把臭頭髮，「宋江，你再慢慢練箭，曹之澪等唔到、發咗癲第一個搣死你！」

Christy 從未遭受過如此對待，一錘打上我的大腿，「縮手啊！」

「Aw！！」我的大腿即時現出一片醜陋的瘀青！我可是悉心穿短牛仔褲，這下教我如何秀美腿啦！我被氣壞了，怒火如同洪水一樣衝破我的理智堤壩，統統凝聚在右手。

「臭──八──婆！」我的錘子打中 Christy 的臉頰時，綻放出粉紅色光彩。淡淡的、柔和的，可愛極了，比 Christy 那俗氣的粉紅色好看得多！

Christy 被打飛去老遠，頭破血流。

宋江眼看曹之澪的情況急劇變差，憤怒地擲下複合弓，「妖，無鬼用！」

「無用鬼用無鬼用嘅嘢，合理吖。」我不禁吐槽。

「弓箭好適合你。」珩仔由下而上挽起斧頭，雖打不中肥威，刃口擦出的藍光卻比之前更耀眼，仿若一片由風化成的藍刀閃向肥威，在肥威胸前留下一道長長的傷口。

肥威卻絲毫不怕痛，重拳打在珩仔胸膛，害他吐出一口鮮血。

仍在繩網上的芳姐，附和珩仔道：「無錯啊，射得好唔好，比起技巧，你更需要專注力、意志！」

「講到咁勁，又唔見你燒爛個網！」宋江一時情急，口不擇言。芳姐沒運用法力，而是用 Susan 的刀具，正與她合力割破繩網。

「吊頸都要唞氣㗎，唔准對芳姐無禮貌啊！」馬經大叔一人對付沈泳，顯得十分吃力。

「宋江，專心一致，用心瞄準。」珩仔說到「心」字時，刻

意加重語氣。

宋江看着大家，明白扭轉形勢的關鍵落在自己身上，再蹉跎下去，曹之澪隨時走向最後階段，馬經大叔亦沒能力獨自拖住沈泳太長時間。宋江重新撿起複合弓，收起往日的嬉皮笑臉，壓下驚惶失措，深呼吸一口氣。

「曹之澪，我嚟救你。」搭箭瞄準後，他閉起雙眼，摒除所有雜聲與雜念。箭矢騰空而起，一看就知道他射偏了，然而在轉眼間，箭頭與空氣磨擦，冒出火花，繼而仿若煙花般燃起閃亮耀眼的紅光，帶着吹不滅的火焰，射中吊着曹之澪的麻繩！

火勢不大，燒斷了那根繩和部分繩網，曹之澪掉了下來！不得不讚，宋江此刻仿彿換了個人似的，站在正下方，以公主抱的方式穩穩接住了她，漫天星星火花由頭頂徐徐飄落，籠罩着二人飛舞。

「宋江……」曹之澪睜開眼，烏黑長髮灑在身上，頭部輕輕靠向宋江。宋江的神情認真專注，凝視着懷中少女。

「哎啊，我忍唔到姨媽笑喇……」Susan再次陷入心動一刻。

現場一片粉紅色的浪漫氣氛，遭宋江下一句江湖味濃的話，一掃而空，「我宋江正式宣布，曹之澪係我照住嘅！」

有了射出一紅一紫箭矢的宋江與曹之澪助攻，馬經大叔對付沈泳簡直得心應手，上一刻斧頭落下，下一刻兩支箭矢釘住沈泳的反擊，斧口狠狠斬中他的大腿。沈泳有如落難野獸，「三個打一個，你哋呢啲係勝之不武！」

「對付你呢種人咪啱囉！」馬經大叔說。

倒是珩仔那邊廂，縱使曼基十分努力，卻因先天不足，變相得珩仔與肥威一對一決鬥。他們身上的傷勢顯示二人實力不相上下，肥威忽然飛出短刀，短刀在前、人在後地衝向珩仔。

珩仔才剛用斧頭撥開短刀，下個瞬間迎上肥威另一把短刀！

「唔准再傷害珩仔！」曼基此際顧不上自己，張開雙臂擋在珩仔面前。

「噗！」短刀正正插中曼基心口，血液旋即染紅上衣！

「曼基！」珩仔眼瞳一縮，扶住曼基跳開。他完全沒想過，一向膽小怕事，甚至曾經出賣自己的曼基，居然以身擋刀，勇敢面對自小害怕的肥威。

沈泳對珩仔恨之入骨，沒有親自上陣而派肥威對付二人，正

是因為知道肥威是他們的童年陰影。沈泳見到曼基救人，也露出驚訝的樣子，卻一點也不慌張地向肥威打個眼色，始終曼基受了重傷。

「珩仔，我死咗你先肯原諒我……係咪？」曼基倒在珩仔懷裏。

「意識可能會徹底消散，你唔可以再死。」珩仔握緊拳頭，「桃晴。」

「嗯？」我望了望倒地不起的 Christy，不明白珩仔幹嗎沒事叫我。

「急救。」他痛苦地閉起雙眼。

肥威一擊不成，自然再出一擊，尤其趁珩仔陷入保護曼基，抑或迎戰肥威的矛盾中。他收回兩把短刀，狠狠擲向珩仔。

珩仔瞬間跳起身，單手持斧以肉眼看不見速度，漾出藍光試圖擋開短刀。卻在本該打走短刀之際，被眼前突然出現的人，震撼得如同石化，全身僵硬，連手中的斧頭都嚓啪落地。

「噗！噗！」兩把短刀命中珩仔左右腳的小腿，逼得他跪在地上。與此同時，那突然出現的人瞬間閃到珩仔面前，雙手掐住

喉嚨。計算好的⋯⋯肥威與這個人出手的時間配合得恰恰好，事前必定排練過不少次！

第四個人，沈泳隊的第四位隊員，選在關鍵時刻出現，為了殺珩仔措手不及，一擊即中！

珩仔的面色瞬間一陣青，一陣紫，陷入極度驚慌之中，仰頭看着高高在上的人，眼眸翻起洶湧波浪，捲走所有理智和謀略。不只他，連我們所有人都同時頓住手腳。

這個⋯⋯人，到底是甚麼東西啊？他的外形跟一個正常男子沒太大分別，有手有腳。不同的是，他沒有實體，驟眼看像一個立體的黑色影子，定睛細看，他由不同大小的黑色粒子凝聚而成，像一團人形的濃厚黑色氣團。

完、蛋、了！

黑魅！這東西可是黑魅啊！沈泳隊的第四名隊員不是普通人類，而是怪物級的非人類存在？

我、珩仔沒與黑魅交過手，不過姐姐和宏青有，與他們的意識同步後，他們對抗黑魅的一幕幕呈現在眼前。

黑魅由一群怨魂組成，這些都是枉死的人的靈魂，大多數是在意識世界徹底死透或消散的意識，肉身在現實世界被宣告死亡，

而意識則被般若困住，為般若所用。面前這個卻有點不一樣，並不是由無數怨魂結合而成，只得一個怨魂。

「阿、阿豪……？」躺在血泊中的曼基，放聲慟哭，「對唔住，係我錯啊！」怨魂看似黑影，不是一般見到那種平面影子，是有凹有凸的立體，曼基和珩仔從面部輪廓認出那是阿豪。

阿豪這號人物，我聽珩仔與宏青多次提起，他們以前生活在同一所兒童院。阿豪是小霸王肥威主要欺凌的對象，肥威還逼珩仔他們加入。可是阿豪明明自殺死了！

「恐怕阿豪係懷住強烈怨恨而死，死後俾般若捉入意識世界，成為其中一個怨魂。」芳姐一手執桃木劍，一手執黃符，經過我身旁說。

「唔？你幾時落返嚟喫？」我問。

同樣回到地面的 Susan 替她作答，指指站在高處的曹之澐，「都係啱啱咋。」

阿豪這種異於常人的存在，我們就算懂得運用善念，也不是對手，曹之澐解放芳姐是明智的決定。我不解問：「阿豪同肥威係死敵，般若編佢哋同隊，唔驚內訌咩？」

口中說是般若，說到底，我隱約覺得製造彌敦道的不是般若。不是人人心中的惡念，都多得能夠醞釀成般若。駱駝工廈由宏青和碧晴各自兩個般若，二合為一個般若，以祂之力，加宏青和碧晴的潛意識製作而成。

駱駝工廈瓦解，宏青和碧晴的般若死亡。我們所有人是般若在死前送入彌敦道。維繫彌敦道的力量，應該只是未成般若的惡念，並非力量強大的般若。

「惡念編阿豪、肥威同隊，」芳姐似乎也跟我有同樣想法，「佢哋係有私人恩怨，同時亦有想逃出彌敦道嘅決心。」

「係、係係我害你！你殺殺、殺死我啦！」曼基哭得死去活來，在地上爬向珩仔與阿豪。

肥威殘酷地踩在曼基背上，舉起短刀襲向珩仔。珩仔不像曼基哭個不停，只是一時間想不明白為甚麼自己害死的人，突然又在眼前出現，並且以一命填一命的方式，來找自己還債。

珩仔毫無還手之力，頸脖任由阿豪雙手緊緊掐着。阿豪甚至抬起珩仔整個人，令他缺氧陷入昏迷！

要說肥威是珩仔的童年陰影，那麼阿豪更是禁忌般的存在，連提都不敢提。遭兩位大爺同時夾擊，珩仔非死即傷了。

「幫手啦，仲望！」我被人推了推，宋江越過我和芳姐，第一個趕去珩仔那邊。

我回過神來，「知啦，使你講！」

「阿豪等我嚟搞掂！」芳姐信心十足的聲音自我背後響起。

「大佬，醒啊！」宋江自知不是阿豪對手，選擇牢牢捉住珩仔雙腿，拚盡全身氣力用蠻力從阿豪手上搶走珩仔。

一道凌空飛來的黃符，迫得阿豪不得不鬆手。我與宋江合力將珩仔從戰場拖走，再慢一步，他可要窒息死了！至於肥威，則因一支支帶紫光的箭矢擋住去路，曹之澐下下瞄準致命傷。

「大佬交界你，救醒佢，唔好俾佢死啊！」宋江放下珩仔，回到馬經大叔那邊。

「點會咁易死……」我沒說下去。珩仔的情況確實很糟糕，比臭蜈蚣畫傷腰部那時更糟糕，不，是進入意識空間以來最糟糕！

失去知覺不說，我脫掉他的上衣，見到胸膛上有一大塊深色的紫紅瘀青，他滿是刺青的頸項有阿豪留下的手印，還有右手的血洞、兩隻小腿的刀傷，幾乎全身上下都有血流不止的傷口。

◎31 綻放

　　我深呼吸一下，珩仔身上的傷我有辦法治好，問題是如何處理他的精神狀況。不管了，先解決最危急的傷勢。

　　我學芳姐把手心向着珩仔，伸直雙手。我的血能救人，但再輸血給他，人未救醒我就先失血暈倒了。

　　「你另一個 Friend 都唔掂喇喎，你咁嘅款救得邊個？」刺耳女聲衝進我的耳朵。Christy 拿着錘子奸笑，扭着屁股往我款款走來，臉頰腫出一塊紫紫的腫塊。她又來找我麻煩了！

　　「噗！」我忍不住笑，「第一次見到你咁 Ugly。」

　　循 Christy 的視線看過去，曼基在血泊上滾來滾去，將自己染成一個血人⋯⋯身上除了心口流出的血，還有血淚！第二階段！

　　我聳聳肩，「反正有無佢都差唔多。」在曼基與珩仔之間，我當然選擇救珩仔啦。Christy 以為我會陷入兩難，她可以乘虛而入，未免太小看我吧！

　　「你搵第二個玩住先啦，桃桃唔得閒理你。」我合起雙眼，喚醒剛才叫出粉紅光的記憶與感覺。手心泛起暖暖薄光，仍然無法復原珩仔身上的傷勢。

我不由自主道：「珩仔，桃桃唔知你對阿豪嘅罪疚感有幾深，但依家未到你還命嘅時候。你再唔醒返搞到全軍覆沒，就會整多七隻厲鬼纏住你！」

珩仔與阿豪這個死結確實難解。我不是當事人或受害者，以珩仔的隊友角度來看，我覺得為阿豪之死負起最大責任的人，絕不是珩仔，也不是宏青或曼基。沒錯，不論出於自願或被迫，珩仔的確傷害過阿豪，但需要以命填命的地步嗎？其實珩仔他們承認並改正過錯，用餘生來還債就已經足夠。

Christy 停在幾米外，忿忿道：「顧桃晴，我從來都唔係同你一齊玩，你係我嘅玩具嚟咋！」以 Christy 對我的了解，以為我仍然將她擺在第一位，整個世界仍然因為她轉動，等待我放下珩仔去找她。

我放下雙手，看着她正色道：「認清你嘅真面目之後，桃桃覺得自己好可憐，但依家我發覺原來可憐嗰個係你。」語音一落，我連她難看的面色都懶得享受，視線集中在珩仔身上，全副精神凝聚在手心，「珩仔，你再唔振作，桃桃代表宏青、代表全世界……」

粉紅色光芒在我說話的同時迅速亮起！

「嘥——死——You——！」我的心口漾起粉紅色光，透過手心驟然綻放出來！

一息間，夢幻又絢麗的粉紅色光彩，包圍着我和珩仔燦爛盛放，明亮而不刺目，温暖而不燙手。他身上各處傷勢，在光暈裏快速癒合，痛苦表情得以舒緩，撫平皺起的眉頭，像在安詳休憩，回復清冷帥氣的臉。

我剛才的話似乎觸碰了 Christy 的逆鱗，她提起錘子霍的一聲重重襲來，「你以前真係俾人教訓得少！」

可惡，我不能收起雙手！那麼，要硬生生吃下重擊嗎，我又不想，再怎麼説被她如此往臉上打來，不毀容才怪啦！正在我猶豫時，Christy 的錘子帶着疾風猛地劈來，「去死啦，八婆！」

「啪！」一隻手牢牢握住 Christy 的錘子，止住了攻勢。

「畀多次機會你，叫『桃桃』。」緩慢語調，騰起寒冷刺骨的戾氣。

「珩仔！」我驚喜地大叫，「你終於肯叫桃桃做桃桃喇！」讓我驚喜的不是他醒來，而是他對我的稱呼，我激動得抱住他，粉紅色光芒同時熄滅。

「大佬，你終於無事喇！」與沈泳惡鬥中的宋江説。

「哏仔，快啲去睇下曼基！」馬經大叔説。

Christy 被氣得口不擇言叫我做「八婆」，沒想到招惹了渾身殺意的珩仔，怯怯道：「桃……桃桃？」

珩仔輕輕推開我，穿回上衣，帶着 Christy 的錘子離開，走向曼基，全程不看她一眼。Christy 被震懾得不發一言，連錘子被搶走都不敢問珩仔要回。

「哼，今次你死硬喇！」我自然不顧甚麼氣度不氣度，見她手無寸鐵，我欺負得愈開心！頭、身、手、腳，我的錘子向 Christy 身上各處瘋狂快打。Christy 拿出另一件武器，馬上被我打開，拿第二件，又再打走！

「放過我啊！」見打不過我，Christy 選擇逃跑。
「依家邊個係邊個嘅玩具啊？」我緊追不放。

當珩仔來到曼基面前，曼基已經瀕臨最後階段，淚流滿臉地躺在地上。對於曼基，珩仔的內心比宏青複雜得多。曼基在工廈死時，宏青已經選擇原諒一切，珩仔則沒有。珩仔給予曼基機會，卻暗中提防，怕他再次出賣大家。

曼基想必也感受到，不然不會捨身救他來證明自己，大概是為以前種種贖罪吧。

「曼基，」珩仔蹲在地上，「在乎你嘅人唔係我，而係喺外

面一直等緊我哋兩個嘅傻仔。你應承佢嘅事一定要做到，我唔想見到佢失望。」

「嗚嗚嗚，對唔住啊……我唔想殺人㗎……」曼基應該陷入當時毒打阿豪的回憶裏。

「或者每個人心中都住咗一隻怪獸，我曾經犯錯放過佢出嚟，害死一個人。若然唔學識點樣同怪獸共存，最終連自己都會俾佢吞噬。」珩仔這番話說給曼基聽，同時也在說他自己。他搖晃曼基兩肩，「曼基，快啲醒。」

可惜，曼基還是敗給心魔。他沒有像明叔保持坐姿、留在原地，而是鬼上身力大無窮，撥開珩仔跳起，「唔關我事㗎，我都好慘㗎……」曼基拔腿就跑，逃避幻象中的人。

珩仔站起來，沒有追曼基，垂下雙手靜靜目送他的背影。珩仔不哭不鬧，甚至沒說半句話，我卻捕捉到掠過他眼底的一絲哀愁。漸漸地，一陣淡淡藍光從他身體溢出，雙手緊握成拳頭，藍光由弱轉強。

他轉眸望向阿豪，眼裏的恐懼和愧疚退下，由憤慨填補，細長好看的雙眼輕輕合上，再次張開時，已經變得猶如泉水般清晰透明。

不帶任何情緒。

釋然，平靜。

　　他舉起斧頭，直衝向阿豪卻沒有停步，擦過阿豪與芳姐，奔向肥威。我快速點算各個戰團分布：阿豪對芳姐；Christy 對我；沈泳對馬經大叔與宋江；肥威對曹之澔與 Susan……

　　我明白了，芳姐是我們之中最適合對付阿豪的人，就算珩仔過去也幫不了太多。相反，撇開 Susan 不說，光靠曹之澔明顯不是肥威的對手，要加上珩仔才剛剛好。

　　在戰鬥方面一向敏銳的珩仔，懂得如此分配戰力不難，難就難在他要放棄與阿豪當面解開矛盾的機會。然而，從眸光再次變得清冷開始，他便決定不再逃避，亦毋須面對，因為已經放下。因為心中那頭怪獸已經被徹底鎖住。

　　珩仔再次加入戰事，僵持不下的局面漸漸起變化。至於失去曼基，的確對戰局沒太大影響。而讓天秤徹底往一邊傾倒的，是再次有人陷入血觀音的幻象。是沈泳！他忽然全身無力倒在地上，呆呆地望向天空，血淚流個不停。

　　對了，剛才顧著招呼 Christy，忽略了一點。血觀音與沈泳隊同樣都是由惡念帶進來，用以弄死幻境主人。按理說，血觀音應該與沈泳隊屬於同一方，不會拉他們入幻象。不只這裏，駱駝工廈的怪物也會攻擊沈泳隊。

247

我想，這是意識世界的運行規則吧。惡念有能力製造怪物、把真人意識扯進來，卻無法隨意更改他們的特性，或百份百控制他們的行為。説到底，這裏是惡念與善念並存的空間，惡念要是能夠徹底掌握控制權，早就吃掉幻境主人，不用派怪物跟我們慢慢耗啦。

「沈泳，」宋江走到沈泳身邊，低頭看着他，「當初如果唔係你，老豆就唔使死，被迫送入彌敦道呢個鬼地方。」

「呢一箭，我代老豆還畀你。」沒有多餘的折磨，箭頭乾脆俐落刺穿沈泳的心臟。有那麼一刻，眼前沈泳與馬經大叔當時死亡的畫面重疊了，機械虎獸的雷射光凶殘地貫穿馬經大叔的心臟，害他帶着遺憾死去。

馬經大叔拍拍宋江肩膊，彎腰從沈泳身上取回屬於我們的SCF 電腦。

「沈泳！」Christy 絕望地尖叫，明白這代表馬經大叔與宋江即將投入其他戰團。

主將身死，敗局已定。

沈泳明知在這裏死掉有甚麼後果，還指使隊員一路殺人，手下不知害死了多少人，我真希望這下他在現實世界的肉身死亡、意識徹底消散，無法去另一個意識世界再傷害其他人。

芳姐沒有「殺死」阿豪使其魂飛魄散，在最後一刻讓珩仔加入一起誦經超渡，讓怨魂脫離於這個世界，衝出惡念的枷鎖，重投輪迴。阿豪由始至終沒說過半句話，但他默許珩仔送別，應該算是原諒珩仔的表示。肥威遭珩仔、曹之澪、馬經大叔與宋江四人夾擊，最後也是宋江給個痛快，讓他死於箭下。

至於 Christy 嘛⋯⋯被我瘋狂追打之下多處重傷，奄奄一息。珩仔他們製作了類似沈泳隊一開始困住曹之澪那種繩網，將 Christy 半吊在天橋與地面之間。直到我們逃出彌敦道，瓦解意識空間，她的意識才可以解脫。除非有人經過好心幫忙，單靠她自己是無法解除半吊天的繩網。

可惜沈泳隊一路上把所有人殺光光，就算有人未死都恨不得殺她替隊友報仇，這得看她造化了。她以前對我有不好的地方，畢竟我們也有過快樂回憶，我未至於要消滅她的意識、讓她無法回到現實世界。無奈的是，在我們臨走前，她便斷氣了。我不知道她來這裏前，有否在其他意識空間死過、她的意識夠不夠堅強支撐去另一個空間，這不是我關心的事。Christy，不是我關心的人。

◎ 32 初戀

我們一行七人，回到第四關範圍。芳姐不准我替大家療傷，主張這種能力只在必要時才能使用，於是除了珩仔，所有人身上帶着深深淺淺的傷口。

抬頭望向又高又大的觀音像，比初次交手沒那麼恐怖了，當然邪氣仍在，但似乎因為所有人都通過考驗，牠不再出動幻象。既然沒有威脅，反而殺死牠有可能引出第五關怪物，我們倒不如趁現在稍作休息，畢竟⋯⋯之後的怪物恐怕更棘手。

大家索性走入商場席地而坐，宋江抓緊時間，走到商場外抽煙，問：「你份人思想咁簡單，我好好奇你嘅幻象見到乜？」

我坐在高椅上，專心補妝，「好小事咋嘛，12歲嗰年生日着得唔夠靚囉，Christy個八婆嗰陣都喺度。」這番話惹來哄堂大笑，比起他們的經歷，這的確算不上甚麼。

「所以你大個咗咁貪靚？哈哈哈！」宋江不留情面地大笑。

倒是Susan，按住我肩頭語重心長道：「開心、唔開心，唔係拎嚟同人哋比較。你以為係小事，始終造成咗傷害，咁對你嚟講就唔係不值一提嘅小事。」

「嗚嗚，媽咪啊！」我牢牢抱着她，她的身體又軟又暖，像極了姐姐！

芳姐溫和地撫撫我的後背，「你嘅幻象嗰陣，我感受到強烈嘅負面情緒。」

「後生女唔好屈住屈住，有咩咪同阿叔講囉。」馬經大叔也走過來，張開雙臂，「嚟，抱抱！」

「喂，咪乘機抽水啦！」宋江扔下煙頭。

有 Susan 和芳姐鼓勵，我將 12 歲那晚經過說出來，從銀包拿出 13 歲生日派對的照片。沒有媽媽替我妝扮，可桃桃我有的是錢，經過姐姐介紹的形象造型師幫助，那晚我簡直變成真人版芭比，穿上公主裙、背起可愛小手袋、妝感輕盈清爽，扳回一城！始終桃桃底子好，稍微打扮一番就亮麗非凡！旁邊的 Christy 自然被擠下去，連嘴角都往下彎。

「唔？」宋江睞眼看照片，「唔見你個金髮藍眼初戀嘅，去咗邊啊？」

我抽回照片，「哼！桃桃以後都唔會逼自己飲朱古力！」

「未告白、未拖手，算唔上初戀。」珩仔冷冷站起來，挽起斧頭往外走去。

休息時間結束，接下來輪到我們出手！

珩仔率先踩上蓮花座。趁淨瓶灑下之際，曹之灣與宋江連箭飛出。馬經大叔沒珩仔那麼敏捷，繞着蓮花座找機會砍下斧頭，斧口泛着淺淺的黃光。Susan 出動亂七八糟的雜物，雙手也帶着黃光。

「嘭──！」觀音像最終敵不過全員覺醒，噼啪裂開，玻璃碎片往四處爆發。

我們以最快速度跳開，手手腳腳免不了割傷。這傢伙，就算死也想帶大家一起。

【怪物：死亡】
名稱：血觀音
危險級別：橙色

究竟血觀音算不算容易對付？我反覆思考過，直到邁向鼓油街走去，終於想出一個答案：因人而異。這可不是答了等於沒答，經過這關之後，剩下能夠過關的人只有我們七人。

其他隊伍有部分被沈泳隊殺死，但也有不少「死」於怪物幻象之中。我們當中也痛失明叔與曼基，連我自己也只差一步就留在幻象。對我而言，血觀音十分難對付。難關嘛，往往回頭看才醒覺自己能夠撐得過。

人人逐一測試無形牆，能夠成功過關，但並不急着過去，先處理身上遭怪物碎片割開的傷口。宋江見血觀音已死，認為說不定將明叔從幻象中解放出來，想回去帶他過來，馬經大叔跟我們約好時間在結界會合，陪他一起回去。

曹之澤面無表情看着他們的背影。剛才宋江救她的一幕實在有點帥，趁大家四散分頭行動，我走到她身旁問：「喂，我以為你係鍾意珀仔？」

她沒想過我問得如此直接，我也沒料過外表高冷的她，居然如實回答，「係啊，珩仔無論係外表定性格都近乎完美，但唔代表因為咁，我就會鍾意佢。」她化身新聞報導員，帶着一點事不關己的客觀態度，雙眼卻追蹤着宋江的背影，「有時講嘢粗聲粗氣、傻更更都幾得意。」

哇，我好像發現一個了不起的秘密！

「竟然連你都攻陷到！都合理嘅，話晒人哋係純愛戰士嘛。」我想起宋江在匯風銀行說過的對白。

冰冷目光移到我身上，她說：「珩仔唔會鍾意我呢種類型。」說罷，她轉身去運動店取箭。

而我最緊急要做的，自然是補妝啦。我沒有走開，坐在豉油街馬路中心梳理亮麗的淺棕色波浪長髮。沒多久，珩仔帶着食物和飲品回來。一縷落日餘暉穿過高樓間的縫隙，披在他身上，金燦燦的陽光照進眼裏，襯得雙眸分外幽深。

「報酬。」他伸出手，輕輕落下這麼兩個字，若無其事地跳到車頂上咬三文治。

「咩報酬啊？」我摸不着頭緒，接過他遞來的東西。對了，之前喚醒在幻象中的珩仔時，我好像有提過甚麼報答的，原來他聽見了？

看看手中的東西，我的雙眼好像湧起一層水氣。那是一包剛從雪櫃拿出來的士多啤梨奶。

　　冰冷，而溫暖。

【第四關】

奶路臣街至豉油街：

◯ 通過

【第五關】

豉油街至？：

➤ 進入

彌敦道禁區
NATHAN ROAD ZONE

第五關 ▶ 豉油街

好不容易帶明叔來結界，在宋江扶持下，那一步就是跨不過無形牆。我們讓明叔坐在餐廳裏，桌上放滿食物和飲料，讓他繼續沉溺在妻子的回憶裏，一邊哭喊着，一邊訴說些甚麼。

第五關範圍開放至碧街，馬經大叔趁怪物未出現，說有緊要事辦，我們便跟着他往前走。

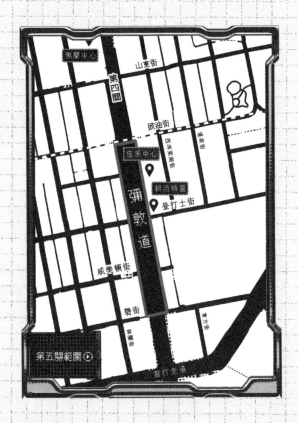

入夜後的彌敦道變得不一樣，很陌生，也很熟悉。即使沒有街燈，這裏也光亮得好比白晝，天上地下各大小霓虹燈招牌散發出繽紛多彩的燈光，照耀路面。兩旁林立的商店，就像兩條大光帶沿馬路一直延伸至尖沙咀方向。繁華鬧市在一夕之間，沒了人、沒了車，空氣倒是變得清新，路變闊，也衍生出讓人不安的反差與違和感。

作為我們的 MK 擔當，宋江叼着煙，跟在馬經大叔身後，「以前喺旺角，一見到人多車多就忟，自從幾年前體會過幾乎無車嘅馬路、行人同遊客唔敢喺，先知發現原來嗰啲日子先係唔平靜。有啲清靜同安穩，要喺嘈吵、熱鬧入面先搵得到。」

沒想過宋江會説出這種類似治癒語錄的話，肯定是事先上網找出來，刻意在曹之澐面前賣弄。他繼續説：「旺角又變返冷清清，每次係咁都唔會有咩好事，我依家淨係想約朋友打機飲酒咋！」

「果然，」我説：「飲酒食煙先似係你講㗎嘛，嗰安穩平靜，完全唔係你會講得出嘅嘢囉。」

「到喇！」帶頭的馬經大叔停步，「你哋喺門口等我啦。」

那不是馬會嗎？我説：「你插喺馬經入面嗰張馬飛已經過咗好多日啦，就算俾你中咗，都拎唔到派彩，何況入面又無職員。」

宋江再次為他感到丟臉，「你買馬定拎派彩都好，出返去先搞啦，唔係要全村人等你吖嘛？」

之前馬經大叔說過，打算用獎金買生日禮物給宋江，這只不過為賭癮安上好聽的名義罷了。馬經大叔不理會我們，獨自走入馬會，從玻璃窗看得見裏面，暫時沒危險，我們分散站開，注意路面情況。

芳姐利用這個空檔，帶出重要話題，「彌敦道無晒路人同其他隊伍，連沈泳隊都死晒，淨低我哋幾個同埋明叔。意識世界嘅主人，喺我哋之中。」

之前因為人太多，現在範圍縮窄，的確可以試試找出幻境主人。我們比對各自對每關地點的熟悉程度、每隻怪物的特點等等，試圖篩出最了解的人，誰便是幻境主人，因為這裏一切是按他認知之內所構成的。

「唔使諗得咁複雜，珩仔或桃晴，其中一人係幻境主人。」曹之澪幽幽的話，打斷我們猜測。

她解釋道：「Christy、肥威同阿豪呢三個人嘅出現已經説明一切。雖然佢哋都有好大機會似我咁，係真人意識，但無論係創造出嚟嘅 NPC 抑或拖咗真人意識入嚟，惡念編排佢哋喺度，唔會係巧合，而係針對幻境主人，打擊佢嘅意志。」

她説得對，正如針對駱駝工廈的主人宏青與碧晴，惡念就將我和珩仔拖了入去。這裏出現的所有事物必然經過精心計算，絕不是偶然。我指着宋江，「咁佢呢？惡念都可以針對馬經大叔，拖宋江入嚟㗎。」

「上海銀行。」珩仔提示道。呃對了！馬經大叔在第二關，表示他很熟悉上海銀行，我們無法內進，當時已經剔除他是幻境主人的可能性。

「咁一定係珩仔，」我自然推卸責任，「桃桃未聽過血觀音同高登鬼故。」

珩仔淡淡否定，「似係我同你嘅共同意識世界，畢竟有個死敵衝住你嚟。」他指的是 Christy。根據宏青與碧晴的先例，大家都認同珩仔的想法。珩仔低頭凝視着我，「桃晴，喺度累積時間同惡念，會增強怪物能力，你要控制恐懼。」

「認真咩？」我難以置信地說：「恐懼又唔係開閂水喉咁簡單，話有就有、無就無。」

他好像笑了笑，「至少唔好主動諗恐怖嘢，以免製造一隻無法對抗嘅怪物出嚟。」

說到這個嘛……我道出心中想法：「如果呢關怪物係粉紅色就好喇。」

「保護桃桃，人人有責！」馬經大叔從馬會出來，忽然冒出這句話。

我問：「嗯？」

芳姐解釋道：「假設彌敦道呢個幻境，係由珩仔同你嘅意識建構，咁你哋是但一人死，都會令成個世界崩塌，我哋自然實死無生。」

「唔係嘛，」宋江丟掉煙頭，「保護大佬我可以，要我保護呢件港女？諗都唔使諗！」

「喂，死 MK，唔好件件聲喎！」我踢他一腳。

馬經大叔笑着拍宋江肩膀，「珩仔唔使你，自己都搞得掂，桃桃就唔同喇。」

「總之，珩仔同桃晴都係我哋首要保護目標。」曹之澪冷冷道。有她一錘定音，宋江不再反駁，大家走進旁邊的信禾中心等待怪物現身。

信禾中心是一座商業大廈，低層幾樓是商場，樓上則是辦公室。宋江説這裏堪稱 MK 潮流文化的發源地，基本上所有潮流產品都有售賣，包括精品、模型、動漫、唱片和電子產品等。九十年代更有「信禾指數」的説法，指的是這裏明星相片的銷售量，能反映那明星在香港的受歡迎程度。

信禾已有四十多年歷史，保留了舊式商場特有的懷舊感，一間間小店的貨品排得密密麻麻，堆滿了貨架，走廊也相當狹窄。同區雖然有不少新落成的商場，消費者的購物模式亦變得不同，

某類店舖例如度假屋出租店漸漸絕跡，相對地，多了近年流行的店舖，如夾公仔機和速剪進駐，讓信禾仍能繼續生存。

「你哋聽唔聽到啊？」我們在 B 層地庫，經過一間間唱片店，馬經大叔忽然問。空無一人的商場一點聲音也沒有，店舖沒有播歌，除了我們的腳步聲，我甚麼也聽不見。

然而，他這樣一問，我好像聽到了。原本聲音很小，漸漸增大，似是透過商場的廣播系統播出的背景音樂。那是一首由鋼琴彈奏的純音樂，不是流行曲也不是古典樂，十分動聽，或許是某部電影的插曲吧。

在彌敦道，任何突然出現的東西都不是好東西，正當我們準備摀住耳朵時，測鬼機響起！

「*嗶嗶嗶嗶嗶！*」開、開甚麼玩笑？！我舉起測鬼機驚呼道：「紅色啊！」

測鬼機上的燈光顏色，顯示怪物危險級別，而最高級正正是紅色！

終極危險級！

當然，我們早有心理準備要面對紅色級別。我們一行人中，只得我與珩仔曾與高階怪物交手，雙雙戰死，而那也不過是橙色級別。我們沒有應付紅色級別的實戰經驗。

「老豆！」宋江大叫。馬經大叔忽然合起雙眼，失去知覺倒在地上，宋江抱着他的頭部以免撞傷。

「馬經大叔！」我大力拍他。他沒有反應，保持平穩呼吸，不像受血觀音時流淚，表情一點都不痛苦，像睡着了般平靜。

我們帶他離開原地，走廊闊度大約夠一至兩人過，我們兩個兩個並排急速移動，四周不見怪物身影。

「喂，查到未啊？快手啲啦！」走在前頭的宋江汗流浹背。他要扶馬經大叔，將查詢電腦上怪物資物庫的重任交給我。

我落在隊伍較後方，試了幾個關鍵詞，查來查去只得一個結果符合，那就是血觀音，可是攻擊馬經大叔的顯然不是牠。我得出結論，「點算啊，查唔到係咩怪物啊！」

該死的測鬼機吵個不停，我抱怨道：「我哋行開咁遠，Why測鬼機仲響緊？」

「兩個可能，」珩仔說：「一，怪物好似血觀音咁，入侵馬經大叔腦部；二，佢係無色無形，一直跟住我哋，只不過我哋睇唔到。」

一直默默走在宋江後面的曹之澐陡然頓住腳步，回頭望我們，「試一個關鍵詞：歌曲。」她穿過芳姐與Susan，從我手上接過電腦，總算找出怪物資料。

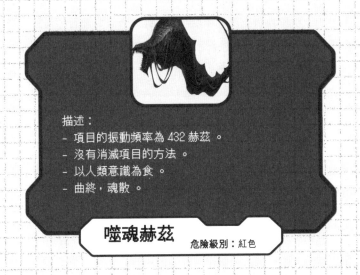

描述：
- 項目的振動頻率為 432 赫茲 。
- 沒有消滅項目的方法 。
- 以人類意識為食 。
- 曲終，魂散 。

噬魂赫茲

危險級別：紅色

265

所有人僵在原地，無法作出任何反應。本來知道怪物是終極危險級，沒想到「無法消滅」這句一出現，難度直接變成地獄級別。我開口道：「淨係得佢打人，唔俾人還手，咁樣太屈機喇！」

「芳姐、桃晴，你哋快啲救醒老豆。」宋江難得地正正經經叫我的名字。他讓馬經大叔平躺在地面，雙手握緊他的手，不斷呼喚：「阿爸，醒啊！」

芳姐與我對視一眼，蹲了下來，手心輸出白光，我同時輸出粉紅光，其他人也各自想辦法。曹之澪冷靜分析道：「以意識為食，估計呢隻怪物都係心理攻擊型，用困陣將馬經大叔困住，要靠佢自己走出嚟。」

珩仔同意道：「仲有一點似血觀音，就係每次只攻擊一人，不過……攻擊力嚴重得多。佢唔係單純令人喪失理智，而係直接吞噬意識。即係話，喺佢手上死嘅人，無機會轉去其他意識世界，靈魂被徹底絞殺，消失殆盡。」他淡淡説：「灰飛，煙滅。」這應該就是檔案上「魂散」的意思。

　　大致搞清楚第二至第四點描述，至於第一點，宋江拿出手提電話調查，「赫茲係一個頻率嘅單位，表示每一秒內發生幾多次，例如聲音嘅頻率，就係以赫茲表示。」

　　我們聽到樂器發出的聲音，是因為樂器振動產生聲波，聲波傳入耳內，然後被大腦解讀。聲波每秒鐘的振動次數愈多，等於頻率愈高。振動頻率有高有低，波長有長有短，會產生不同音階。

　　在樂理上，有個「A=432Hz」的説法，意思是，A音調即La音，振動頻率為 432 赫茲。這代表在 La 音時，聲波每秒鐘振動 432 次。而這個 432 赫茲的音樂頻率，被認為是「宇宙中最協調的音律」，能夠療癒心靈，令人身心放鬆。

　　很多樂器的 A 音，恰巧都是 432 赫茲。音樂平台上，有很多以「A=432Hz」創造的音樂。不僅如此，很多大自然的聲音，例如水的流動聲頻率都是 432 赫茲。那麼，商場現在播放的鋼琴音樂，想必就是 432 赫茲音樂。

　　宋江從網上音樂平台，挑了幾首 432 赫茲音樂來播放，一般

都是節奏緩慢，伴隨着一些大自然聲音，例如鳥叫或下雨聲，標榜助眠。比起單調沉悶的音樂，商場這首噬魂音樂動聽得多。我不懂甚麼樂理、甚麼赫茲啦，單純覺得這些音樂節奏時而激昂壯麗，時而活潑，不會過於急促，但也絕不柔和，總之就是旋律優美啦。

我垂下雙手，坦言道：「噬魂音樂比我以前聽過嘅純音樂澎湃得多，雖然馬經大叔個樣好似熟睡緊，但呢首歌一啲都唔催眠啊。」

芳姐跟着放開手，「我同桃晴嘅能力都無效啊。」

比起理解何謂 432 赫茲音樂，珩仔更關心攻擊方式，「馬經大叔同宏青試過同一隻叫失序嘅怪物交手，都係用聲音嚟攻擊人類。佢哋揼唔到無形無色嘅失序，唯一解救方法就係走，只要離開失序嘅攻擊範圍，聲音就會消失。」

宋江站起身，「好，咁我哋離開信禾先！」

噬魂赫茲的聲音似乎傳遍整個商場，不確定牠會否追着我們，總之試着讓馬經大叔離開這裏，聽不見音樂，有可能令他醒來。

殊不知，上去 G 樓地面層一看，所有出口都落下大閘，我們遭到禁錮！

267

◎ 34 魂散

「宋江，放低你爸爸，我哋一齊整爛大閘。」珩仔提起斧頭，狂砍鐵閘。

曹之澐抬頭一看，「咁我負責破壞所有喇叭。」也對，音樂透過喇叭播出，弄壞了説不定可以阻止音樂播出。

我們分了兩批人，一批負責鐵閘，一批負責喇叭。期間，噬魂音樂的節奏逐漸加強，由輕盈活潑變得奔騰跳躍，互相衝擊，樂曲似乎來到尾段。

「老豆！唔好死啊，我份禮物呢，頭先拎咗派彩都唔見你買嘢！」宋江不斷用重物砸鐵閘。

珩仔見鐵閘絲毫無損，停了手，「鐵閘同喇叭都整唔爛，噬魂赫茲強過血觀音在於，物理攻擊無效。你叫極佢都唔醒，唔通佢真係要靠自己走出困陣……」

「啊──！」男人怒吼。

「老豆！」「馬經大叔！」眾人撲向他。馬經大叔……清醒了！噬魂音樂同時終止。

馬經大叔張開雙眼，坐了起身，驚魂未定地急喘着氣，「嚇

得我！我好似頭先嗰關咁，又入咗幻象，遇到……」他連換幾口氣，「成世人最恐怖嘅經歷！」

「唔可以消滅怪物，但可以擊退。你啱啱成功咗。」曹之澪的語氣依舊平淡，不過眼底閃過光彩。

珩仔一盆冷水潑來，「佢係紅色級別，擊退唔會扣好多血。」

語音剛落，噬魂音樂重新響起，由樂曲的最開始播起，輪到芳姐中招！馬經大叔續說：「今次你哋點叫都無用，我喺入面完全感受唔到。而且逃出方法難得多，並唔係好似血觀音咁，拆穿自己身在幻象就走到。」

曹之澪拋下我們，逕自踏上電梯，「分頭行動，搵出播音樂嘅控制室，直接撤停首歌，甚至打爛所有儀器。」

怪物資料所指的赫茲，並不是產生音樂的樂器或音響，聲音本身就是怪物。說不定要靠喇叭傳出來？縱使不確定有沒有用，但我們能做的不多，總要甚麼都試。一會兒後，即使我們找出控制室、破壞音響儀器，噬魂音樂仍然持續，我們只好回到地下大堂集合。

這時芳姐已經逃出困陣，恢復意識，輪到 Susan。曹之澪看着昏迷中的 Susan，「馬經大叔同芳姐都係喺首噬魂音樂播完之前走出困陣，萬一走唔切，意識會俾怪物吸食。」

「呢關……」坐在大閘前的珩仔，來回看了我們一圈，低沉嗓音冷靜道：「睇嚟就係 Boss 戰。」這種事怎麼可以說得如此輕描淡寫？！

宋江嚇了一跳，「咁快？唔會㗎！」

我本來與珩仔並排坐，此刻湊近挨向他，「珩仔，桃桃驚驚。」

他怔了怔，沒有像以往推開我，對大家解釋道：「惡念想整死我哋，一定派最勁嘅怪物。噬魂赫茲正正係紅色級。」

馬經大叔問：「咁般若呢，唔係要同佢打咩？」

「講到你好期待同佢打咁。」我吐槽道。芳姐告訴他，惡念未必強到化成般若，認為利用我和珩仔意識製造這裏的，不是般若，而是惡念。

曹之澪沉思片刻，點點頭，「呢關無晒人同車，說明惡念為咗盡快毀滅我哋，唔分出多餘力量照顧佢哋。原因係我哋每殺一隻怪物，都會削弱惡念，令惡念自身力量愈嚟愈弱。另一個原因……會唔會係我哋愈嚟愈接近意識世界嘅出口？」

曹之澪看得總比我們宏觀得多，我問：「呢關結界喺碧街，你意思係打贏噬魂赫茲、走出碧街就可以返去現實世界？」第五關是最後一關？

「唔知道。」她說:「由第一關到呢度,係由界限街至碧街,啱啱好涵蓋彌敦道嘅太子同旺角路段,碧街之後係另一區即油麻地。咁成個意識世界,會唔會係用地區嚟劃分?」

我們當中,唯獨珩仔跟得上她的分析,答道:「唔同於駱駝工廈受建築物結構限制,呢度出口無論設喺邊個街口都得。若然我係惡念,反而會唔跟地區,等你哋估唔到出口喺邊。」

我有點頭痛,「一個話碧街,一個又話唔係,咁依家個出口即係喺 Where 啊?」

「乜你咁蠢㗎!」宋江總結他們的話,「確實位置未知,唯一肯定嘅,就係我哋已經喺意識世界邊緣,隨時出到去!」

「喂,你哋唔好諗咁遠,顧掂眼前嘅事先啦!」馬經大叔跳起身。

芳姐本來替 Susan 抹汗的手頓了頓,「噬魂赫茲並唔簡單,唔係話打贏就打得贏⋯⋯」

循芳姐的視線看過去,終於知道她和馬經大叔擔心的是甚麼了。Susan 的身體,漸漸變得透明。

「Susan!」人人圍着她蹲下來。Susan 的身體仍然如同實體般碰得到,顏色卻變得愈來愈淡。在她之前,馬經大叔和芳姐

明明走出困陣，Susan 怎麼如此不爭氣！

　　我禁不住罵道：「你唔係趕住返屋企 Cook 飯咩，你走咗，你個仔點算啊？」

　　芳姐二話不說閉起雙眼，專心輸出法力，嘴唇變得蒼白。宋江推了推我，「唔好咁多廢話啦，快啲諗辦法啦！」

　　「收聲啦！」我立即喚出治療力量。

　　宋江和馬經大叔再度嘗試打破大閘，珩仔和曹之澎一動不動，表情陰沉得很，正焦急想辦法。然而，噬魂赫茲的樂曲已經來到結尾，音樂在一聲突兀的鳥鳴中結、束、了！

　　「Susan！」芳姐撲向她，卻再也碰不到。在音樂停止的同時，Susan 她……她身上的色彩淡到我們看不見，徹底變成透明。

　　一點點帶着淡黃色的光點，自她原本的位置升起，像水汽蒸發般，徐徐擴散至四周，繼而在半空中揮發消失。Susan 之前曾經使用善念之力，散發出來的光芒就是帶着黃色的。噬魂赫茲將她的靈魂吞噬殆盡。Susan 甚麼也沒留下，不帶一字一句，只有那些一袋二袋的環保袋留在原地，作為存在過的痕跡。

　　「Oh my……」我用發抖的聲音問芳姐，「意識消散，咁現

實中嘅肉身會點？」芳姐全神貫注地唸經，沒回答我，看來像在超渡 Susan？

宋江安慰大家，「至少佢走嗰陣，一臉安祥，就似喺睡夢入面過身咁。」

「安乜鬼祥！」馬經大叔拍他的頭，「你無入過噬魂赫茲嘅幻象，梗係唔知，入面好恐怖㗎！」

未幾，芳姐唸完經，「表面上，噬魂赫茲殺人唔見血，Susan 好似平平淡淡咁走咗。但死喺佢手上，比死喺所有怪物嘅下場更嚴重。Susan 無得再入輪迴，徹底消失喺所有空間。」她咬牙切齒道：「噬魂赫茲係我遇過最惡毒嘅妖魔！」

珩仔緊握拳頭，打向鐵閘，渾身騰起怒火。

「轟隆隆隆隆隆……」倏地，整個商場遇上地震似的，猛烈搖晃起來！牆壁裂開，玻璃櫥窗爆破，天花板的燈具一個個砸下來！

「啊！走啊！」宋江護着曹之澪四處奔逃。
「衰仔，等埋老豆啊！」

突如其來的地震，令人措手不及。芳姐反倒沒走避，拉起我與珩仔的手，看進我們眼裏，「冷靜！保持情緒穩定！商場倒塌，我哋全部都要死！」

她的話音若如清泉，清澈、冰涼的氣息流進我腦裏，瞬間使我平靜下來，珩仔眼中的火焰亦壓了下來。地板震動漸漸平息。

馬經大叔和宋江一臉錯愕地走回來，馬經大叔問芳姐，「咩料啊？唔係有另一隻怪物咩？」

芳姐搖了搖頭，指着我與珩仔，「幻境主人開始影響到意識世界，令呢度變得唔穩定。」

所以剛才的地震絕非偶然，而是因為我和珩仔的情緒激動。受影響的地方不止信禾，而是整條彌敦道！

「好勁啊，估唔到桃桃嘅存在咁震撼㗎！」我簡直雙眼發光。珩仔眼中的自責輕了一分，嘴角弧起淡淡苦笑。

「你痴㗎！」宋江生氣罵道：「我哋唔啱差啲俾你壓扁啊！」

芳姐說：「往好嘅方面諗，封印我哋喺彌敦道嘅陣法變弱，似係我哋能夠衝破陣法嘅跡象。呢關真係好大機會係最後一戰，係離開嘅指標。」

「咁往 Bad 嘅方向呢？」我問。任誰都聽得出她還有下半段話未說。

「假設彌敦道喺我哋離開前崩塌，」芳姐加重語氣說：「咁我哋全部都要死喺度。」

◎ 35 頭目

地震弄壞了商場鐵閘，宋江和珩仔合力拉起鐵閘，讓我們走出去。重新呼吸空曠街道的清新空氣，我張開雙臂說：「其實無你講到嚴重啫，你睇，咁樣震一震就出到嚟喇！」

芳姐用手指戳戳我額頭，「無人可以收放自如咁控制情緒㗎，千祈唔可以再有下次。」

「我哋走到出嚟，或者唔係偶然。」曹之澍回望外牆倒塌的信禾中心，「會唔會係怪物攻擊一定人數後，就無力量困住我哋，被迫開閘放人？點都好，馬經大叔同芳姐成功走出困陣、擊退怪物，有可能抵消埋 Susan 陣亡所扣嘅分，依家夠分過關。」

宋江聳聳肩，「去碧街試試結界。」

逃不出噬魂赫茲會魂飛魄散，與之較量要用靈魂作為賭注，代價實在很大，大家傾向同意這關就是頭目戰。但走出幻象就贏得頭目戰，回去現實世界，似乎有點輕鬆？更不用說上一關經過血觀音的訓練。難道這關我們真的可以躺平過關？

我隱隱覺得這關沒那麼容易。果不其然，我們根本沒辦法去到碧街。

「呼──！」來到登打士街，忽然刮起一陣大風！所謂大風，不只把我的秀髮吹亂那種程度，而是八號風球颱風天去尖沙咀海傍，感受所有風力集中在同一秒吹來的程度！

「嗚啊啊啊啊啊啊啊啊！」突如其來的怪風，一行六人毫無防備，東歪西倒。

「桃桃飛──」體重輕的人如我，整個人都被吹起，跌入登打士街的朝流特區外，落地前有人穩穩墊在我身下方。

這一帶正進行路面工程，狂風刮起沙塵滾滾。一瞬間，沙子在空中飛舞，我跟身下的人幾乎是臉貼臉的距離，把他看得清楚。

平淡眼眸底下藏着洶湧的戾氣，「起身。」
我艱難地爬起身，「咩喎，又係你自己衝埋嚟嘅。」

珩仔擋在我面前，看向彌敦道中央，我這才意識到他這股殺意不是因為我。怪風，固然出自超自然生物──怪物。眾人陸續來到我們身邊，待沙塵落地，面前⋯⋯甚麼也沒有？

宋江走出登打士街張望，看向右方時失聲大叫：「咦咦咦咦咦咦咦？」

我們也回到彌敦道，眼前景象很刺眼。怪物大剌剌地停在馬路上打量我們，不是站在地上，而是離地在半空中。對的，怪物

懂得飛！展開一對寬大有力的翅膀，使牠異常大的體形顯得更大。牠站在地面的話，幾乎高得與天花板齊高。剛才那下怪風，想必出自牠的翅膀。

雙腿肌肉發達，各有三隻附有尖銳鈎爪的腳指。鳥嘴彎曲鋭利，如鋼鐵般堅固，不符身體比例地異常巨大。外形跟一隻鷹十分相似，只是體形大得多，鷹嘴也大得多，還有就是……通體金色。

一隻金燦燦的大鷹！身上每分每寸、不分羽毛或爪子，統統都是硬邦邦、打磨得光滑反光的金色！連眼球都是金色，我感受到牠威風鋭利的眼神，直勾勾瞪向所有人，滿懷怒火。我們就像闖進牠的地盤一樣，激發出牠要捍衛領土的獸性。

「點解唔係桃桃最鍾意嘅桃 Pink 色喎！」我感到非常失望，向珩仔埋怨道：「乜原來你鍾意金色㗎？」

他無視我，目光放在眼前。

「啞──！啞──！啞──！」金鷹赫然厲聲嘶吼，叫聲與烏鴉有點像，更剌耳高音。

「金翅大鵬鳥？」芳姐説世上萬物都是這樣運作的，一物治一物，例如獅子一吼，百獸畏懼，紛紛臣服。

我問：「憑呢隻土豪 Gold 就想我哋臣服？」

馬經大叔問：「佢就係噬魂赫茲真身？」

「唔似係，」曹之澐琢磨道：「噬魂赫茲透過商場喇叭發聲，唔須要暴露本體俾我哋打，而且噬魂赫茲應該只可以留喺商場入面。」

我問：「所以面前呢隻係另一隻怪物？」

宋江目瞪口呆，「呢關唔只一隻怪物！金、金翅大鑊鳥？」他指的不是面前的金鷹，而我身上的測鬼機。上面亮起的燈光，是紅色。他續說：「兩隻怪物都係紅色級！」

正所謂一山不能藏二虎，沒料到一關卻能藏二虎。一隻紅色級的心理型攻擊怪物已經夠難對付，我們僥倖從牠手下溜走，現在又冒出這隻一看就知是物理型攻擊的金鷹？

珩仔冷哼一聲，「睇嚟惡念真係認住喺呢關搞掂我哋。」

幸好，聰明的我馬上想出不流血的最佳對策，「雀粟！快啲搵雀糧餵佢啦，咁咪不戰而勝囉！」

「蓬！蓬！蓬」怪物彷彿聽得懂我說話似的，大力振翅飛撲過來！

「哇！」馬經大叔雙腳怕得釘在原地。

「走啊！」宋江攬着肩膀帶他逃跑，「呢隻嘢矇眼睇有啲似你以前交手過嘅機械虎獸，你有過作戰經驗，今次難唔到你嘅！」宋江原意想安慰馬經大叔，可他正正死在機械虎獸手下。此話一出，馬經大叔的臉色變得更難看。

曹之澪跟宋江走，「機械虎獸係黃色級，呢隻係紅色，相差兩個級別。」她的意思是提醒宋江切勿輕敵，差兩級聽起來好像不多，實力和殺傷力卻有天壤之別。她查出怪物檔案，唸給所有人聽。

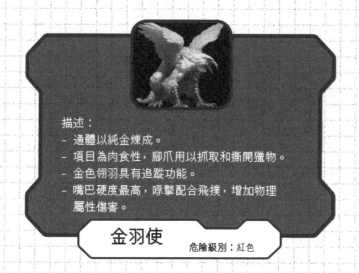

描述：
- 通體以純金煉成。
- 項目為肉食性，腳爪用以抓取和撕開獵物。
- 金色翎羽具有追蹤功能。
- 嘴巴硬度最高，啄擊配合飛撲，增加物理
  屬性傷害。

金羽使　　危險級別：紅色

「今次真係大鑊了——嗚啊！」宋江三人往碧街方向狂奔，金羽使緊追不放。

「呢邊。」來到十字路口，珩仔拉我轉入登打士街，身後的芳姐跟着。

我向宋江三人的背影喊道：「你哋慢慢玩住先，我哋入朝特等！」

「喂，我哋搞唔掂啊！」宋江頓住腳步，試圖回來加入我們，卻因怪物擋在中間無法過來。

「嗖！嗖！」曹之澇沒宋江那麼多廢話，剎那回身連射兩箭，巧妙避開最硬的鳥啄，分別射向怪物的身體與腳部。

對了，資料上說牠由黃金打造。嘿嘿，我擁有那麼多珠寶自然知道，黃金在眾多金屬之中可是相對柔軟的，連指甲都可以在其表面刮出痕跡，何況曹之澇的不鏽鋼箭頭！

我正想停步看下去，背心後領被珩仔揪着，「行喇。」我在往後退時，見證兩支箭撞上金羽使，發出金屬撞擊聲後，紛紛撞飛，怪物絲毫無損。

甚麼嘛，那才不是純金好嗎！！

每次迎戰強敵，珩仔都採取先觀察和躲藏，然後制定作戰方案，才與之正面衝突。這次也不例外，以曹之澇的頭腦，應該意識到他們三人須要替珩仔拖延時間。

　　朝流特區與信禾中心一樣，也是上面辦公室、下面商場的商業大廈，而朝流特區年輕得多，大概有二十多年歷史。商場主要販賣衣服和首飾，地庫層曾經是日本潮牌的集中地。現在多了不少空舖落閘招租，幸虧商場位於旺區，格局簡單易行，對客群和商戶依然有吸引力，因此得以保留一定人流。

　　我們下去地庫層躲起來，SCF 電腦不在手邊，珩仔找出紙筆讓我寫下剛才聽到的資料，反覆閱讀。未幾，他從手寫字猛然抬頭，望向我們，「怪物有攻擊性嘅部位，包括翅膀、羽毛、腳同嘴，檔案毫無保留寫晒出嚟，並且唔似之前咁，寫得一啲都唔隱晦。」

　　我猜不透他想表示甚麼，「哦，咁咪幾好囉。」
　　芳姐直接問：「你想講乜？」

　　他說：「平時打機打到 Boss 戰之前，遊戲系統會預先派多啲子彈同草藥，等玩家唔使咁易死。SCF 資料庫係人類善念產物，你當係遊戲嘅草藥，依家識畀咁多提示，無非係判斷出⋯⋯」他來回看着我與芳姐，選擇適當措詞。

　　我催促道：「咩啊？」

　　他說：「玩家同 Boss 實力懸殊。」

　　該死的是，朝特內忽然傳出一種熟悉的聲音。動聽悅耳、節奏明快的鋼琴音樂，該不會⋯⋯又是噬魂赫茲吧？靈魂消散的後

果實在太嚴重，不管是不是怪物，我們在音樂響起的瞬間衝往電梯，打算先跑出朝特再算！

冷不防，芳姐起跑幾步，就嘭啪一聲失去意識倒在地上！

「唔係擊退咗噬魂赫茲咩？」我上前檢查芳姐有沒有撞到頭，「而且佢唔係淨係喺信禾中心入面，係識移動，咁頭先喺出面做乜唔搞我哋？」

「係我失誤。」珩仔扶起芳姐，踏上電梯，「怪物唔只入侵一個商場，而係第五關所有商場。」噬魂赫茲不像我們要靠雙腿移動，所以毋須經外面走入商場，似乎能夠由信禾中心瞬間移動來朝流特區。

「芳姐明明中過招，依家又中多次。血觀音只可以攻擊人類一次，真係無得同噬魂赫茲比較，噬魂赫茲搞你一次唔死，就搞你第二次，不停破人心防！」

「今關兩隻怪物並唔係各自為政，噬魂赫茲負責剝奪我哋思考對策同整頓嘅時間，將獵物驅趕出街頭，送入金羽使口中。」

天啊，放兩隻怪物出來，惡念仍然不滿意，還要讓怪物互相合作，真是有夠難纏！

回到朝特地面層，商場大閘已經落下，珩仔放下芳姐，提起

斧頭試圖破壞鐵閘之際，芳姐甦醒過來！我激動地抱着她，差點流淚了，「不愧係我哋嘅心理型 MVP！」

芳姐輕輕推開我，凝重地望着我與珩仔。大家的臉色怎麼如此難看？她指向仍未開啟的鐵閘，「今次可能好似喺信禾咁，要有足夠人數走出困陣、扣怪物足夠血量，先可以離開朝特。」

簡直令我恍然大悟！噬魂赫茲有壓倒性的力量和控制力，有絕對能力困住商場所有人，逐一、反覆擊破心防。我們恍如落入蜘蛛網之中的獵物，等着牠來吞噬！

這裏只有我們三人，芳姐已經逃了出來，説明下一個入陣的人是我或珩仔的機會大些。我未見過幻象入面有甚麼，不過從他們口中得知，是關於人類最恐懼的回憶，衝破困陣方法不明。

珩仔緊握我雙手，他的幽深黑眸看進我雙眼。經過失去Susan，我深切體會魂飛魄散的狠毒殘酷。此際或許是我與珩仔最後的道別，不僅是今世的生死相隔，而是永生永世無法相見……

我將他帥氣好看的臉重新細看一遍，彼岸花紋身由頸項蔓延至耳後，下頜線線條分明，雙唇微微開啟想説些甚麼，然後又抿起不説。

「你真係好靚仔！」我神差鬼使地説。這可能成為我的遺言，

我立時想改口，視線移回他的雙眼，卻說不出話。他眼底流轉着我從未見過的深沉和……溫柔？洗去冷酷淡漠，他雙眼的確裹住一點暖意。

「桃晴，我唔會畀你有事。無論喺邊，我一定搵到你。」這是我最後聽到的一句話。

轉眼之間，眼前畫面截然不同，珩仔和芳姐自然不見了。如同墮進夢境一樣，不會知道自己進來的過程，眼睛睜開時，已經離開了原本的地方。不同於血觀音，我馬上就知道自己被噬魂赫茲關進幻象。可惜，即使我拆穿了這個事實，仍未能衝破困陣，逃出惡夢。

我身處的地方，是一條筆直往前延伸的狹窄走廊，通道兩旁密密麻麻一扇接一扇門整齊排列着。所有門塗上鮮綠色油漆，牆壁是白色鋼質隔板，天花板畫了藍天白雲、彩虹和太陽，地板也是色彩繽紛。

「今、次、大、鑊、了。」我不禁重複宋江的話。

我來到迷你倉！
一隻叫閾限夢核的怪物體內！

◎ 36 承諾

真正的闌限夢核，固然在姐姐和宏青瓦解駱駝工廈時死掉，我現在身處於一段回憶裏面，經噬魂赫茲改裝過的回憶。正確的回憶裏，有姐姐、宏青和珩仔陪伴着，這裏只得我一人，靜得耳鳴！

糟糕！讓珩仔和芳姐嚴陣以待的原因不只灰飛煙滅，更在於恐懼本身。不得不讚噬魂赫茲確實很厲害，牠懂得找出人一生中最最最害怕的瞬間，剋制住勇氣和求生意志。

血觀音帶來傷心情緒，而噬魂赫茲則針對恐懼，後者更快、更輕易擊潰人類。恐懼這東西，是所有生物都擁有的生存本能，尤其在極端恐懼下，人甚至可能出現身心僵化或癱瘓。

我在闌限夢核裏慘死過一次，光是站在這裏，足以勾起生物原始本能反應，喚醒體內畏懼死亡的每個細胞、深深烙印在每個毛孔和每條血管的致死疼痛。

明明甚麼都沒有發生，身體儼如打開了甚麼功能似的，腰間傳來劇烈疼痛，要我再三經歷瀕死的折磨！我在這裏可是活生生遭受過腰斬的酷刑啊！

「啊——！」我抱着肚子，慌忙地往前逃走。我不知道自己

要去哪裏，總之要做些甚麼，甚麼都好，分散注意力！起步沒多久，情況不但沒有好轉，更往壞方向急速發展！

明明是亮麗鮮豔的油漆地板，在我經過後不久，居然統統轉成黑色。由身後的走廊盡頭開始，像病毒入侵般，快速沿路上地板染成黑色，往我直奔而來！我怎會不明白這代表甚麼，我正正就是死於這塊黑色範圍！

在闊限夢核內發生的一切，遠遠超出人類物理常識。人只要踏入黑色範圍，會瞬間被絞殺，當時我的上下半身被強行撕裂，在極端痛苦之中死去。現在黑色地板追着我跑，顯然正在追殺我啦！

「家──姐──」我的喊聲在空蕩蕩的走廊來回彈跳，「有無人啊──？」

迷你倉四通八達的走廊就像一個迷宮，倉門門牌號碼並不按順序編排，我根本不知道出口在哪裏，要怎樣才走出去啊？根據之前經驗，絕對不可以入房，遇上分岔路亦要小心，別讓自己彎進死胡同。黑色地板落後一段路狂追，並沒有減慢速度的意思，看來打算跟我耗死在這裏，趁我體力下降、跑慢一步就攀上來！

「家姐！」我抬頭力竭聲嘶地嚎叫：「今次桃桃批准你救我喇，快啲嚟啊！」姐姐與宏青曾在意識空間裏，與現實世界的司徒師傅溝通，我應該也可以試着求救？

跑過綠色倉門的區域，我來到淺綠色倉門區，再經過黃色和橙色。每過一個區域，走廊變得更迂迴曲折，出現更多小巷胡同，有好幾次我頓了一頓才敢前進，讓身後的黑色地板追貼了些。

「救命啊！桃桃真係 Exhausted 啊！」時間像過了一輩子似的漫長，每拐過一個轉角，我的心都懸在半空一次。畢竟一不小心走進絕路的話，就再也無處可逃，只能等着遭受黑色地板的酷刑。

最後，我轉入紅色區域的一條大直路上。完蛋。這是一條沒有分岔路，卻有盡頭的大直路。

該死！該死！該死！

我沿路不斷推開倉門，希望其中一道接通另一條走廊，可惜裏面全部都是漆上黑色油漆的房間！沒有一間例外。馬經大叔説過，洞悉自己身在困陣不足以瓦解它，莫非「面對」才是離開的真正方法？

我再將未竟終站的經過想了一遍，當時離開方法是帶着信念跳出小巴。假如套用到這裏，我轉身望向自遠方快速襲來的黑色地板……或許正正是主動跳入黑色地板？

「桃桃唔驚你㗎！」我手腳震抖不斷，渾身大汗。時間不容慢慢考慮，我調整一下呼吸，要克服恐懼，就是面對它！

腦海忽然響起我臨入來，珩仔的承諾，我氣得朝天猛叫：「珩仔正一臭男人啊，桃桃唔會再信你㗎！」

　　我大步跑往黑色地板，眼看着自己與黑色地板的距離不斷拉近，説不害怕是假的，怎麼可以説不怕就真的不怕啊！驚覺步速漸漸減慢，我索性停了下來。

　　「啪！」就在此時，旁邊倉門被猛力撞開！

　　黑色身影如鬼魅般從裏面走出來，掠過我身邊，悦耳的低沉嗓音鑽進耳朵，「終於搵到你。」

　　珩仔毫不猶豫地站在我身前，獨力面對來勢洶洶的黑色地板。他走進噬魂赫茲？如何辦到的？還有，這可是我的恐懼，憑甚麼替我擊退？我震驚問：「呢度係桃桃地頭喎，你入嚟做乜？」

　　他沒回答，黑色地板只差幾步碰到他。他這是要與我並肩走進去嗎？還是帶了芳姐的黃符進來？我的腦袋混亂不堪，千萬個問題盤旋着。

　　正要撞上黑色地板一刻，珩仔下定決心，雙手握住斧頭，迎了上前。斧口砍向黑色地板，他擺出打高爾夫球的姿態，身體向左旋轉揯起斧頭，將斧頭由地面扯向天花板，連帶着黑色地板！

斧影化成一點點淡淡藍色光點，像煙花般迸發而出！這些藍色光點將黑色範圍剷出來，使之變成一塊黑色地毯一樣，整塊被斧頭俐落掀起！

這個畫面很不可思議，也很壯觀，整條走廊地板上的黑色範圍如同一條長長地毯，由珩仔為起點翻開，一直延伸去走廊盡頭。地板甩開黑色，回復原本的五顏六色。

一息間，珩仔釋放出來的點點藍光，宛若絢麗燦爛的星辰，鋪天蓋地佔滿整條走廊，不只地板，連半空中、天花板也有，十分壯麗！夢幻閃亮的藍色光芒，彌漫在整個空間，讓人真的好像淋浴在星河裏！

珩仔放下斧頭，回望我。他那映出星光的眼瞳，猶如反映璀璨星空的平靜湖泊，波光粼粼，湖面上閃出一圈圈藍光波紋。這是我人生中第一次覺得藍色也滿美的。

「夠義氣！」我上前捉緊他的手臂，順便摸摸結實肌肉，「果然係桃桃嘅靚仔排行榜 No.1！」

見他張嘴要說話，我期待聽到一些帥氣對白，完全沒料過，他正經八百凝視着我說：「保護桃桃，人人有責。」

我反應不過來，正在研究他是開玩笑抑或認真，包圍着我們的藍色星光逐漸轉暗，待到全部消失，迷你倉的天花板和地板變

回商場的模樣了。

「桃晴、珩仔！你哋都無事，太好喇！」芳姐眼紅紅，撲到我身上。我和珩仔回到潮流特區，走出噬魂赫茲！

我與珩仔並排平躺在地上，芳姐激動得雙手顫抖地扶我們坐起來，「首歌播到最後，真係差少少就播完㗎喇！搞到我個心離一離！」

「桃桃個心都離一離啊！」

芳姐識相地沒問我在裏面經歷了甚麼、為甚麼花那麼久都走不出來，這麼說來，包括她和馬經大叔在內，從噬魂赫茲逃出後，都對裏面的事隻字不提。

不是刻意隱瞞，而是⋯⋯光是回想都讓人萬分痛苦，這就是芳姐沒問我的原因。而且人人回憶不同，沒有走出困陣的通用方法，說不說出來，結果都一樣。

珩仔汗流浹背，正在默默擦汗。我把原本的打算說出來，「假設頭先桃桃真係跳入黑色地板，會唔會都走到出㗎呢？」

珩仔一愣，「最重要係你出到嚟，其他乜都唔重要。」果然是結果導向型的人會說的話。

「珩仔真係唔話得，」芳姐拍拍我的背，「入噬魂赫茲萬一救唔到你，佢連自己都會魂飛魄散㗎。」

我用指尖輕掃珩仔的手臂，「你真係唔怕死？定係話……你鍾意咗桃桃！都明嘅，桃桃咁靚，身材又好。」

「你變咗透明。」珩仔低頭擦汗，雙眼垂了下讓眼睫毛看起來更長。

「吓？」

芳姐倒是明白我不理解，解釋道：「432 赫茲樂曲播到邊度，同當事人狀態唔一定有直接關係。意思係，頭先首歌播到尾段，如果你心神夠定，身體依然係實色，隨時走到出㗎。相反，你已經變到愈嚟愈接近透明，好大機會首歌未播完，你嘅靈魂已經被吞噬。」

受噬魂赫茲攻擊，有兩個指標說明當事人狀況：432 赫茲樂曲和身體顏色，萬一像我這樣，到了歌曲尾聲，再加上身體透明，是實死無生的徵兆。

「你變透明嗰陣，成個商場都震晒啊，你睇！」芳姐指指周圍。我們身在地面層，通往樓下的電梯斷裂、地板石磚翹起、天花板破裂掉了下來，猶如發生過一場地震。芳姐肯定花了不少力氣，讓我們免於砸傷。

「多謝你啊，芳姐。」我說。我望向珩仔，嘗試換個說法，「桃桃嘅意思係，我還我、你還你，就算我再危險，你都無必要用靈魂做賭注嚟救我，除非⋯⋯嘿嘿。」

珩仔停手，抬眼靜靜注視我片刻，「你係幻境主人之一，你死咗嘅話，成條彌敦道崩塌，所有人包括我都會死。」甚麼嘛，原來是這個無聊原因。

「桃桃唔係想聽呢啲，講第二樣，」我噘嘴問道：「從來只有噬魂赫茲捉人入幻象，你係點走入嚟？」

他若無其事像在說別人的事，「我諗起喺駱駝工廈二樓，從宏青同碧晴口中聽到你死咗，見唔到你最後一面係我嘅遺憾。我知道死亡係你最大恐懼，諗諗下就入咗去。」

他站起身，向我伸手，「行啦，繼續留喺度，怪物話唔定再出手，中過嘅人又再中一次。」

◎ 37 異象

「都係，」芳姐附和道：「我哋三個人之中，有兩個人成功擊退怪物，應該可以解開朝流特區嘅封鎖。」

「呃！」我忽然想到一點超級重點！

珩仔側側頭,「嗯?」

「你喺噬魂赫茲入面叫桃桃做桃桃,今次無得抵賴喇!」我食指直指他。對於這些無關痛癢的話題,他依舊不回應,繼續走向鐵閘。不過在他轉身前,我好像捕捉到他的嘴角微微上揚。

鐵閘因為剛才的「地震」,像信禾中心那樣破破爛爛的,我們把它合力拉起來,走出朝流特區。珩仔仍未想出對付金羽使的對策,只是因為不能留在商場內,迫不得已回到彌敦道街上。

我們在鴉蘭中心附近找到宋江三人,金羽使依然凶悍地發動攻擊,相反,他們動作變得緩慢,漸漸體力不支。宋江和曹之澔跳到怪物左右兩邊的車頂,拉近雙方距離,射箭夾擊,箭矢飛到中途被怪風扇走。金羽使找到空檔,俯身衝向曹之澔,張開腳爪企圖抓住她。

「諗下好喇!」宋江換了斧頭,發出紅光的斧影時,已經抱着曹之澔跳離原地,讓怪物撲了個空。

在地上的馬經大叔已經力不從心,金羽使看準他揮舞的斧頭,剎那往天空飛去,躲開了攻擊。估計因為是金屬重量的關係,怪物飛得不高,目測最高飛到兩、三樓的高度。

「你哋咁耐㗎,阿叔唔掂喇!」馬經大叔見到我們,退出戰場,來到我們身邊。

「唔好入商場啊，噬魂赫茲似乎入侵到呢度所有商場！」芳姐提醒大家。

珩仔二話不說，敏捷地跳躍到車頂上，舉起斧頭撲向金羽使。金羽使感受到珩仔的氣場，在他埋身前騰起高飛。

不像馬經大叔受地理環境限制，珩仔助跑一段路在車頂大力一蹬！神色專注冷俊，動作流暢俐落，不帶半分猶豫，儼如靈活敏捷的獵豹。身體凌空，踩向旁邊的商場外牆借力，手腳並用爬飛，跳躍到怪物上方！

「啞——！」怪物震動翅膀，刮起猛風。

珩仔雙手舉着斧頭，拚上全身力氣，狠狠往怪物壓下去。風力成為阻力減慢他接近的速度，卻未能扇走他！

「嗖——」宋江與曹之澪見機會難得，瞄準怪物的眼睛放箭。

「桃桃駕到！」關鍵時刻固然少不了我，我提起錘子學珩仔跳上車頂，衝跑過去。

受到多方圍攻，金羽使不敢怠慢，大大展開翅膀，沒再拍動。嗯？

「呼！呼！呼！」牠沒有拍翼，傳出多聲巨響！

「小心！」在戰場外觀戰的芳姐大叫。

剎那間，漆黑夜幕恍如白晝般明亮刺眼，多道金色閃光自金羽使落下，密集有如雨水，降下漫天金雨！

「哇……流星雨啊……」我呆呆地望向天空。當金雨愈來愈接近，我赫然發現那才不是流星雨啦！怪物不知道受了甚麼刺激，忽然往四周發射羽毛，這些金色羽毛薄而鋒利，根本是一支支利刃！

「走啊！」「哇啊！」我們幾個一邊避開利刃，一邊跑離怪物！

「乜你咁唔好老脾㗎！」我背向牠跳回地面，一片金羽擦過，在手臂上割出一道見骨的傷口！瘋了嗎？？？

「啊啊啊啊啊啊啊啊，好痛啊！」我轉身跑進最近的鴉蘭中心避難。

「呢邊，」珩仔強行拉走我，在街上狂奔，「唔可以入商場。」

「應該一早 Kill 咗嗰魂赫茲先囉！」怎麼他的手濕淋淋？我回頭瞥一瞥，「哇！珩仔你無事嘛？」

比起我，剛才最接近金羽使的人是他，首當其衝手手腳腳布滿刀傷！他冷冷道：「無中致命傷。」

怪物忽然爆出羽毛雨，我們一行七人慌不擇路四散跑開，再次分開了。很不幸地，怪物再次追着宋江他們跑向太子方向。我、珩仔和芳姐並沒有因為怪物走開而脫離危險，該死的金羽雨不是直插落地，而是在我們身後死命追着，速度比金羽使本體更快！

「咩料，點解唔放過桃桃喎！」
經過山東街，芳姐在身後叫，「入內街先！」

珩仔腳步一頓，回身拉芳姐，「內街都唔得！」因為內街有無形牆，我們等同走入死胡同，到時反而更難走。三人繼續在筆直大街上奔走，明明遠離怪物這麼遠，那些金雨為甚麼還有能量追殺我們？

「O、M、G。」我突然想起怪物檔案的描述，金色翎羽具有追蹤功能！

既不可進商場，也不能轉彎，只能在大直路上，即是説我們成為暴露在外面的獵物！當然啦，如此小小的挑戰，怎麼稱得上Boss 戰呢。

除了滿天金雨的追殺，上天候地降下異象。圓圓掛在天空皎潔明亮的月亮，忽然被紅色一點一點地感染，化成一輪血月，泛着帶血紅色的光！

常常聽人説，當天上出現血月，世間必降凶兆，現在我親身

體會到了。起初我以為自己過度恐慌，導致出現幻覺，擦擦眼再看，血月不只變色了，還悄然無聲地往我們……砰、下、來？

這裏到底發生甚麼事？

◎ 38 月墜

雖然説月球比地球的體積細小幾十倍，但是被一整個星球撞上來，我們這些渺小人類瞬間化成灰了吧，又不是拍甚麼月球撞地球的災難電影！

不只我，連一向冷靜平淡的珩仔都收慢腳步，抬頭看如此詭異的血月。我敢説這比以往看過的科幻電影更光怪陸離，血月愈靠近我們，理應愈大，然而它整個砰下來時，還保持着我們原本見到的大小！甚麼嘛！

直到擦過前方的大樓頂層，血月仍然是差不多籃球大小！由於墜落速度太快，月球擦着火花燒毀所有擦過的石屎和玻璃，嘭的一聲直插彌敦道馬路，激起一陣碎石沙塵，深深陷入地面之內！

「*轟隆……*」撞擊力撞得地動山搖！我想上前察看，芳姐指着天空大叫：「仲有！」

「咩料啊？！」視線移往天空，我再度僵在原地。左右高樓擋住天空，只留一片細長夜空，可這就足夠了。足夠讓我們看得

清楚，上面所有星星如同失去黏力般，統統往下跌來！

「嘭！嘭！嘭！」星星砸向多幢大樓頂部，發出驚天巨響！可惡，這是轟炸機在轟炸城市好嗎？！

「咪住先，隻嘢會唔會誇張咗啲？」我問。

珩仔揚揚下巴示意我看身後，「唔似係金羽使做。」天降異象唯一的好處是，打落了許多緊追不放的金羽雨。我要是金羽使也不會發出互相抵消的攻擊，浪費自己力氣。

珩催促道：「唔好留喺度。」
我驚叫：「我哋去得邊度嗝？哇啊，唔好跑咁快啦！」

珩仔憑藉本能在落下的星星之間左穿右插，一顆顆泛着火光、高爾夫球大小的星星在我們身邊擦過，在地面鑿出一個個破洞！老實說我連路都看不清楚，「點會有咁多星星，平時桃桃連一粒都睇唔到囉！」

在我後面的芳姐居然還有心情說明，「睇唔到唔代表無㗎，係城市太光遮住星光咋。」

「桃桃唔係真係講緊有無星星啦，係問緊點解啲星星無啦啦跌晒落嚟啊？！」

芳姐呼吸急促，斷斷續續道：「地震、月墜、星落……恐怕意識世界真係唔穩定，係崩塌的徵兆。」

「好地地做乜崩塌？先前喺商場入面有地震，就話因為我同珩仔俾噬魂赫茲搞到情緒太激動啫！」

珩仔在豉油街轉入內街，跑落地底行人隧道，「唔知呢度有無無形牆，試下先。」

「試？桃桃條命好矜貴㗎！」我回望身後仍有不少金色羽毛。奇怪的是，我們衝落隧道樓梯時，金羽放棄追捕，紛紛飛走。

隧道未被星星壓塌，我們暫時先在這裏躲避。這條行人隧道橫跨彌敦道，連接砵蘭街與西洋菜南街，不是很長，走進去一眼看到底。

——正常情況下。此時整條隧道塞滿一隻隻金蛋。對的，不是復活節尋蛋活動的可愛道具，而是每隻跟大型行李箱差不多小大的大雞蛋，表面像是漆上啞面金色油漆。這裏起碼有好幾百隻金蛋。

我首先想到的是，驚喜果真一浪接一浪。

金蛋不是靜止不動，蛋殼薄得可憐，我甚至隱約見到裏面東

西的輪廓，在蛋裏轉來轉去、不時有手手腳腳撐出來的模樣。看這身體部位的形狀，再想一想第五關有甚麼生物，不難得出結論……

這些都是金羽使的金寶寶！金羽雨沒有飛進來，固然不是可憐我們，而是怕誤傷寶貝兒女！

「救命，桃桃要暈喇。」我選了與金蛋距離最遠的空地坐下。除了金蛋，隧道裏還有一些紙皮、舊衣和雜物，應該是流浪漢的家當。

芳姐湊近打量金蛋，「睇嚟啲蛋就快孵化完畢，呢班怪物二代隨時破蛋而出。」

我考慮完，決定用善念替手臂傷口止血，沒有完全治癒，基本消毒和包紮過就算，「桃桃情願喺度同班金色BB玩，都唔走出去俾堆星星壓扁囉。」

「芳姐，你頭先話天文異象係空間崩塌嘅徵兆？」珩仔脫去上衣讓我止血後，開始處理各處傷口。他坐在地上，用口叼着繃帶的樣子，意外地有點性感。

芳姐答：「封印呢度嘅陣法愈嚟愈弱，隨時崩塌㗎喇，你哋快啲諗辦法帶我哋出去喇。」她說過彌敦道結界碎裂是好事，我們更容易破開這裏、衝回現實世界。前題是我們要在空間崩塌前做到，否則，我們會跟隨這裏一同被毀滅。

「唔好講搵到意識空間出口，我哋俾金羽使同噬魂赫茲夾擊，唔死都難啦！」我說。被怪物夾擊本來就棘手，還要是兩隻紅色級別大爺，其中一隻更是無法消滅！

忽然一陣夾住沙沙雜音的音樂，在隧道裏戛然響起。

該死的 432 赫茲歌聲！

「呢度又唔係商場，點解會有 Music 㗎？」我跳起身，眼睛不斷搜索。

「哎啊，太大意喇！」芳姐指着我腳邊叫道。流浪漢的家當之中，有一台舊式收音機。

我問：「即係話，噬魂赫茲唔只入侵商場，而係所有有音樂播放器嘅室內空間？！」

自從金羽使出現，我便隱約覺得古怪，此刻終於想通了！先前的怪物包括百刺教，明明都緊追我不放，金羽使卻三番兩次地放過我去追宋江他們，這絕不是偶然，也絕不是我命大。

而是因為牠知道，噬魂赫茲才是我的天敵！
不僅是我，也是與我寸步不離的珩仔的天敵！

「啪。」可惜,我太遲察覺到這一點。這次被拖入噬魂赫茲的人是珩仔,音樂響起當刻就失去知覺倒下。芳姐蹲下來,「哎啊,珩仔唔暈得㗎。」

「係啦,起碼着返件衫先啦!」我扶起他,讓他枕在我的大腿上,趁機摸摸他的肌肉。他合起雙眼,讓人看不到眼裏往常的清冷和陰鬱,卸下所有戒備,似乎睡得相當安穩。我的手不由地輕撫他的頭髮,有股衝動想哄他好好入睡。

這裏看不見外面情況,也聽不見星星墜落聲,可能要跌都跌光了。換來的是雜亂腳步聲,以及與怪物打鬥的聲音。宋江大喊:「珩仔!桃晴!你哋喺邊?」

「隧道底啊,」我大叫,「珩仔中咗噬魂赫茲!」

「唔好入嚟,我哋諗辦法出嚟啊!」芳姐為怕他們衝動,站起來跑向樓梯上去,不過兩邊出口豎起無形牆困住我們,似乎要擊退噬魂赫茲才能解鎖。

馬經大叔叫道:「咁大鑊!珩仔死咗,我哋實一鑊熟啦!」

「顧桃晴,快啲整醒佢。」曹之澐命令道。

該死!最強戰士陷入昏迷,兇悍金羽使在外面捕獵,宋江他們又無法拖延太久,還有金蛋蠢蠢欲動。不消說,金羽使如此努

力，是為了捉住我們這班獵物，待金蛋孵化出來，就餵給這些金寶寶啦！

「唔得，」我問芳姐，「頭先珩仔點樣入我個幻象？我要入去救佢！」

芳姐愕然道：「你都知佢慣咗粒聲唔出㗎啦，佢望住你望望下就入咗幻境喇，我都唔知佢點做到！」音樂很快來到中段，珩仔的身體變得淺色起來！

「入去係九死一生，你要諗清楚。」芳姐按我的手，「即使珩仔曾經冒險救你，都唔代表你要用樣方式去回報佢。唔好怪芳姐多口，比起要你遇上危險，我覺得佢情願你唔好再入嚟魂赫茲。」

不行！不行！我緊閉雙眼集中意念，手心輸出的粉紅色光芒治好珩仔身上所有傷口，就是沒有將我帶進幻象。闖進別人的幻象，壓根沒有珩仔説得如此容易，這傢伙剛才肯定卯足全力來救我。

「點算啊，珩仔唔死得㗎，」我抬頭哭着大叫：「救命啊──」

「桃晴？」熟悉的男聲響起。
「細妹？」熟悉的女聲響起。

兩把聲音並不是在我的耳邊傳出，亦不是來自我們身處的空

間，四周好像安裝了多個喇叭，播出環迴立體聲。我錯愕地看向芳姐，她點頭表示也聽見了，一男一女的聲音傳遍整條彌敦道，聲音清晰，相信宋江他們也聽得見。

「家姐！宏青！」我激動得幾乎推開珩仔站起來，「快啲救桃桃出去啊！」

芳姐認不出聲音，但一路聽我們說得多，自然知道姐姐和宏青是成功走出意識空間，回到現實世界的人。宏青沒頭沒腦說：「我哋探病探咗咁多次，第一次聽到你講嘢咋！」

「宏青，等我講。」姐姐打斷他，語速焦急，內容有條有理，簡單幾句交代我和珩仔的狀況。姐姐說自從離開駱駝工廈，我和珩仔這些本來「死」去的人，在現實世界的肉身並沒有死亡，只是陷入昏迷狀態。

她將我的身體由澳洲接來香港，安排我與珩仔住進同一間醫院，而她與宏青天天來探望我們。此際握着我肉身的手，她聽到我說話的聲音，估計因為陣法不穩定，意外讓現實連接到意識空間，怕這種難得時機隨時消失，不聽我描述這裏的經過，把握時間告訴我重要資訊。

她說：「司徒師傅同陳又廷嚟過好多次，佢哋感受唔到你哋身上生出般若。估計我同宏青嘅般若，喺死前將你哋拖入另一個意識空間。而呢個意識空間，單靠你哋嘅惡念維持，所以陣法好

脆弱，人類意志夠堅強，絕對衝破到！」

「家姐，你講就輕鬆。」

「我唔知你哋身處喺咩樣嘅意識空間，但你哋有絕對能力更改規則，唔經惡念嘅原定出口離開，試下自己製造出口，提早走出去！」

「乜嘢製造出口啊，唔通叫鈴芽嚟開門，再叫關門師嚟閂門咩？」

姐姐或者聽不懂我說甚麼動畫，沒回應，逕自說：「另一個方法就係撳出陣眼……」她的聲音逐漸變得斷斷續續，「你哋諗下有乜異常、而又一直跟喺身邊嘅異常物件，搵到就整爛佢！」

「家姐？我聽得唔清楚喇！」

「……細妹，聽唔聽到？」姐姐急問：「宏青……連繫開始斷開……我哋喺現實世界……做得唔多，會叫司徒師傅同陳又廷……作法……」

我最後聽到的，是宏青不負責的話：「你哋自己諗辦法啦……Bye！」

「喂！家姐！宏青！」我仰天大叫，可惜再也聽不見他們的聲音。氣死人了！難得可以對話，卻沒甚麼實質幫忙嘛！

再次看向珩仔，他的身影變得更透明了，歌曲也來到尾段！不，他有提過如何進入幻象救我！要知道當事人身在何處！那麼，若然是珩仔……金羽使爆出羽毛刀片時，珩仔有那麼一刻愣住，才使得他滿身割傷。

因為金翎羽雨跟闔限夢核的必殺技相似！

珩仔心底最恐懼的經歷，跟我一樣都是死亡！所以他的所在地……我找來剋星，手心按着珩仔額頭，拚盡所有意念！珩仔，這次我肯定可以鑽入惡夢來救你！

我不准你就這樣輕鬆死去，畢竟……以為用士多啤梨奶，就足以當作報酬來敷衍我？

「你——太——Hea——喇——！」

絢麗夢幻的光芒眩目乍現，將整個世界染成粉紅色。

◎ 39 入夢

熟悉又討厭的環境，一道道紅色倉門……我再次來到迷你倉走廊、闔限夢核裏面！面前有兩個人正陷入激戰，不見姐姐和宏青。

「等咗你好耐喇。」珩仔蒼白嘴唇彎起帶點自嘲的苦笑，深沉雙眼裏有我看不懂的情緒。在我出現的瞬間，他錯愕了一下，似乎沒料過我真的進入噬魂赫茲來救他。

「霍！」猶如長鞭一樣的佛珠串，陡然竄向珩仔。珩仔不敢分心，急急跳起閃到牆邊，佛珠串打中他剛才的位置，擊碎地板石塊！

手執佛珠串的是年老和尚，身穿鮮艷黃色袍，外披紅色袈裟，身架瘦瘦巴巴，整個人又乾又黑。我舉起錘子咬牙切齒道：「臭和尚！」

他便是殺死珩仔的臭和尚！闖限夢核的化身！珩仔的腳步很亂，看來想趕在臭和尚使出必殺技前幹掉他。

事與願違，臭和尚見到我，臉上扯起難看陰險的笑容，雙手各拿佛串珠一端，高舉起來，用力扯斷！佛珠串登時斷裂飛散，佛珠粒儼若一顆顆子彈，朝四周發射！

「呼！呼！呼！」滿天佛珠，高速飛襲而來！這是臭和尚的必殺技！

珩仔這次沒像之前那樣逃走，雙腳釘在地上，不斷揮舞手上斧頭，替自己和我擋去所有佛珠。佛珠數量實在太多，珩仔就算

有善念加持，仍然有漏網之魚，一粒佛珠成功越過斧影，向他的心口筆直奔去！

完蛋！

臭和尚實在太狡猾了，不，應該說經噬魂赫茲改造的臭和尚，似乎預料到有人進來救珨仔，一直等着不使出必殺技。當我出現才使出，是知道以珨仔的性格，汲取上次教訓，一來不會逃走，二來會以自身擋着佛珠來保護我。

這樣，臭和尚可以鑽這個空隙，再次殺死珨仔！我厲聲一叫：「小心啊珨仔！」

我走得進來，自然有信心對付這個臭和尚啦！自知沒實力，我繼續躲在珨仔的庇護中，推臭和尚的剋星出去。

「靈寶符命，普告九天，乾羅達那，洞罡太玄，斬妖縛邪，度人萬千。」唸咒語的聲音低沉而細聲，我不是聽得很清楚。唯獨最後五個字，厲聲一喝：

「急急如律令！」

白光耀眼柔和地乍現，照亮整條走廊！包括直擊珨仔心臟的那粒，所有佛珠像遇上極度堅硬的護盾，被擋在白光範圍外，統

統轆哩啪啦跌落地上。

「芳姐！」我不禁大叫，「你真係我哋嘅 MVP ！」

沒錯，不管臭和尚還是噬魂赫茲，牠們的剋星就是芳姐。我入噬魂赫茲的幻象前，一手撫珩仔，另一手與芳姐十指緊扣，強行帶她一起進來！臭和尚浸泡在白光之中，再也抵受不住芳姐花盡力氣的能量，吐血失亡。雖然芳姐之後應該要休息好一陣子，但救到珩仔，我心中這個如意算盤打得好。

【怪物：擊退】
名稱：噬魂赫茲
危險級別：紅色

「珩仔，我勁過你喇！」不只自己入夢，還可以帶其他人來，「桃桃係咪好勁呢？」

芳姐保持雙手結印的動作，「衰妹，都話咗有危險，你自己入嚟都算啦，仲逼我入嚟！而且，出力嗰個明明係我。」罵歸罵，她臉上展露欣慰與慈祥的微笑。

珩仔見危機除去，轉身往我們走來。白光持續着，並不刺眼，亮度剛剛好，十分溫和。他被白光包圍着，襯得肌膚更白晳、身上紋身更顯眼，步速不疾不徐，漾起帥氣好看的淡笑，讓孤清的眼神強壓下讓人難以捉摸的洶湧情緒。

「係，桃晴最勁。」珩仔垂眸凝望我，語氣不像在挖苦。

我被他直勾勾的看得有點不自在，別過目光，「咁、咁記得下次唔好諗住用包飲品嚟敷衍桃桃啊。」我自然感受到他對我有些與別不同，始終我們是生死之交，宏青算是我半個姐夫，珩仔替摯友照顧妹妹也是應該。

白光漸漸消散，我們回到彌敦道的行人隧道。432赫茲樂曲停止，珩仔起身穿回上衣，劈頭問芳姐：「一物治一物，你知唔知用咩可以剋金？」他想出一物治一物，相信從我請芳姐擊退噬魂赫茲取得靈感。

聽完芳姐的話，珩仔踢着長腿帶頭走出行人隧道。我從側邊看向他，見到他冷俊臉龐勾起倔強傲氣的冷笑。他說：「既然唔可以走入室內空間、唔可以落地底，反正怪物飛得唔高，咁我哋咪學下點樣飛，學下點樣⋯⋯」

如果從其他人口中聽到這些話，我會覺得妙想天開和不自量力，可是由兩三下功夫就躍到怪物頭頂的珩仔說出來，充滿說服力，令我感到信心十足。

他一字一頓的語音，擲地有聲，「討、伐、金、羽、使。」

二十分鐘後。

「阿叔唔得喇，救命！救命啊喂！」穿着笨重衣物的馬經大叔在馬路上，於車與車間穿梭，全速往前衝刺。

「啞——」金羽使張開兩爪，保持低飛，試圖抓他。天上星星盡數掉落，天文異象暫時停止，地上留下一個個坑洞，不少地方冒火。

「哇！」跑到信禾中心附近那間馬會門前，馬經大叔遭坑洞絆倒腳，往前趴去！金羽使就等這一滯，即時俯衝！

「依家！」潛伏在馬會樓上大廈外牆的宋江大叫。與他並排的珩仔應聲跳下，二人奮不顧身地騎到怪物身上！珩仔負責用斧頭狂砍怪物後腦，宋江則急急將所有重物纏在怪物身上。

「桃桃 Show time！」與此同時，我上前握住馬經大叔的手，將他拉走，「乜你咁重㗎，食少支煙啦！」

「關食煙咩事！」滿身大汗的馬經大叔雙腳借力，讓我拖得輕鬆一些，遠離怪物。怪物被珩仔、宋江和重物的重量，壓向地面。地上放置了鐵板，兩者相撞發出重物的悶聲。

「桃晴，記唔記得遊隼嘅獵食方式？」——二十分鐘前，大家收集物資時，珩仔問我。

他曾將曹之澧比喻為遊隼，說這種鳥類擅長以高速俯衝撞死獵物，連很多比牠體形大、更凶惡的猛禽，有時都不是牠的對手。當中包括，自古許多國家用來象徵勇猛與權力的鷹。

珩仔與宋江固然沒有天真到，以為這麼一壓就能撞死金羽使，他們純粹出其不備，將牠撞向地面。十秒，不，停留五秒就夠！

五秒！

芳姐看準牠落地一瞬，從馬會衝出來，將汽油盡數倒在牠身上，「芳姐埋位，你哋走得！」

珩仔二人連同怪物掉下來，汽油也淋到他們，聽見芳姐指令，二人不敢久留，幾乎在落地剎那就跳開。

四秒！

芳姐之前說過金羽使五行屬金，而火剋金。烈火熔解金屬，就算金羽使與 SCF 資料指的純金有些不同，起碼也有懼火屬性。不過啦，提出這個作戰方案時，珩仔若無其事地補了一句：這只是測試，試試火攻對金羽使有沒有效。

事先墊在地面的鐵板下，有多個火源將鐵板燒得熾熱，馬經大叔穿上從消防局拿來的防火衣，跑得緩慢，但不會被鐵板灼傷。

「嚶嚶嚶嚶嚶嚶!」跌在鐵板上的金羽使痛得仰天長嘯!奏效!

三秒!

當時珩仔説完這個草草定下的計劃,第一步是將金羽使放在鐵板上。大家正在思考究竟行不行通,我第一個作出反應:「桃桃諗起韓燒,燒雞扒。」

光用燒紅了的鐵板,充其量燒傷金羽使,並不能燒熟牠,下一步我們出動鷹的天敵:遊隼。

馬會樓上,穿水手校服短裙的少女踏出,微風揚起烏黑絲滑的長髮,在背後左右飄搖,裙擺翻飛。冰冷淡漠的眼瞳映出樓下怪物金燦燦的身影,曹之澪這張清麗帶點稚氣的臉,拉弓時泛起與年齡不符的凌厲。

渾身肅穆殺氣凝聚在雙手,讓人產生她正要釋放猛禽出籠的錯覺。帶着火光的箭頭在黑夜顯得渺小,卻頑強!

之前宋江學射箭時,曾驚訝以曹之澪這樣纖細的身形,居然夠力拉開大磅數的複合弓,她解釋這是靠負重訓練。此際,我見識到這些刻苦鍛煉,不僅彌補她的先天不足,還塑造出強大的意志力和毅力。

兩秒!

金羽使在滿身滿地汽油的情況下，一時未能站好，意識到頭頂傳來濃烈殺意，登時反抗。計劃直到這一步都沒有出錯，我們所有人完成任務，為了爭取這短短的利那給曹之澪。

怪物陷入倒滿汽油的地方，而我們無法接近，需要一位站在安全距離下最快速點火的人。目標範圍如此大，對射箭準確度極高的曹之澪來說，一點難度也沒有。成敗，看她。

一秒！

「嗖——！」帶着火光的箭，混合神秘華貴的紫色光芒，畫出優美俐落的弧線！

◎ 40 代價

偏偏在曹之澪放箭的一秒之間，金羽使展開雙翅。關於這點珩仔早已想過，金羽使意識到走不及，很可能爆發翎羽利刃，最接近的曹之澪勢必成為犧牲品。所以我們為她搭建有幾道鐵板包圍的臨時庇護所，這只能勉強支撐很短時間，之後我們會爬上去救走她。

曹之澪並沒有見到怪物展翅而退縮，然而牠接下來的行動卻遠超我們所料。沒有漫天襲來的金羽雨，牠集中力量在僅僅一片金色翎羽上，翎羽變得特別銳利和快捷，以恐怖的速度和力度準確地插中……

「嗚啊啊啊啊啊啊！」宋江痛得五官扭曲，跌倒在地！金羽狠狠貫穿他的小腿，止住腳步，逼他停在怪物的不遠處。

萬一起火，以這個距離來說，很大機會讓滿身汽油的宋江一同葬身火海！怪物要拖着宋江一起燒死！

不不不，我還是想得太簡單了。曹之澪在宋江落地瞬間，輕輕驚呼一下，下意識將放箭的角度偏了些許。

失之毫釐，差之千里。

箭矢落在遠方，碰不到金羽使！怪物不是要同歸於盡，而是抓住曹之澪的軟肋！

作戰方案失敗，所有人腦袋都空白一片。珩仔身手敏捷，早已跑離宋江，來到我、芳姐與馬經大叔這邊，站在外圍；宋江躺在接近金羽使的位置；曹之澪在馬會樓上的大廈外牆。

金羽使得知逃過一劫，率先反應過來拍動翅膀，嘗試起飛離開鐵板，腳爪還不忘抓住保命關鍵：宋江！爪子牢牢抓緊宋江的右手，飛起來！

「喂！一個二個唔好發呆啦！」宋江朝上亂揮斧頭，角度讓他使不出力，整個人被鷹爪吊起，離地飛走！

「仔！阿爸喺度！」馬經大叔跳起撲向宋江，僅僅來得及捉住他的小腿，剛好抱住被金羽刺出血洞的左腳。

「嘶！好痛啊！」宋江像個女人失聲尖叫。

「桃桃都幫下手啦！」儘管知道他很痛，我還是忍不住噗哧一笑，跟着馬經大叔上前。金羽使氣力驚人，帶着宋江飛起來，掛在宋江腳下的馬經大叔，連帶被抬起至半空。我跑過去，恰恰捉住馬經大叔的腳踝。

「哇啊！桃桃又 Fly 喇──」繼宋江和馬經大叔，我很快也雙腳離地！我期望在我之後有珩仔拉住，他總在危急時刻現身救人，加上他身體重量，還有本來纏着怪物的重物，足以重新拖金羽使落地吧？冷不防，我人已經高高上升，仍然沒人來抓，「人呢？」

「桃晴！等等我，隻腳伸落啲！」不見珩仔，芳姐在我身下方，不斷跳高卻碰不到我！

「芳姐你會唔會跑得太慢啊，小小嘢都做唔掂！」我在情急之下，脫下可愛非凡的心型小手袋，扔給芳姐讓她抱住，我則拉着肩背帶的另一端。割愛讓出手袋，我的心猶如插上千萬把刀。

芳姐成功捉住手袋，另一手拉着旁邊的欄杆，才穩得住我們幾個人，免被金羽使捉上天。這意味着芳姐須要與怪物角力，否則鬆手就連自己也被帶走，也意味着我心愛的手袋，隨時在拉扯

間遭撕碎、肩背帶斷裂。

　　我叫：「放手啊，唔好整爛桃桃個 Bag 啊！」
　　身上的馬經大叔與宋江異口同聲道：「唔好放啊！」

　　芳姐不肯放，金羽使也不肯放過宋江，扯着我們奮力往上飛起。我好像離地愈來愈遠，這種半天吊又左搖右擺的晃動讓人很不舒服，肚底湧起作吐的衝動。

　　要拉起宋江、馬經大叔、我和芳姐合共四人的重量，這隻臭鷹的力量未免大得太誇張吧！至於牠為甚麼情願與我們如此僵持不下，也不肯放開宋江飛走，是因為牠知道，鬆開宋江當刻，曹之澪就再沒有顧忌，馬上送出火箭，燒死滿身汽油的金羽使。

　　「點搞啊依家？」我的視線掃視腳下空間，沒有珩仔的身影。那傢伙絕對不會拋棄我們，但他要想辦法救人，拜託可以快一點嗎——！

　　「珩仔，快啲扯我落嚟，否則前功盡廢啊！」宋江在我們頭上噴出大堆口水。

　　馬經大叔焦急道：「係啊，怪物喺呢個火攻陷阱走得甩一次，唔會再上第二次當喇！」

我腳下的芳姐也喊道：「快啲斬斷怪物隻腳啦！」

既然人人出聲，我也不吃虧附和道：「無錯，斬甩宋江隻手就得㗎喇！」此話一出，他們靜了下來，往我投以奇怪的詢問目光。

「我唔夠力喇！」芳姐忽然大叫。該死，她剛從噬魂赫茲內救出珩仔，現在不夠力氣與金羽使角力！

「嗚哇！」她握着欄杆的手鬆了鬆，我霍地往上升了升！再這樣下去，我們整串人鏈都會被怪物抓去餵那些金蛋寶寶啊！

「上、上面啊！」最上方的宋江大叫。珩仔從地面消失，原來跑進馬會所屬的大廈裏面。十幾樓其中一個單位打開玻璃窗，他穿過窗戶往地下縱身一跳！

曹之澪、宋江與珩仔三人之前可以走進大廈、爬出外牆，是因為珩仔曾經來過十幾樓中的獨立書店，所以大廈沒有無形牆，讓他們出入自如。

想起珩仔曾說討伐金羽使先要學飛，可我沒有心理準備要被怪物掛起半天吊，也沒料過珩仔做空中飛人？

「起——陣——！」衝力將珩仔的頭髮吹往後腦，連聲音都被

風輾得支離破碎，可是緊握斧柄的雙手穩住了！

斧刃與空氣摩擦出尖銳的刺音，光芒從刃口躍出，幽幽藍光映照在冷俊臉上，形成一陣眩目極致的螢藍色風，在暗淡失色的夜幕中，由上而下急速掠過。

「咣！」珩仔猛地斬斷怪物的爪子！金爪連同宋江，脫離怪物！

「嗯嗯嗯嗯嗯嗯！」怪物受到重創，不敢戀戰，轉身飛走。

為了不讓它逃脫，珩仔利用高空下墜的衝力和自身的力量，與怪物一起撞向地上的鐵板，「曹之澪，困鷹火陣起！」

另一邊廂，在宋江脫離怪物時，芳姐捉緊時機，以手中欄杆為圓心，身體借力一甩，拋開肩背帶連同我、馬經大叔、宋江這串人鏈甩開，以免我們跌落在鐵板上。賠上的代價沉重得讓人悲痛欲絕，芳姐粗暴的手法，撕裂了我的寶貝手袋！

「唔得啊！珩仔仲未走！」我倒在地上，未看清鐵板那邊發展，率先大叫提醒。

馬經大叔扶起我，「珩仔！快啲出嚟！」

曹之澪表面看來冰冷疏離，卻跟宋江一樣，對珩仔抱有絕對

信任。如同忠誠的將領，珩仔的命令一出，她應聲一箭射出，精準地撲向怪物。箭頭雖然沒有插入體內，不過帶着火種成功燃起怪物身上汽油！

「蓬！」火球在空中轟然爆炸。

「嘥——！嘥——！」金羽使跌在鐵板上，剎那捲入衝天猛火之中。牠與珩仔浸泡在火海和濃煙之間，我看不見裏面實際情況，只見怪物身影掙扎不斷，痛苦不堪，唯獨沒有珩仔的身影！

我舉目四望，火海內外都沒有他的身影！

「珩仔！」我急忙衝撲上前。

「桃桃，唔好去啊。」馬經大叔拉住我，制止我跳入火海。

火光照得宋江滿臉通紅，淚水滾滾而下。他強壓下崩潰的情緒，咬牙切齒道：「你聽唔到大佬講乜咩，起火陣啊！」

呃，對了，實力強大的金羽使仍未死去，為了防止牠逃走，我們必須封住鐵板四邊。我、宋江、馬經大叔和芳姐四人，每人佔鐵板的東南西北各一方，站在高處的曹之澪負責上空，我們五人發揮好比人牆的作用，擋住鐵板上的金羽使，不讓牠離開鐵板上的火場，將牠困在火海裏活活燒死！

「珩仔呢，仲未出嚟嘅？」眼前有火牆擋住，我無法掌握裏面的情況。按照原定計劃，沒有宋江被怪物抓起、曹之灣射箭失誤的話，此刻的珩仔應該與曹之灣同組，制止怪物飛起。

一開始遭淋汽油的除了怪物與宋江，還有珩仔。困鷹火陣展開瞬間，珩仔為了阻止怪物飛走，不惜利用自己將牠拖入烈火，他該不會⋯⋯真的來不及逃走吧？

◎41 浴火

顧不上珩仔，怪物忽然從我這邊衝出來，突破困鷹火陣！

「桃桃，頂住啊！」隔着大火，對面的馬經大叔大叫。趁怪物攻向我，另外三方的馬經大叔、宋江和芳姐把握時機，瘋狂倒汽油和火酒等助燃物，出動火槍不斷加強火勢。

「臭雀死返入去啊！」我唯有揮舞平底鑊死守這方。我們手上的平底鑊，是從 Susan 的遺物找出來。明明有更好的防具，芳姐堅持帶上平底鑊，認為 Susan 終究留下一些善念的殘力，保護我們。

「嚶──！！！」金羽使撲向我之前，已經是垂死掙扎的狀態，我並用錘子和平底鑊，將牠重新打入火陣。痛苦的長嘯傳遍整條彌敦道，震得地板微微震動。

經過數次逃出不果，怪物最終耗死在這場火災中。不是燒焦的屍體，也不是熔成金漿，金羽使的身體化作一點點粉末，飄散在空氣中。濃煙散去，金粉躍動在烈火間。下一秒，火中好像有甚麼東西，類似吸塵機般，一下子將四散的金粉吸了入去。

　　火海裏，人影晃動。

　　那人全身綻放柔和的金色光芒，從熊熊大火裏緩緩走出來，身體沒有絲毫燒傷的痕跡。他垂下眼簾，淡然平靜的神色，讓金光襯托出聖潔的氣息，視背後凶悍猛烈的火勢於無物。

　　宛如浴火重生的鳳凰！

　　「大佬？」宋江難以置信地高呼，「你、你無事！」

　　珩仔一邊走出火海，一邊將裏面剩餘的金粉吸出來，一縷縷金煙鑽進他的嘴角。他將金羽使轉化的金粉吸入體內，所以沒有被燒死？

　　「火能剋金，金多火熄，」芳姐在我耳邊喃喃自語，「火旺，金受損；金旺，則火受制，五行相生相剋。」甚麼嘛，這是哪來的馬後炮，害人瞎擔心一場！

　　「珩仔，歡迎歸隊！」馬經大叔豪爽地拍拍肩膀。曹之灃從高處跳下來，向珩仔點點頭。

「Welcome back。」我忍住喜極而泣。

宋江在珩仔身上東摸西摸，「大佬，你依家究竟係人定鬼？」

「做得好。」珩仔拍拍他的肩頭。

宋江頓住開玩笑的嘴臉，抿嘴點頭，像隻温馴小狗，「嗯！」

珩仔巡視大家，見沒人受重傷鬆了口氣，靜靜站在我身邊。宋江拿開仍然抓緊自己手腕的鷹爪，扔到火裏。珩仔與我並排站着，等待鷹爪燒光。

「咁樣滿唔滿意？」忽然有件東西遞到我的眼前，珩仔的語氣依舊輕描淡寫，神色依舊若無其事。我接過他送的東西，感受當中重量。

「O！M！G！」那可是最新的限量版星型小手袋，珩仔還刻意挑了超亮眼的桃紅色！

先前我罵過他用士多啤梨奶作報酬太敷衍，沒料過他真的聽進去！救命，看向他完美的側臉，火光下眸光瀲灩，我怎麼可能不滿意呢！

【怪物：死亡】
　　名稱：金羽使
　　危險級別：紅色

為表接受報酬，我即場換手袋，將那個殘破不堪的舊袋扔進火裏，讓它與鷹爪齊齊葬身火海。新一輪地震再度開始，每次地震幅度加強，這次搖晃得更誇張，震碎不少大廈外牆，甚至有些建築物抵受不住，倒塌下來！

「今次有啲唔尋常。」芳姐仰天觀察，嚴肅認真道。

「一睇都知唔尋常啦！」我雙手抱頭吐槽道。

馬經大叔抱住宋江，閃過砸下來的石塊，「喂，依家點算啊？」

曹之澐與珩仔跳上車頂，尋找安全地方。整條彌敦道地動山搖，高樓大廈化成豆腐粉碎下來，沒有一處經得起猛烈地震。宋江睜大雙眼，「碧街！你哋望向嗰邊！」

我們面前的火焰，結合鷹爪轉化的金粉，恍如一陣旋風直奔往碧街方向，撞上無形牆，燃燒起來。烈火逐漸燒毀透明無形的結界，在半空中打開洞口。白光自洞口穿出來，看不見洞外有甚麼，感覺不似是彌敦道？我們目瞪口呆，馬經大叔問：「唔會係通去另一個意識世界啊嘛？」

碧街原定是這關出口，成功擊退噬魂赫茲、消滅金羽使，我們夠分過關。火焰破壞無形牆，開通新地方，這是惡念的手筆，引誘我們離開彌敦道，到達另一個意識空間？

抑或，困住彌敦道的陣法不穩，地震幅度說明陣法瀕臨破碎，說不定我們討伐怪物削弱惡念力量，加上誤打誤撞破壞了陣眼，所以……白光洞口是通往現實世界的出口？

◎ 42 最終章

「芳姐，你點睇？」珩仔拿不定主意。

她怔怔看着前面，「我感受唔到善意或惡意。」我不怪她，她的能量應該尚未回復。

燃燒鷹爪的火焰減弱，金粉似乎出現燃燼之勢，碧街無形牆本來樓高幾層的大洞口，開始收窄。馬經大叔猛然想起，問：「頭先你哋喺行人隧道度，我聽到宏青同碧晴傳音入嚟。唔通呢個洞口，就係佢哋講嘅呀？」

當時我、珩仔和芳姐被困在行人隧道裏，姐姐曾提過雖然惡念有設置意識世界的出口，但我們可以突破缺口，自行製造出口。莫非，我們真的誤打誤撞找到出路？

馬經大叔催促珩仔和曹之澪：「喂，快啲決定啦，趕唔切喇！」

來到這時，我們不須多問誰去誰留。反正要留下來，全部人一起留下；進洞口，也是全部人一起。這無關幻境主人離去讓彌敦道崩塌，單純因為有股力量凝聚我們。而這股力量，芳姐的叫

法是念力或善念，我則稱之為信任。

「一試無壞。」站在車頂的曹之澪抬頭望天，多件着火的雜物與石塊在她身後噼啪墮下，腳下車輛猛烈搖晃。唯獨她的身影屹立不動，雙眼流轉豁然坦蕩的傲氣。

眾人不問因由，在她語音一落，齊齊舉步直奔白光洞口！背後猛地傳出多聲類似玻璃爆裂的巨響，不是大廈玻璃窗破裂那種普通程度。回頭一看，天上景象讓人找不出語言來描述，震懾得我想不出先問甚麼。

這些到底是甚麼？發生甚麼事？為甚麼會這樣？

「啞！啞！啞！啞！」比詭異的天文現象更恐怖，身後那片夜空，此際被滿天金燦燦的雛鷹佔據！那麼，剛才的爆破聲……就是豉油街地底隧道裏的金殼破開，金鷹寶寶破、蛋、而、出！

該死！這關怪物可以不玩買大送細的優惠套裝嗎？

金鷹寶寶的身形比金羽使細小，仍未掌握如何飛翔，但終究是凶殘無情的怪物啊！還要是剛剛出生，飢腸轆轆的初生怪物！我們是這裏唯一獵物，更不要説是燒死金羽使的殺父或母仇人。

縱使不確定牠們知不知道我們與金羽使的恩怨，總之，幾百隻怪物傾巢而出，瞄準我們奔襲而來！

「救命啊，桃桃唔想死啊啊啊啊啊！」我跟隨大家全速狂奔。從這裏出發，到達碧街不過兩、三百米路程，卻因為沿途滿地有星星墜下的坑洞，加上忽然從天上掉下來的雜物，彌敦道變成四處起火的無間地獄！

沒用的宋江更因腳傷，跑得最慢。一隻金鷹找到破綻，旋即俯衝向他，張開腳爪！我回身擲出錘子，撞開金鷹，「你究竟想俾臭雀夾走幾多次啊？」

「蓬！」刺眼火光爆出，馬經大叔擋在宋江身前，朝天打開火槍，灼熱火龍席捲而上。

「嘰——！」金鷹腳爪瞬間碎成金粉！

我稱讚道：「Good job！」

馬經大叔推開宋江，「行啦，仲企喺度！」

好不容易跑到碧街，洞口已經縮細得一道門的大小，我們深呼吸一下，陸續走進去。芳姐作為第一人，臨踏步進去前，臉上漾起和藹親切的笑意，連皺紋都變得好看，「芳姐入去先喇，我哋喺另一個世界再見。」

「咦，老豆呢？」宋江牽起曹之澍的手，走入洞口回頭才發現，馬經大叔並沒有跟着我們一起逃跑！

他在我們身後不遠處停下，高舉火槍，築起一道高高火牆，紅紅火光混合黃色光芒，成為堅不可摧的保護網，將怪物們隔在後面。跑得最慢的宋江之所以沒再被攻擊，因為有馬經大叔。我嘆道：「原來馬經大叔都有型棍嘅一面。」

馬經大叔回望我們，響亮嗓音說：「你哋行啦！」

「Again？」我提高音量。他已經在駱駝工廈死過一次，來到彌敦道還是逃不過死神？不會吧！

火牆之後，萬獸齊襲。

怒火衝天，漫天閃閃金粉儼如雨粉般紛紛飄落。馬經大叔帶點笨重的身軀，隻身擋在一切災禍前面，如同大多數父母一樣，笨拙，而無畏。曹之灣攔下舉步跑回去的宋江，「唔好辜負你爸爸嘅犧牲！」

馬經大叔擠起爽朗的笑容，對宋江說：「老豆無本事買啲貴價嘢畀你，呢份就當係我最後送畀你嘅禮物啦！」

他之前的確嚷過，要買甚麼甚麼最新款手提電話，作為宋江的生日禮物。我左右張望，不見他把禮物拿出來。珩仔似乎怕我打擾兩父子，趕在我發問前，告訴我馬經大叔送出的，是世上最珍貴、無價的禮物。

——以命抵命的「活着」。

「我唔要禮物啊！」宋江痛哭咆哮，「我淨係要你過嚟！」

多隻金鷹不斷衝擊火牆，馬經大叔自知撐不了多久，「衰仔，你應承過我畀乜你都要收㗎！聽話啦，我望住你入去，隨後就到，行啦！」

我說馬經大叔你啊，逞強也要看情況，眼下金鷹無法攻擊全因火牆，只要馬經大叔一停火，瞬間就撲向他，他絕對來不及跑過來啊。珩仔懂得這個道理，趁曹之澪毫無防備，一把推她入洞口。結果如他所料，為確保宋江安全，曹之澪死命不放開宋江的手，硬拖着他一同入去。

「老豆！我——等——你——！」宋江伸手想抓住些甚麼，在消失前留下這句話。告別，從來都來得猝不及防。

沒有後顧之憂，珩仔走向馬經大叔，「你用最快速度跑過嚟，我可以擋住怪物。」

「你幫我睇住個衰仔就夠，」馬經大叔笑得開懷，「我唔會永遠留喺度，諗諗辦法走啦。」

彌敦道幻境主人是我與珩仔，不論洞口將我們送往另一個意

識空間也好，現實世界也好，彌敦道都會瓦解，留下來的馬經大叔只有跟隨一同葬身的下場，永遠走不出去。

馬經大叔會這樣說，算是最後的安慰吧？此刻我完全體會到，宋江真的有個好爸爸。馬經大叔說：「本來我就應該喺駱駝工廈度死咗，入嚟雖然又同班怪物打過，但見到個仔最後一面，都算係老天爺圓我最後心願啦。」

火槍的燃料終究用完，火牆失去火力，僅靠馬經大叔輸出的黃光支撐，脆弱了不少，一隻隻金鷹突圍而出，向我們飛撲過來！

「走啊！」他的呼喝聲淹沒在黃光和怪物之中。

珩仔的腳步一頓，瞳孔顫了顫，眉頭皺起，身上溢出殺意，加快腳步衝過去。我登時捉住他的手，「佢無得救喇，我哋都要走，再唔走個洞口就無喇！」

「馬經大叔，再見。」沙啞聲線帶着不甘，珩仔無奈地在漫天金粉下，匆匆與他告別。

回到洞口前，珩仔垂眼看向我。又來了，凝望我的黑眸裏，翻滾着一種我看不懂的複雜情緒，灼灼目光燙得我渾身沸騰，絕不是因為周遭炙熱的空氣。

「桃晴，」他向我伸出修長的手，語音變得溫柔鎮靜，「我喺你入噬魂赫茲前嘅承諾，仍然生效。」

當時那番話再次在我的耳邊響起，使我懸在半空的心剎那間安定下來。笑意在唇角綻放，我把手輕輕放在他的手上，「有你喺度，桃桃根本無 Worry 過。」

珩仔牢牢握緊我的手，帶我齊齊跨步進入白光洞口。

洞內沒有天空，沒有地面，是一片混沌空間，我的雙腳沒有着地的感覺，亦感受不到下墜的離心力。

絲絲白光穿破灰濛濛的霧氣，傾瀉下來，照亮暗淡不清的空間，掀起讓人睜不開眼的光幕。

光明，大放。

「無論喺邊，我一定搵到你。」

－《彌敦道禁區》全書完－

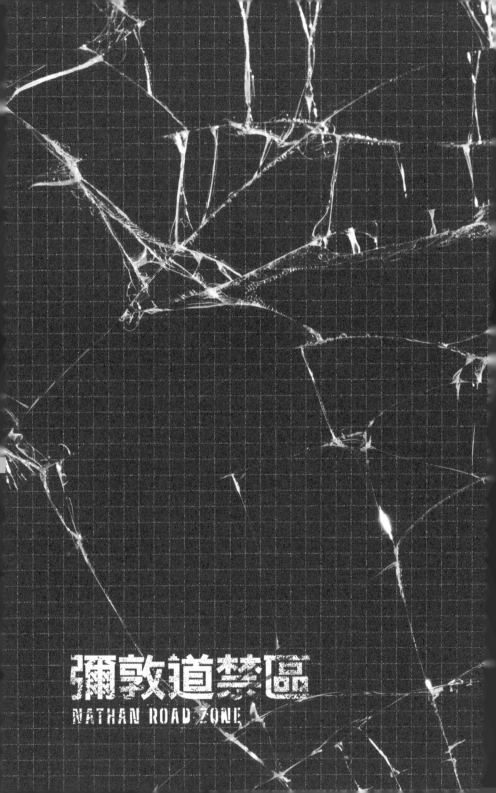

彌敦道禁區
NATHAN ROAD ZONE

嗯？就這樣結束，進入白光洞口之後發生甚麼事呢？

——應該是讀者們看完的第一個問號。正如本書的序所指，這個故事設定為外傳，涵蓋珩仔他們滯留在意識世界裏遇到的事。至於逃出彌敦道後的發展，又是另一個故事了。

般若系列的世界裏，由第一部作品的《奪臉述異記》帶出惡念、生靈與般若的概念。在第二部《駱駝工廈禁區》，惡念力量加強。按已知的資料，惡念需要強到形成生靈甚至般若，才能建成意識空間這個困陣，把人類意識困在裏面。

來到《彌敦道禁區》，惡念的能力又變得有點不一樣，情況有點詭異，幻境主人珩仔和桃晴的惡念根本沒有形成生靈，而是被宏青與碧晴的般若丟到彌敦道。換句話，般若有能力「憑空」、用沒有生靈／般若力量的困陣，甚至連般若本身已死，都仍可以把人關住。

在這三個故事裏，惡念的力量不斷增強，經過彌敦道一役後，又會變成怎麼樣呢？敬請期待下個故事。對的，這個系列未到結局，即使宏青他們回到現實世界，般若仍然未真正放過他們呢，真可憐。

跟大家玩個小遊戲，在《駱駝工廈禁區》裏，宏青的全家照是陣法的陣眼，那麼，今次《彌敦道》的陣眼，大家猜得到是甚麼東西？我給的提示應該算是充足，經常去我 IG 玩猜謎 Post 的

你，想必很快就猜出來了吧？

　　不知道在整個系列裏，你最喜歡／想在下本小說繼續出現的角色是誰呢？歡迎到 FB/IG/THREADS 告訴我，可能會增加人氣角色的出場率啊～

　　《彌敦道》有不少描述珩仔與桃晴互動的篇幅，大家怎樣看二人的關係呢？不知道說不說得上是 CP，畢竟不像宏青與碧晴。宏青他們直接又明顯的兩情相悅，故事發展了一大半，就只差宏青一句話而已。珩仔二人隱晦亦複雜得多，老實說，我直到現在還未想好他們之後會發生甚麼事。

　　彌敦道上有很多商場和店舖，故事篇幅所限，未能錄入很多地方，只能挑一些讓我充滿回憶的。例如唱 K、去旺中買衣服等等，很多曾經跟朋友一起進行的活動，現在很少再做了，幸好撈撈冷面店還在，不同桃晴，我可是會點「多蒜」的。

　　一些商場或店舖經不上時代考驗、敵不過移民潮、消費模式改變或經濟環境等因素，流失黃金時代的人氣，變得冷清清。每次見到「結束營業」都有種唏噓無奈的感受，其中一件作者能做的，便是將該地方的面貌記錄下來吧？希望有日讀到這本小說的你，會說「很久沒去，不如明日逛逛」或「噢，原來這裏當時是長這樣的」。

　　如同每本小說，記載住不同時期的那個我。我不認為自己隨

着年齡增長，愈懂得甚麼大條道理。相反，我好像有點「愈活愈回去」，無論對人對事都希望簡單一點，不想太複雜。

　　當然，會這麼說的原因，不是叫你別買新書，反而更要買齊我在不同出版社推出的小說，因為每個時期、每個階段的我，筆下每個故事都很精彩嘛！啾咪～

橘子綠茶

彌敦道禁區
NATHAN ROAD ZONE

作者	橘子綠茶
責任編輯	非鳥
美術設計	陳希頤
出版	點子出版
地址	荃灣海盛路 11 號One MidTown 13 樓20 室
查詢	info@idea-publication.com
印刷	海洋印務有限公司
地址	黃竹坑道 40 號貴寶工業大廈 7 樓 A 室
查詢	2819 5112
發行	泛華發行代理有限公司
地址	將軍澳工業邨駿昌街 7 號 2 樓
查詢	gccd@singtaonewscorp.com
出版日期	2024 年 7 月 17 日
國際書碼	978-988-70671-1-5
定價	$108

Printed in Hong Kong

點子出版
IDEA PUBLICATION